O NEVOEIRO DE SHADOW SANDS

ROBERT BRYNDZA

O NEVOEIRO DE SHADOW SANDS

UM *THRILLER* DA SÉRIE DA DETETIVE KATE MARSHALL

TRADUÇÃO DE Guilherme Miranda

2ª reimpressão

GUTENBERG

Título original: *Shadow Sands: A Kate Marshall Thriller, v. 2*

EDITORA RESPONSÁVEL
Flavia Lago

EDITORA ASSISTENTE
Natália Chagas Máximo

PREPARAÇÃO DE TEXTO
Carol Christo

REVISÃO
Bia Nunes de Sousa

CAPA
Alberto Bittencourt
(Sobre foto de Harrysaxtonmccann/Shutterstock)

DIAGRAMAÇÃO
Christiane Morais de Oliveira

Dados Internacionais de Catalogação na Publicação (CIP)
(Câmara Brasileira do Livro, SP, Brasil)

Bryndza, Robert
O nevoeiro de Shadow Sands / Robert Bryndza ; tradução Guilherme Miranda. -- 1. ed.; 2. reimp. São Paulo : Gutenberg, 2024. (Série Detetive Kate Marshall, v. 2.)

Título original: *Shadow Sands: A Kate Marshall Thriller, v. 2.*
ISBN 978-85-8235-640-1

1. Ficção inglesa I. Título. II. Série.

21-95459 CDD-823

Índices para catálogo sistemático:
1. Ficção : Literatura inglesa 823
Aline Graziele Benitez - Bibliotecária - CRB-1/3129

A **GUTENBERG** É UMA EDITORA DO **GRUPO AUTÊNTICA** 

São Paulo
Av. Paulista, 2.073 . Conjunto Nacional
Horsa I . Salas 404-406 . Bela Vista
01311-940 . São Paulo . SP
Tel.: (55 11) 3034 4468

Belo Horizonte
Rua Carlos Turner, 420
Silveira . 31140-520
Belo Horizonte . MG
Tel.: (55 31) 3465 4500

www.editoragutenberg.com.br
SAC: atendimentoleitor@grupoautentica.com.br

Para Maminko Vierka.

O Inferno não tem limites, tampouco é circunscrito
a um só lugar, pois onde estamos é inferno,
e sempre no inferno devemos estar.

– *Christopher Marlowe*

PRÓLOGO

28 de agosto de 2012

Simon arfava e se engasgava com a água salobra e gelada enquanto nadava para salvar sua vida. A represa era imensa, e ele se debatia na água escura em um nado frenético, entrando mais e mais na escuridão para tentar fugir do ronco do motor de popa do barco. O céu da noite nublada não tinha lua, e a única luz vinha de Ashdean, a três quilômetros dali, um brilho laranja que mal chegava à represa e ao terreno pantanoso ao redor.

Seus tênis, pesados Nike Air Jordans, cujos cadarços ele havia amarrado com firmeza antes de sair do acampamento, eram como pedaços de chumbo em seus pés, e ele conseguia sentir os tênis e a calça jeans molhada fazendo seu corpo pesar. O verão estava no fim e uma névoa ondulante pairava sobre onde a superfície da água gelada encontrava o ar ameno da noite.

O barco era pequeno e robusto, e o homem que ele tinha visto ao lado da embarcação na margem da represa estava contra a luz. A lanterna de Simon havia iluminado o cadáver que o homem colocava no barco. Um corpo caído amarrado com firmeza em um lençol branco coberto por manchas de sangue e terra.

Tudo havia acontecido muito rápido. O homem tinha jogado o cadáver no barco e o atacado. Simon sabia que era um homem, embora fosse apenas uma sombra. Quando ele arrancou a lanterna da mão de Simon e o atingiu, houve um cheiro forte e desagradável de suor. Simon revidou por um tempo, e estava com vergonha de ter entrado em pânico e ter corrido em direção à água. Deveria ter corrido na direção oposta, de volta ao bosque denso que rodeava a represa.

Simon não conseguia mais respirar, mas se obrigou a nadar mais rápido. Seus músculos ardiam pelo esforço. O treinamento de natação tinha surtido efeito, e ele estava contando um, dois, três, erguendo a cabeça para tomar fôlego na quarta braçada. A cada vez que chegava à quarta, o ronco do motor de popa estava mais perto.

Ele era um bom nadador, mas seus ferimentos o deixavam mais devagar. Ele conseguia sentir um estertor ao inspirar. O homem o havia acertado nas costelas, e a dor era lancinante. Simon respirava fundo ao nadar, mas tinha engolido água, e o ar não chegava a seus pulmões.

Uma muralha de névoa o atingiu, baixa, logo acima da superfície da água, e o envolveu como um lençol frio. Simon pensou que essa poderia ser sua salvação, mas, de repente, o barco chegou ruidosamente por trás e o atingiu na nuca. Ele foi lançado à frente e mergulhou na água. Sentiu a dor quando o propulsor do motor de popa cortou sua carne.

Pensou que fosse desmaiar; conseguia ver estrelas, e seu corpo estava dormente pelo impacto. Ele não conseguia sentir os braços. Chutava a água com força, mas seus pés e pernas encharcados não respondiam a seus esforços, movendo-se de maneira quase preguiçosa. Ele voltou à superfície, cercado pela névoa, e uma voz calma falou com ele dentro da sua cabeça.

Por que está resistindo? Mergulhe e se afogue, onde é seguro.

Ele tossiu e cuspiu a água salobra. Seus ouvidos zumbiam, bloqueando qualquer som. A água ondulava em volta dele, e a proa do barco surgiu novamente através da névoa. Quando ela o acertou no queixo, ele ouviu seu maxilar se deslocar, e foi lançado para o alto e para trás, boiando na superfície da água. O barco passou por cima dele – ele sentiu o casco em seu peito e depois as lâminas do motor de popa estraçalharem sua pele, cortarem suas costelas.

Simon não conseguia mais mover os braços ou pernas. Sua cabeça e seu rosto estavam dormentes, mas o resto do corpo ardia em chamas. Ele nunca havia sentido uma dor como aquela. A água era quente em suas mãos. Era seu próprio sangue, não água. Seu sangue era quente, e se derramava pela água.

Sentiu o cheiro do petróleo do motor de popa, a água se agitou de novo, e Simon soube que o barco estava voltando em sua direção.

Ele fechou os olhos e deixou o ar sair dos pulmões. Sua última lembrança foi ser envolto pela água fria e negra.

CAPÍTULO 1

DOIS DIAS DEPOIS

Kate Marshall respirou fundo e mergulhou na água gelada. Voltou à superfície e flutuou por um momento, a paisagem rochosa de Dartmoor e o céu cinza pairando sobre a linha d'água em sua máscara de mergulho; depois afundou na represa. A visibilidade sob a água era boa. O filho adolescente de Kate, Jake, foi o primeiro a entrar e estava cortando a água sob ela, as bolhas de ar subindo do regulador. Ele acenou e fez um joinha. Kate acenou em resposta, sentindo um calafrio enquanto as gotas geladas entravam em sua roupa de mergulho. Ela ajustou o regulador e respirou o oxigênio metálico do tanque em suas costas. Sentiu o sabor de metal na língua.

Eles estavam mergulhando em Shadow Sands, uma represa artificial profunda, a alguns quilômetros de onde Kate morava perto de Ashdean em Devon. As rochas cobertas por algas das quais eles haviam saltado se erguiam íngremes ao longe, e o frio e a penumbra aumentavam quanto mais fundo ela seguia Jake. Ele estava com 16 anos agora, e um pico de crescimento súbito nos últimos meses o havia deixado quase da mesma altura de Kate. Ela bateu as pernas com força para alcançá-lo.

A treze metros, a água assumiu um tom verde-escuro. Eles acenderam as lanternas de cabeça, lançando ao redor arcos de luz que não conseguiam penetrar nas trevas. Uma imensa enguia de água doce saiu das sombras serpenteando entre eles, o olhar vazio iluminado pela luz das lanternas. Kate se encolheu para trás, mas Jake nem vacilou, observando com fascínio enquanto a enguia se aproximava de sua cabeça e voltava para as sombras. Ele se virou para a mãe, erguendo as sobrancelhas detrás da máscara. Kate fechou a cara e fez um joinha para baixo.

Jake estava passando o verão com Kate, tendo chegado depois de completar as provas do colégio. Em junho e julho, eles haviam feito aulas de mergulho em uma escola da cidade, e participaram de várias viagens de mergulho no mar e em uma caverna submersa nos limites de Dartmoor com uma parede que brilhava fosforescente. A represa de Shadow Sands tinha sido criada em 1953 com a inundação de um vale e do vilarejo de Shadow Sands, e Jake tinha visto na internet que dava para mergulhar e ver a ruína submersa da antiga igreja da vila.

Eles estavam mergulhando na parte alta da represa, a um quilômetro e meio das comportas secundárias que puxavam a água por duas turbinas enormes para gerar eletricidade. Havia uma área pequena que era isolada para mergulho. O restante da represa era estritamente proibido. Kate conseguia ouvir o zumbido baixo da usina hidrelétrica ao longe, que era um som nefasto no frio e na escuridão.

Havia algo de perturbador em flutuar sobre o que antes tinha sido um vilarejo. Ela se perguntou como era lá embaixo. As lanternas não iluminavam nada além de limo e da água verde turva. Ela conseguia imaginar as estradas e casas antes secas lá embaixo, onde as pessoas viviam, e a escola onde as crianças brincavam.

Kate ouviu um leve bipe e deu uma olhada no computador de mergulho. Eles estavam agora a dezessete metros, e o aparelho bipou mais uma vez com um alerta para eles diminuírem a velocidade de descida. Jake estendeu a mão e pegou o braço dela, assustando-a. Ele apontou para baixo, para a esquerda. Um contorno grande e sólido despontava na penumbra. Eles nadaram naquele sentido e, ao se aproximarem, Kate conseguiu ver o imenso domo curvado de uma torre da igreja. Eles pararam a poucos metros dela, as lanternas iluminando uma massa de crustáceos de água doce cobrindo o domo. Abaixo do domo, Kate conseguia ver os tijolos da torre da igreja forrados de uma pele verde de algas, e as janelas arqueadas de pedra. Era inquietante ver essa estrutura criada pelo homem, que antes se erguia tão alta, nas profundezas da água.

Jake abriu uma bolsa à prova d'água no cinto que continha uma câmera digital e tirou algumas fotos. Ele olhou de novo para Kate. Ela verificou o computador de mergulho. Eles estavam a vinte metros agora. Ela acenou e o seguiu até a janela. Os dois flutuaram do lado de fora por um momento, o limo na água mais espesso enquanto espiavam dentro da cavidade vasta e vazia do antigo campanário. Crustáceos cobriam todos os centímetros das paredes internas, formando saliências em algumas partes. Apesar da camada grossa, Kate conseguiu identificar os contornos da curva do teto abobadado. A torre tinha quatro janelas, uma em cada lado. A janela à esquerda estava repleta de crustáceos, e a janela à direita estava quase completamente bloqueada, deixando uma pequena abertura que fazia Kate pensar em um castelo medieval. A janela oposta estava aberta, com vista para o verde-escuro da água.

Kate entrou pela janela da torre. Eles pararam no centro, e ela subiu para olhar o teto abobadado mais de perto. Os crustáceos o haviam coberto, inclusive seus contornos arqueados. Um imenso lagostim de água doce, com mais de trinta centímetros de comprimento, surgiu debaixo do feixe de luz e rastejou pelo teto na direção dela. Kate quase gritou de susto enquanto se jogava para trás, puxando Jake e debatendo os braços em câmera lenta. Quando o lagostim passou sobre ela, suas patas chacoalharam as conchas dos crustáceos. Ele parou acima dos dois. O coração de Kate estava batendo forte agora. Sua respiração se acelerou, e ela inspirou fundo o suprimento de oxigênio.

As antenas do lagostim se contorceram, e ele rastejou pelo teto abobadado e desapareceu pela janela oposta. Kate notou algo flutuando através da janela por onde o lagostim havia escapado. Chegou mais perto, sua lanterna iluminando os calcanhares de um par de tênis vermelho vivo. Eles balançavam na água sobre a janela.

Kate sentiu uma onda de medo e empolgação. Bateu as pernas e, usando o arco de pedra, saiu devagar pela janela. Os tênis estavam logo acima da abertura e calçavam os pés de um cadáver, suspenso na água, como se estivesse em pé, perto do domo da igreja.

Jake a havia seguido pela janela, e deu um salto para trás, batendo a cabeça na parede da torre. Kate ouviu seu grito abafado, e um jato de bolhas de seu regulador encheu a visão dela. Ela estendeu a mão e o agarrou, sem conseguir segurar direito por causa do tanque de oxigênio dele. Kate o puxou para longe da torre. Depois voltou os olhos para o corpo.

Era um jovem. Tinha o cabelo escuro e curto e usava uma calça jeans azul com um cinto afivelado cor de prata. No punho, havia um relógio de aparência cara. Os restos de uma camiseta branca despedaçada flutuavam em rasgos em volta de seu pescoço. Ele tinha um corpo sólido e atlético. A cabeça estava caída para a frente, e o rosto, peito e barriga inchada estavam cobertos de cortes e lacerações. O que mais inquietou Kate foi a expressão no rosto dele. Os olhos estavam arregalados, uma expressão de pavor. Ele estava imóvel, mas seu pescoço se mexeu e pulsou de repente. Ela sentiu Jake a agarrar de novo e, por um momento terrível, Kate pensou que o garoto ainda estava vivo. Sua cabeça se contraiu e seu maxilar se abriu quando uma enguia preta e brilhante apareceu por entre os dentes quebrados e saiu, parecendo escorrer pela boca escancarada do jovem.

CAPÍTULO 2

– Por que vocês estavam mergulhando hoje? – perguntou o inspetor-chefe Henry Ko.

– Jake, meu filho, queria mergulhar aqui. O nível da água baixou no calor... Pensamos que daria para ver o vilarejo submerso – disse Kate.

Ela suava sob a roupa de mergulho, e o cabelo estava empapado e coçava por causa da água. Jake estava encostado na roda da frente do Ford azul de Kate, olhando para o nada. Parecia muito pálido. O carro de Kate estava estacionado na margem coberta de grama ao lado da represa. A viatura de Henry encontrava-se a poucos metros. A margem de grama terminava dez metros depois dos carros no nível da água original da represa, mas, por causa da seca, havia uma extensão de vinte metros de rochas expostas descendo para a beira d'água. As rochas estavam verdes pelas algas, queimadas pelo sol quente.

– Consegue apontar onde o corpo está flutuando? – perguntou Henry, anotando a lápis em uma caderneta. Ele tinha 30 e poucos anos, o corpo em forma, e falava bem. Poderia estar desfilando em uma passarela de Milão em vez de visitando a cena de um crime. Sua calça jeans ficava colada nas pernas musculosas, e três botões estavam abertos em sua camisa. Um colar prateado pendia sobre os peitorais bronzeados.

Uma jovem policial de uniforme estava ao lado dele com o quepe embaixo do braço. Ela tinha o cabelo muito preto e comprido, amarrado atrás da orelha, e a pele lisa e lustrosa corada pelo calor.

– O corpo está embaixo d'água. Estávamos a vinte metros de profundidade. Mergulhando – disse Kate.

– Você sabe a profundidade exata? – ele perguntou, parando de anotar e erguendo os olhos para ela.

– Sim – disse Kate, erguendo o punho com o computador de mergulho. – É o corpo de um rapaz. Tênis Nike Air Jordan, calça jeans azul com cinto. A camiseta dele estava em pedaços. Parecia ter por volta da idade de Jake, 18, 19, talvez... Havia cortes e lacerações no rosto e no tronco. – Sua voz embargou, e ela fechou os olhos. *Será que a mãe do menino morto está em algum lugar por aqui?*, pensou Kate. *Será que está preocupada, sem saber aonde ele está?*

Kate era ex-policial. Ela se lembrou de todas as vezes em que teve de informar parentes sobre a morte de um membro da família. As mortes de crianças e jovens eram as piores: bater na porta, esperar que fosse aberta e depois ver a cara dos pais, a constatação de que o filho ou a filha não voltaria para casa.

– Você viu se o garoto tinha ferimentos na frente, nas costas ou dos dois lados? – perguntou Henry.

Kate abriu os olhos.

– Não vi as costas dele. O corpo estava voltado para nós, flutuando encostado à estrutura da torre da igreja.

– Vocês entraram em contato com mais alguém? Barcos? Outros mergulhadores?

– Não.

Henry se agachou perto de Jake.

– Ei, amigão. Como está aí? – ele disse, o rosto franzido de preocupação. Jake continuou com o olhar perdido. – Quer um refri? Vai ajudar a sair do choque.

– Sim, ele quer. Obrigada – disse Kate. Henry acenou para a policial, que foi até a viatura. Kate se agachou perto do filho.

– Aquele cara. Ele não usava equipamento de mergulho – disse Jake, a voz vacilante. – O que ele estava fazendo tão fundo, sem equipamento? Estava todo machucado. O corpo dele estava preto e azul. – Ele secou uma lágrima da bochecha, e suas mãos tremiam.

A policial voltou com uma lata de refrigerante e um cobertor xadrez. A lata estava morna, mas Kate a abriu e a estendeu para Jake. Ele fez que não.

– Dá um gole. O açúcar vai ajudar com o choque...

Jake deu um golinho, e a policial colocou a coberta em volta dos ombros nus do rapaz.

– Obrigada. Como você se chama? – perguntou Kate.

– Donna Harris – ela respondeu. – Fica esfregando as mãos dele. Para fazer o sangue correr.

– Donna, faça um chamado para uma equipe de mergulho. E diga que pode ser um mergulho profundo – disse Henry. Ela assentiu e fez uma chamada no rádio.

O ar estava pesado e úmido, e nuvens cinza-escuras baixas se formavam no céu. Na ponta da represa ficava a usina hidrelétrica, um prédio baixo e comprido de concreto. O estrondo vago de trovão vinha detrás dela. Henry bateu o lápis na caderneta.

– Vocês têm qualificação para mergulhar? Sei que a represa é área restrita, especialmente por conta da profundidade e o fato de que a água alimenta a hidrelétrica.

– Sim. Tiramos certificados de mergulho no começo de agosto – disse Kate. – Podemos mergulhar até vinte metros, e registramos trinta horas na água enquanto Jake está passando o verão comigo...

Henry voltou as páginas de sua caderneta, uma ruga se formando na testa lisa.

– Espera. Jake está *passando o verão* com você? – ele indagou. Kate sentiu um aperto no peito. Agora teria que explicar com quem Jake morava.

– Sim – ela disse.

– Então, quem mora no endereço que você deu quando ligou para o serviço de emergência... Armitage Road, 12, Thurlow Bay?

– Eu – disse Kate. – Jake mora com meus pais, em Whitstable.

– Mas você é a mãe verdadeira, digo, biológica?

– Sim.

– A responsável legal?

– Ele já tem 16 anos. Mora com meus pais. Eles eram os responsáveis legais até o 16º aniversário dele. Ele está prestes a entrar no último ano do ensino médio em Whitstable, então ainda mora com eles.

Henry olhou para Kate e Jake.

– Vocês têm os mesmos olhos – ele disse. Como se essa fosse a confirmação que estava procurando. Kate e Jake tinham os mesmos olhos de cor rara: azuis com uma mancha laranja saindo da pupila.

– Chama-se heterocromia setorial, quando os olhos têm mais de uma cor – disse Kate. Donna terminou de falar no rádio e voltou para perto deles.

– Como se escreve *heterocromia setorial*? – perguntou Henry, tirando os olhos da caderneta para olhar para ela.

– Isso importa? Tem o corpo de um jovem embaixo d'água, e parece uma morte suspeita – disse Kate, começando a perder a calma. – Ele estava coberto por cortes e machucados, e deve ter morrido faz pouco tempo, porque um corpo flutua alguns dias depois de ter afundado. A pressão naquela profundidade e a água fria vão diminuir a velocidade da decomposição, mas, como você sabe, um cadáver sempre acaba flutuando.

Kate estava esfregando as mãos de Jake enquanto falava. Deu uma olhada nas unhas dele, aliviada ao ver um pouco de cor retornando. Ela ofereceu mais um pouco do refrigerante da lata e, dessa vez, ele deu um gole grande.

– Você parece bem-informada – disse Henry, estreitando os olhos. Eram olhos bonitos, cor de caramelo. *Ele era tão jovem para ser um inspetor-chefe*, pensou Kate.

– Fui detetive da Polícia Metropolitana de Londres – ela disse.

Um leve reconhecimento perpassou o rosto dele.

– Kate Marshall – ele disse. – Sim. Você esteve envolvida naquele caso alguns anos atrás. Você capturou o cara que estava imitando os assassinatos do caso do Canibal de Nine Elms... Li sobre isso... mas, espera. Você estava trabalhando como investigadora particular?

– Sim. Capturei o Canibal de Nine Elms original quando trabalhava como agente policial em 1992. Capturei o imitador dois anos atrás trabalhando como investigadora particular.

Henry voltou as páginas de sua caderneta, uma expressão de confusão no rosto.

– Você me falou antes que trabalhava como professora de Criminologia na Universidade Ashdean, mas está dizendo que já foi policial, e também faz bicos como detetive particular? O que escrevo no meu relatório como sua profissão?

– Fui chamada para ajudar a resolver aquele caso antigo dois anos atrás. Fui investigadora particular em um caso isolado. Sou professora universitária em tempo integral – disse Kate.

– E você mora sozinha, e Jake mora com seus pais em Whitstable... – Ele parou com o lápis sobre a página e ergueu os olhos para ela de novo. Suas sobrancelhas se ergueram abruptamente. – Opa. O pai do seu filho é o assassino em série Peter Conway...

– Sim – disse Kate, odiando esse momento, tendo passado por ele diversas vezes antes.

Henry inflou as bochechas e se agachou, espiando Jake com um interesse renovado.

– Nossa. Deve ser difícil.

– Sim, as reuniões em família são difíceis de organizar – disse Kate.

– Quis dizer que deve ser duro para o Jake.

– Eu sei. Foi uma piada.

Henry olhou para ela por um momento, confuso. *Você pode ser bonito, mas não é lá muito inteligente*, ela pensou. Henry se levantou e bateu o lápis na caderneta.

– Li um estudo fascinante sobre os filhos de assassinos em série. A *maioria* leva uma vida bem normal depois. Tinha uma nos Estados Unidos cujo pai estuprou e matou sessenta prostitutas. Sessenta! E agora ela trabalha na Target... Target é uma loja nos Estados Unidos.

– Sei o que é a Target – retrucou Kate. Ele não parecia notar o quanto estava sendo insensível. Donna teve a decência de desviar os olhos.

– Deve ser difícil para o Jake – ele repetiu, voltando a escrever na caderneta. Kate teve um impulso súbito de pegar o lápis e o partir no meio.

– Jake é um adolescente perfeitamente normal, feliz e equilibrado – ela disse. Nesse momento, Jake soltou um gemido, se curvou e vomitou na grama. Henry pulou para trás, mas um dos seus sapatos de couro marrom-claro foi atingido.

– Que inferno! Esse sapato é novo! – ele gritou, batendo os pés em direção à viatura. – Donna, cadê aqueles lenços umedecidos?

– Está tudo bem – disse Kate, agachando-se perto de Jake. Ele limpou a boca.

Kate voltou os olhos para a represa. Um monte de nuvens baixas estava se movendo sobre a charneca na direção deles, e houve um estrondo e o clarão de um raio.

Como aquele menino morreu?

CAPÍTULO 3

Depois que Kate assinou seu depoimento à polícia, ela e Jake estavam livres para partir. Na saída do estacionamento da represa, passaram por duas vans da polícia e pelo carro do Instituto Médico Legal.

Kate os observou pelo retrovisor enquanto se afastavam da margem. A imagem do rapaz suspenso na água voltou à sua mente, e ela secou uma lágrima. Parte dela queria poder ficar e ver o corpo ser trazido à superfície com segurança. Kate estendeu o braço e apertou a mão de Jake. Ele apertou a dela em resposta.

– Precisamos de gasolina – ela disse, vendo que o tanque estava baixo. Ela parou no posto perto de casa, passou pelas bombas e estacionou nos fundos. – É melhor colocar uma roupa seca, amor. Tem banheiros aqui, e são bem limpinhos e arrumados.

Jake fez que sim, o rosto ainda pálido. Ela queria que ele falasse alguma coisa. Não aguentava o silêncio. Ele puxou o cabelo molhado para trás, que agora estava na altura dos ombros, e o amarrou com um elástico que mantinha no punho. Kate abriu a boca para dizer que elásticos estragavam o cabelo, mas a fechou de novo. Se enchesse o saco, ele se fecharia ainda mais. Jake saiu do carro e pegou as roupas secas no banco de trás. Ela o observou se arrastar até o banheiro, a cabeça baixa. Ele havia passado por tanta coisa, mais do que a maioria dos garotos de 16 anos.

Kate baixou o espelho e olhou para o reflexo. Seu cabelo comprido agora estava riscado de fios grisalhos. Ela estava pálida e parecia mesmo ter 42 anos. Voltou a erguer o espelho. Este era o último dia de Jake antes de ele voltar para a casa dos pais dela. Tinham planejado pedir pizza após o mergulho e, depois, desceriam para a praia perto da casa de Kate, acenderiam uma fogueira e assariam *marshmallows*.

Mas ela teria que ligar para a mãe e contar o que havia acontecido. Tinha sido um verão quase perfeito. Eram quase uma família normal de novo, só que agora havia um cadáver.

Kate jogou a cabeça para trás e fechou os olhos. Pessoas comuns não encontravam cadáveres por acaso, mas estava acontecendo de novo com Kate. Será que o universo estava tentando lhe dizer algo? Ela abriu os olhos.

– Sim, está tentando dizer para você encontrar lugares melhores para levar seu filho – ela pensou alto.

Ela tirou o celular do porta-luvas e o ligou. Kate encontrou o número da mãe e estava prestes a apertar "Ligar", mas então abriu o navegador de internet e pesquisou "adolescente desaparecido, Devon, Reino Unido". O sinal de dados não era muito bom perto do posto de gasolina, rodeado pelas colinas de Dartmoor, e seu celular demorou um minuto até os resultados carregarem. Não havia nada de recente sobre adolescentes desaparecidos. Havia uma notícia sobre um menino de 7 anos no site Devon Live. Ele tinha desaparecido por uma tarde no centro da cidade de Exeter, e havia reencontrado a família depois de algumas horas de tensão.

Depois, pesquisou "inspetor-chefe Henry Ko, Devon, Reino Unido". O primeiro resultado era do jornal regional.

ILUSTRE DEVON & CORNUALHA

SUPERINTENDENTE-CHEFE PASSA O BASTÃO

O artigo era da semana passada, sobre a aposentadoria do chefe de polícia Arron Ko. Dizia que, ao entrar para a força policial em 1978, ele foi o primeiro policial asiático do burgo de Devon e Cornualha. Havia uma foto ao pé da página com a legenda: "Chefe de polícia Arron Ko foi condecorado com um presente de aposentadoria – um par de algemas de prata entalhadas e a Medalha de Longo Serviço e Boa Conduta – pelo filho, o inspetor-chefe Henry Ko".

Henry estava em pé com o pai na frente da delegacia de polícia de Exeter com o quadro da condecoração. Arron Ko era corpulento e gorducho comparado ao filho bonito, mas Kate conseguia ver a semelhança.

– Ah! É por isso que você é tão jovem para ser inspetor-chefe. Nepotismo – disse Kate. Ela não gostava da voz invejosa em sua cabeça, mas não conseguia evitar se comparar com Henry. Ela havia trabalhado muito por quatro anos, sacrificando tudo para ganhar a promoção para o cargo oficial de detetive aos 25 anos. Henry Ko tinha apenas 30 e poucos e já era inspetor-chefe, dois cargos acima de detetive. Ela relembrou seus tempos na polícia, sua vida em Londres.

Nos meses anteriores àquela noite fatídica, Kate e Peter haviam tido um caso e, sem que Kate soubesse, estava grávida de quatro meses e meio de Jake. Depois de ter se recuperado no hospital, era tarde demais para fazer um aborto.

Os jornais tinham feito a festa com a notícia. Isso havia destruído a credibilidade de Kate dentro da polícia, e sua carreira chegara a um fim abrupto. Depois que Jake nasceu, ela passou por maus bocados. O trauma do caso, a maternidade súbita e imprevista e a depressão pós-parto se somaram contra ela, e Kate começou a beber muito.

Seus pais intervieram várias vezes ao longo dos anos para cuidar de Jake, mas o alcoolismo piorou, e ela acabou na reabilitação. Kate ficou sóbria, mas era tarde demais. Seus pais tinham ganhado a custódia de Jake quando ele tinha 6 anos e, nos últimos dez anos, haviam permanecido como responsáveis legais do garoto.

A sobriedade tinha sido difícil. Ela havia reconstruído a vida e podia ver Jake nas férias escolares e aos finais de semana, mas a infância dele havia chegado ao fim. Ela ainda sentia a perda como cacos afiados de vidro. A perda de Jake e da carreira que ela amava como policial.

Houve uma batida na janela, fazendo Kate se sobressaltar. Jake estava vestindo uma calça jeans preta justa e blusa de moletom azul. Estava com o rosto mais corado. Ela abaixou o vidro.

– Mãe, você tem uma grana para um salgado e um chocolate? Estou morrendo de fome.

– Claro – ela disse. – Está se sentindo melhor?

Ele fez que sim e sorriu para ela. Kate retribuiu o sorriso. Pegou a bolsa e eles entraram na loja de conveniência.

Por mais que se esforçasse, não conseguia tirar a imagem do menino flutuando embaixo d'água de sua cabeça. Era frustrante que tivesse que esperar para ver se apareceria algo sobre ele nos noticiários.

CAPÍTULO 4

SEIS SEMANAS DEPOIS

Kate saiu pelas portas de madeira barulhentas do Centro Comunitário de Ashdean e parou para admirar a vista das ondas que se agitavam e batiam no quebra-mar além dos telhados das casas. Um vento uivante soprava e agitava seu cabelo. Ela pegou um maço de cigarro da bolsa e tirou um, entrando embaixo do toldo para acendê-lo.

Havia cerca de vinte ou trinta pessoas na reunião de Alcóolicos Anônimos naquela tarde fria de outubro, e eles acenaram boa-noite ao passar. Ela observou enquanto se apressavam rumo aos carros, cabeças baixas para se proteger do vento gelado.

O frio logo levou a melhor sobre ela. Kate deu um último trago apressado do cigarro e jogou a bituca pela metade no chão, apagando-a com o calcanhar. Começou a voltar para o carro, não muito ansiosa para voltar para a casa vazia. A rua agora estava escura e deserta. Seu carro estava estacionado no final dela, em um espaço entre as casas geminadas. Quando alcançou o carro, havia uma BMW branca estacionada perto de seu velho Ford azul. A porta da BMW se abriu, e dela saiu uma mulher magra de rosto pálido.

– Kate? – ela perguntou com um sotaque londrino. O cabelo castanho estava penteado para trás da testa alta e ossuda, e ela tinha olheiras fundas que faziam Kate pensar em um guaxinim. Ela reconheceu a mulher como uma novata da reunião do AA.

– Sim. Você está bem? – ela disse, tendo que levantar a voz por causa do barulho do vento.

– Kate Marshall? – Os olhos da mulher estavam lacrimejando por causa do ar gelado. Ela usava uma jaqueta *puffer* comprida cor de ameixa, do tipo que quase parecia um saco de dormir, e calçava tênis brancos brilhantes.

Kate ficou surpresa ao ouvir a mulher usar seu nome completo. Ela tinha falado na reunião, mas só havia usado seu primeiro nome, como era costume no AA. *Essa mulher é uma maldita jornalista*, pensou Kate.

– Sem comentários – disse Kate, abrindo a porta do carro e pretendendo fazer uma fuga rápida.

– Não sou jornalista. Você encontrou o corpo do meu filho... – disse a mulher. Kate parou, a mão na porta do carro. – O nome dele era Simon Kendal – continuou a mulher, olhando no fundo dos olhos de Kate. Seus olhos eram de um verde penetrante e cheios de tristeza.

– Ah. Sinto muito – disse Kate.

– Disseram que ele se afogou.

– Sim. Vi a reportagem.

– Era papo furado! – ela gritou.

Kate havia acompanhado a notícia, não que o noticiário local tivesse abordado muito o tema, mas o apresentaram como um caso encerrado. Simon Kendal estava acampando com um amigo; ele havia entrado na água e se afogado. O corpo tinha sido mutilado por um dos barcos de manutenção que patrulham a represa regularmente. O jornal local também mencionou que foi Kate quem encontrou o corpo. Por isso, ela havia pensado que essa mulher era uma jornalista.

– O corpo dele estava todo machucado. Não me deixaram ver no necrotério... Olha isso – a mulher gritou mais alto do que o vento. Tirou um pequeno álbum plástico de fotos do bolso do casaco, o folheou e encontrou uma foto de um rapaz bonito ao lado de uma piscina, molhado, de sunga. Ele tinha duas medalhas em volta do pescoço. – Esse era meu Simon. Ele foi campeão regional do Reino Unido. Natação. Ia competir profissionalmente. Só perdeu as classificatórias para a equipe de natação das Olímpiadas de Londres de 2012 por causa de uma lesão... Uma lesão besta... – Ela estava passando as fotos e falando rápido, como se precisasse prender a atenção de Kate. – Simon não teria pulado na água de roupa e tudo, no meio da noite!

– Como você se chama? – perguntou Kate.

– Lyn. Lyn Kendal... – Ela chegou mais perto e ergueu os olhos para Kate, suplicante. – O que você acha que aconteceu? Sei que já foi policial. Li que era investigadora particular.

– Não sei o que aconteceu com Simon – ela disse. A verdade era que, nas últimas semanas, a história tinha se arquivado no fundo da cabeça de Kate. Ela vinha se preocupando com o trabalho e com Jake, que tinha ficado muito distante desde que tinha voltado para Whitstable.

– Você não ficou curiosa? – Lyn estava tremendo. Ela secou as lágrimas com um movimento furioso da mão. – Você dá aula de crime. Era detetive. A morte do meu filho não merece ser investigada?

– Claro – disse Kate.

– Podemos conversar mais, por favor? – perguntou Lyn, tirando os fios de cabelo da frente do rosto enquanto eram soprados pelo vento. Kate se perguntou se Lyn estava sóbria. A mulher estava um caco, o que era de se entender.

– Sim. Tem um cafezinho, Crawford's, na Roma Terrace, no alto da orla. Encontro você lá.

CAPÍTULO 5

O café bar Crawford's era o mais antigo de Ashdean e o favorito de Kate. Havia fotos de Joan Crawford e Bette Davis nas paredes pretas envernizadas. Um grande espelho fumê ficava pendurado na parede atrás do balcão de fórmica, refletindo a gigantesca máquina de café de cobre, as mesas e cadeiras de couro vermelho desbotado, e a vista do calçadão escuro. Estava vazio naquela noite fria e de ventania de quarta-feira. Kate chegou primeiro e escolheu uma mesa no fundo.

Do outro lado da rua, a maré estava na altura do quebra-mar e, de onde estava, Kate conseguia ver a extensão do calçadão. As ondas batiam contra o quebra-mar e pingavam espuma e areia sobre os carros estacionados. Uma BMW branca subiu pela rua e estacionou perfeitamente na vaga atrás do Ford surrado de Kate. Lyn saiu, abriu a porta de passageiro e pegou uma pasta de plástico verde vivo e o casaco comprido.

– Já fez o pedido? – perguntou Lyn quando se sentou à frente de Kate.

– Não.

Lyn colocou a pasta verde na mesa e tirou o celular, um maço de cigarro e um isqueiro dourado do bolso da jaqueta. Em seguida, tirou o casaco, o enrolou e se sentou em cima dele. Lyn era uma mulher baixa, e Kate se perguntou se ela tinha feito isso para ficar da altura de Kate e não ter que erguer os olhos para ela.

Roy Crawford, o senhor que era o dono do Crawford's desde os anos 1970, veio até a mesa. Era um homem grande com o cabelo branco amarrado em um rabo de cavalo e o rosto rosado sem barba.

– O que posso fazer por vocês? – ele disse, sorrindo e colocando o par de óculos em formato de meia-lua que estava pendurado em uma corrente no pescoço.

As duas pediram um *cappuccino*, e ele escreveu em uma caderneta com um floreio.

– Sei que é um pedido simples – ele disse. – Mas eu esqueceria minha própria cabeça se não estivesse grudada no pescoço. Sinto muito, mas é proibido fumar. Pensar que foi o Partido Trabalhista que proibiu o cigarro. – Ele revirou os olhos com o ar teatral, depois as deixou a sós.

Lyn puxou para trás os fios de cabelo da testa alta.

– Me conte sobre o Simon – disse Kate. Lyn ficou aliviada por poder ir direto ao assunto.

– Ele tinha saído com o amigo, Geraint, da universidade. Estavam acampando no parque perto da represa de Shadow Sands – ela disse.

– Você é da região?

– Nasci em Londres. Meu falecido marido era daqui, e moro aqui há vinte anos. Ele morreu de ataque cardíaco. – Kate ia dizer que sentia muito, mas Lyn ergueu a mão. – Não precisa. Ele era um canalha agressivo.

– O que Geraint tem a dizer sobre Simon?

– Eles tinham ido à praia naquele dia. Chegaram ao acampamento tarde, montaram a barraca e foram dormir. Ele acordou na manhã seguinte, e o saco de dormir de Simon estava vazio. Pensou que ele tinha saído para fazer xixi, mas a manhã foi passando e Geraint não o encontrou.

– Eles tinham brigado? – Lyn sacudiu a cabeça. A máquina de café no canto começou a chiar, e havia um tilintar de colheres e xícaras de porcelana. – Eram só os dois no acampamento?

– Eram. Eles eram melhores amigos; nunca brigavam. Não havia um arranhão em Geraint. Todas as roupas dele estavam secas.

– Eles tinham bebido?

Lyn ergueu a mão.

– Já pensei em todas as perguntas óbvias. Quando fizeram a autópsia, determinaram afogamento acidental. Simon não tinha nenhum álcool no sangue...

Alvoroçado, Roy chegou com o café delas.

– Aqui está, mocinhas – ele disse. – Aproveitem, mas vou fechar em meia hora.

– Obrigada – disse Kate. Lyn esperou, impaciente, até ele servir o café e sair de perto. – Afogamento acidental – repetiu Kate. Ela relembrou o corpo machucado flutuando na água.

– Simon estava sóbrio. Nadava muito bem. Mesmo que tivesse saído para nadar na represa, teria juízo. Não teria pulado na água de roupas e tênis. O acampamento era a quase um quilômetro da usina, e fica mais um quilômetro rio acima de onde o encontraram. Ele treinava quase todo dia, cem voltas numa piscina olímpica. Dá quase cinco quilômetros. Ele também nadava no mar.

Kate baixou a xícara e suspirou.

– O médico legista determinou *com certeza* que ele se afogou?

Lyn franziu o rosto.

– Sim.

– E acham que os ferimentos no corpo dele foram causados por um barco patrulhando a represa?

– Não paro de ver essa imagem na minha mente. O lindo corpo dele sendo atropelado na água.

Kate queria estender o braço e pegar a mão de Lyn, mas conseguia ver que ela estava com raiva e orgulhosa.

– Quando Simon foi dado como desaparecido? – perguntou Kate.

– Geraint me ligou na tarde de 28 de agosto e disse que não conseguia encontrar Simon. Liguei para a polícia, que me falou que Simon não poderia ser considerado oficialmente como desaparecido nas primeiras 24 horas, então ele virou desaparecido oficialmente no dia 29.

– Encontrei o corpo de Simon na tarde do dia 30.

– A polícia *decidiu* que Simon tinha se levantado no meio da noite para nadar perto de uma usina hidrelétrica e se afogado... Ele não teria feito isso! – exclamou Lyn, batendo o punho no tampo da mesa. – Ele sabe... sabia sobre correntes. As condições da água. A usina hidrelétrica puxa a água da represa. Não é uma área para nadar. Tem placas no *camping* todo. Ele voltaria a treinar depois de meses por causa de uma lesão. Estava sóbrio! Não colocaria o futuro dele em risco.

– Desculpa perguntar, mas ele estava deprimido?

– Não. Não. Não. Não estava deprimido. Estava viajando com o melhor amigo, porra! Eles se davam às mil maravilhas. Ele passou o verão todo ansioso por isso... – Lyn estava muito agitada e chorosa agora. Pegou um lenço da manga e assou o nariz. – Desculpa – ela disse.

– Não, não precisa se desculpar. Você tem todo direito de sentir... de sentir.

– Você sabe como é quando todos ignoram e não dão ouvidos a você?

– É a história da minha vida – disse Kate, com tristeza.

Lyn baixou os ombros e pareceu se acalmar.

– É como me sinto. Entendo que Simon estava na água e um barco passou por cima dele, mas a polícia não parece interessada em por que ou como ele foi parar na água.

– Como você me encontrou? – perguntou Kate.

– Pesquisei no Google. – Lyn abriu a pasta e tirou uma cópia impressa de um artigo da *National Geographic*. Era de dois anos antes, e havia uma foto de Kate e seu assistente de pesquisa, Tristan Harper, em frente ao prédio gótico da Universidade Ashdean, que se assomava atrás deles como uma miniatura do castelo de Hogwarts. Eles haviam sido entrevistados depois de resolver o caso do assassino imitador de Nine Elms. Tinha sido uma época bárbara, e Kate tinha acreditado que ela e Tristan poderiam tentar algum tipo de carreira como investigadores particulares. – Tentei encontrar você na internet, se tinha uma agência.

– Não – disse Kate, ouvindo a decepção na própria voz.

– Só quero descobrir o que aconteceu com Simon. Você tem um filho. Teve que proteger seu filho de um monte de bosta contra você ao longo dos anos... Tem muitas agências de detetives particulares por aí, mas você... Quero que me ajude. Você aceita?

Kate tinha visto muita maldade nas pessoas. *Os melhores amigos poderiam se voltar uns contra os outros de repente*, ela pensou. Um detetive tinha que usar a lógica sempre. Se Simon e Geraint estavam sozinhos, a primeira conclusão lógica era que Geraint era o responsável.

Lyn fechou os olhos.

– Já não basta meu filho ter sido tirado de mim. Quero saber por que ele estava na água no meio da noite. Não sou o tipo de mulher de implorar, mas, por favor. – Seus olhos se encheram de lágrimas. – Por favor. Pode me ajudar?

Kate pensou como se sentiria se seus papéis fossem trocados e Jake tivesse sido encontrado na água, o corpo coberto de cortes e hematomas.

– Sim – disse Kate. – Vou ajudar.

CAPÍTULO 6

No começo da manhã seguinte, Tristan Harper subiu correndo os degraus da praia e parou no calçadão, curvando-se para recuperar o fôlego. O sol tinha acabado de raiar sobre Ashdean, o céu agora estava azul-claro, e as luzes se acendiam na longa fileira de casas geminadas de frente para o mar.

Um labrador preto correu pela praia lá embaixo e pulou no mar calmo para pegar um graveto. A maré estava baixa, expondo rochas escarpadas cobertas de algas marinhas. O dono do cachorro, um cara alto de calça jeans justa e jaqueta amarela à prova d'água, viu Tristan de roupa de corrida, deu uma segunda olhada e sorriu. Tristan retribuiu o sorriso, depois atravessou a rua e entrou no pequeno apartamento que dividia com a irmã, Sarah.

Ele era bonito, com o cabelo castanho-claro, olhos castanhos, alto e atlético. Tirou a camiseta, revelando um abdome chapado e peitorais musculosos. Nas costas, havia uma bela tatuagem de uma águia mostrada por trás, com as asas abertas sobre os ombros. No peito, estava a mesma águia, mas vista de frente, a cabeça baixa e os olhos amarelos brilhando sobre o esterno dele. As asas se estendiam até cada ombro. Os bíceps e os braços eram ornamentados por mais tatuagens. Ele foi até o espelho para checar como estava o plástico filme no alto do tríceps esquerdo. O plástico estava descolando da pele. Ele considerou por um momento, depois o tirou para revelar sua mais nova tatuagem, uma faixa preta simples que estava cicatrizando bem.

– Legal – disse, admirando-se por um momento. – Até que não sou de se jogar fora.

Ele tomou banho, se vestiu e caminhou a curta distância ao longo da orla até o prédio da universidade. Só teve a chance de falar com Kate na última aula da manhã, História da Ciência Forense. Enquanto os estudantes deixavam o anfiteatro e ele guardava o projetor de slides, ela se aproximara.

– Tem uma coisa que eu quero discutir com você. Está a fim de um café? – ela perguntara.

Nas últimas semanas, Tristan tinha notado que Kate estava retraída e um pouco distante, e não parecia estar dormindo muito bem. Ele ficou contente em ver que hoje ela parecia mais feliz e descansada.

– Claro. Encontro você lá depois que guardar o projetor no depósito – ele tinha dito. – Quero um *macchiato* de caramelo.

– Eca. Aposto que ainda vai colocar açúcar nele.

– Sei que já sou doce demais, mas sim – respondera com um sorriso.

Alguns minutos depois, Tristan encontrou Kate na Starbucks no andar térreo. Ela estava sentada em uma das mesas sob a janela comprida com vista para o mar. Kate deu um copo para ele.

– Valeu – ele disse, sentando-se na frente dela. Ele tirou a tampa, e Kate observou com um sorriso enquanto ele acrescentava quatro torrões de açúcar. Tristan tomou um gole, aprovou com a cabeça e tirou a agenda da mochila. Era onde colocava os detalhes de todos os compromissos profissionais de Kate: aulas de especialistas convidados, aluguel de equipamento e provas dos estudantes.

– Não é *oficialmente* coisa de trabalho – disse Kate.

– Ah?

Tristan escutou enquanto Kate lhe contava sobre o encontro na noite anterior com Lyn Kendal.

– Ela me deu esta pasta. Não é muita coisa para seguir em frente – completou. – Ela também deixou cinco mil libras em dinheiro. Vai nos pagar mais cinco mil libras se descobrirmos o que aconteceu com Simon.

– É muito dinheiro. Acha que são as economias dela? – ele perguntou, erguendo uma sobrancelha.

– Não sei. Ela parece bem de vida.

Tristan abriu a pasta e tirou a papelada. Continha um recorte da história do jornal da cidade e fotos de Simon Kendal. Quase todas eram detalhes dos campeonatos de natação do rapaz. Tristan leu o primeiro artigo do começo ao fim.

ADOLESCENTE LOCAL SE AFOGA EM REPRESA

Simon Kendal, 18, teria passado dificuldades ao atravessar a represa Shadow Sands, perto de Ashdean.

A polícia foi chamada para o turístico das charnecas na quinta. Uma equipe de busca subaquática examinou a área e resgatou o corpo do rapaz.

A polícia diz não acreditar que a morte seja suspeita.

O inspetor-chefe Henry Ko declarou: "Meus mais sinceros pêsames à família de Simon ao ouvir essa triste notícia".

Mike Althorpe, gerente de segurança de lazer da Sociedade Real para a Prevenção de Acidentes, disse: "Entendemos a tentação de querer nadar, especialmente durante o clima quente. Mas águas abertas podem ser lugares muito perigosos com fortes correntes e detritos subaquáticos que não se consegue ver da margem".

– Não parece que o jornal local quer muito vender a ideia de que Simon se afogou? – perguntou Tristan.

– Eles estão seguindo o exemplo das autoridades – disse Kate. – Mas sim. Não mencionam que ele era campeão de natação.

Tristan olhou para as fotos de Simon com sua equipe de natação. Sentiu-se animado com a ideia de trabalhar em mais uma investigação de verdade e, em um aspecto prático, o dinheiro viria a calhar. Sua irmã estava prestes a se casar e sairia do apartamento que dividiam depois da cerimônia em dezembro. Ele passaria a ser o único responsável pelo aluguel e pelas contas quando ela fosse embora.

– Temos muita coisa na agenda – ele disse. – A turma de História da Ciência Forense vai entregar as dissertações daqui a duas semanas, assim como os alunos de Assassinos em Série Americanos dos Anos 1970. Temos a excursão para Londres para o curso de Ícones Criminosos, também daqui a duas semanas... – Ele queria acrescentar que o casamento de Sarah seria dali a seis semanas e que com certeza criaria todo tipo de drama.

– Tenho um pressentimento de que vamos descobrir que não foi um acidente – disse Kate. – Se Alan Hexham fez a autópsia, como desconfio que tenha feito, não duvido dos resultados.

– Mas pode ser interessante conversar com o amigo, Geraint – disse Tristan.

– Exato – disse Kate. – Deixei uma mensagem para ele, perguntando se podemos conversar no sábado. Estou torcendo para ele me ligar de volta. Vou voltar para ver Alan Hexham no necrotério amanhã de manhã. Ele vai me deixar ver o arquivo da autópsia de Simon Kendal.

– Que horas?

– Ele só pode me ver cedo, antes das 9 horas.

– Tenho que alugar o equipamento amanhã de manhã, e não me dou muito bem no necrotério, muito menos tão cedo, antes do café da manhã.

Kate sorriu e assentiu.

– Certo, cuido dessa sozinha – ela disse.

– Pode contar comigo para o sábado; tomara que esse tal de Geraint queira conversar.

– Sim. Vou tentar pegar o relatório da polícia com Alan. Adoraria saber o que Geraint falou para eles. Seria uma boa oportunidade para questionar a versão dele e ver se ela se sustenta depois de algumas semanas.

CAPÍTULO 7

Na manhã seguinte, Kate chegou ao necrotério de Exeter pouco antes das 8 horas. Ela se registrou ao entrar na pequena recepção e foi guiada para a sala de exame. Jemma, uma das assistentes de Alan Hexham, estava trabalhando no corpo de uma jovem deitada em uma das mesas mortuárias de aço inoxidável.

– Bom dia, Kate – disse Jemma, erguendo os olhos do trabalho. Kate conhecia Alan Hexham desde que ele tinha sido palestrante convidado de uma das matérias dela de Criminologia. Ele agora era um palestrante regular e, muitas vezes, oferecia arquivos de casos antigos para os alunos de Kate estudarem.

Jemma era auxiliar de necropsia, alguns anos mais velha do que Tristan. Era uma jovem alta e robusta – força era essencial para um legista – e era especializada em reconstrução. Kate parou para olhar o corpo da jovem. Seu rosto estava riscado por suturas bem-feitas, e Jemma estava enrolando duas bolinhas de algodão na beira da mesa. Ela ergueu a pálpebra direita da menina morta, colocou a bola de algodão na órbita ocular vazia, depois fez o mesmo com o olho esquerdo.

– Ela estava em uma colisão frontal na rodovia M6; não recuperaram os globos oculares, e a maior parte do cérebro... sumiu – disse Jemma, recuando para contemplar seu trabalho. – Passamos a noite toda trabalhando para reconstituir o cadáver. A família quer ver o corpo.

– Vocês fizeram um trabalho incrível – disse Kate, espiando a jovem. Ela relembrou a época em que trabalhava como policial rodoviária e todos os acidentes que tinha visto. Colisões frontais em rodovias eram os mais horrorosos, e normalmente exigiam um caixão fechado para as vítimas.

– Recheei a cabeça dela com algodão, voltei a colar o crânio da melhor forma que pude. O resto está costurado. E ela vai ficar ainda melhor quando a necromaquiadora chegar.

– Pode me passar o número dela? – brincou Kate, vendo seu rosto cansado refletido na mesa de aço inoxidável.

– Quase pedi para ela me maquiar para o casamento do meu irmão, mas fiquei com medo que usasse os mesmos pincéis do trabalho em mim – riu Jemma. – Alan está na sala dele, nos fundos.

– Obrigada – disse Kate. Ela passou por uma longa fileira de portas refrigeradas até a salinha de Alan no fim. A porta estava entreaberta, e ele estava sentado à mesa, cercado por pilhas de papelada e escrevendo em uma caderneta com o telefone apoiado no ombro. Era um homem gigante que mais lembrava um urso, com rosto gentil e o cabelo grisalho comprido amarrado em um rabo de cavalo.

– Ótimo, obrigado, Larry – ele disse, encerrando a ligação. Ergueu os olhos e viu Kate. – Entra. Desculpa, mas só tenho um minuto. Preciso sair correndo.

– Sem problema, obrigada por me receber – disse Kate.

Alan jogou o celular na mesa e enfiou o último pedaço do *Egg McMuffin* do McDonald's na boca e atirou a embalagem amassada na cesta de lixo. Pegou um arquivo de uma pilha da mesa e o abriu. Kate conseguiu ver as fotos *post-mortem* de Simon Kendal no topo.

– Simon Kendal – disse Alan, mastigando e engolindo. – Estava em um acampamento com um amigo perto da represa Shadow Sands. Eu não estava de plantão no dia em que esse menino foi trazido, mas outro médico-legista foi chamado para fazer a autópsia.

– Isso é normal? – perguntou Kate.

– Pode acontecer. Este necrotério pode ser recrutado para uso por outras forças policiais, por vários motivos... Simon Kendal era alguém especial?

– Especial?

– Filho de um político? VIP?

– Não. Só um menino comum. Um estudante. Não diz por que outro médico-legista foi chamado?

– Não. Como eu disse, pode haver vários motivos para que outra pessoa faça a autópsia... – Alan ergueu os óculos para cima da cabeça e olhou mais de perto enquanto folheava o arquivo. – Simon Kendal não tinha nenhum álcool na corrente sanguínea. Era saudável. Nenhuma doença. Pouquíssima gordura corporal. Capacidade pulmonar incrível.

– Ele era nadador, treinando para as Olimpíadas – disse Kate.

Alan franziu a testa.

– E mesmo assim se afogou. – Ele voltou as páginas do arquivo e começou a examinar as fotos da autópsia. Parou em uma foto e a observou com muita atenção.

– O que foi? – perguntou Kate.

– O pulmão direito dele foi perfurado. Está vendo, aqui? – ele disse, estendendo o arquivo e indicando uma foto de perto de uma ferida enrugada circular na caixa torácica de Simon.

– Me disseram que o corpo dele foi atropelado por um barco com um propulsor de motor de popa – disse Kate.

– Quem disse?

– Lyn Kendal. A mãe de Simon. E a polícia disse isso para ela.

Alan examinou a foto de novo e voltou os olhos para Kate, erguendo uma sobrancelha grossa. Depois baixou os olhos para o relatório.

– Ele era um rapaz musculoso, com músculos dorsais sólidos... Será que o propulsor de um motor de popa perfuraria toda essa carne dessa maneira? *E* cortando a caixa torácica até o pulmão? – Alan pareceu estar falando mais consigo mesmo do que com Kate. – Humm. Não. Não sem abrir um buraco enorme na lateral do corpo... A lâmina de um motor de popa é curva. Essa ferida parece mais que um objeto afiado penetrou a carne. Rapidamente, apunhalando e tirando a lâmina. – Ele imitou um movimento de facada com o dedo.

– Você acha que a causa da morte está errada?

– Quê? Não, não, não – Alan se apressou em dizer. – Quando se conduz uma autópsia, apresentamos os fatos e, depois, é a polícia que usa as informações para formar uma teoria...

Isso não responde direito à minha pergunta, pensou Kate. Alan estava sendo leal a esse colega anônimo, sem querer apontar o dedo para um dos seus.

Alan folheou as páginas do relatório até uma tabela no final.

– Mas, se o coitado desse rapaz caiu na água, se afogou e foi mutilado pelo motor de popa de um barco depois de morrer, por que perdeu tanto sangue?

– Quanto sangue ele perdeu?

– Ele teve uma hemorragia, das mais consideráveis. Perdeu metade do volume de sangue do corpo. Como você sabe, se uma pessoa é ferida e o coração ainda está batendo, a perda de sangue é maior. – Ele fechou a pasta com força e pareceu atribulado. – Acho que é melhor deixar isto comigo.

Kate tinha lido trechos do relatório enquanto Alan virava as páginas. Viu duas assinaturas na última página: Dr. Philip Stewart e inspetor-chefe Henry Ko.

Alan se levantou da cadeira, inclinando-se sobre ela. Esfregou os olhos e colocou os óculos de volta sobre o nariz.

– E você disse que a mãe do garoto está questionando a causa da morte?

– Sim. Ela não acredita que ele tenha se afogado.

– Gostaria que você não revelasse o que falei até eu ter a chance de dar uma olhada nisso.

Kate assentiu.

– Claro.

– Certo... sim. – Alan olhou para o relógio e pegou o casaco. Kate podia ver que ele estava perturbado. Era um homem direito, honesto e muito respeitado. Vestiu o casaco e pegou o celular e as chaves do carro. Eles começaram a sair, mas Kate hesitou perto da porta.

– Alan. Aqui entre nós. Acha que a morte de Simon Kendal foi um acidente?

– Aqui entre nós. E aqui entre nós *mesmo*. Não. Não acho que tenha sido um acidente. Agora, preciso ir – ele disse.

Kate nunca o tinha visto tão preocupado e pálido. Ela queria ter mais poder e recursos para seguir as pistas. Sentia falta de ser uma detetive da polícia.

CAPÍTULO 8

Tristan bateu na porta da sala da professora Rossi, e uma jovem esbelta com cabelo escuro comprido e óculos de aro preto abriu a porta. Ela usava calça jeans *skinny* e suéter vermelho.

– Oi. A professora Rossi está aí hoje? – ele perguntou.

– Pois não. Olá – ela disse. Ela falava com um leve sotaque italiano.

– Ah. Oi – respondeu Tristan.

– Estava esperando uma velha italiana com cara de doida?

– Não... – disse Tristan. Era exatamente o que ele estava esperando. A professora Magdalena Rossi era uma professora nova que dava aulas de Filosofia e Religião. Mas nem seu nome nem a matéria combinavam com a bela jovem elegante na sua frente. – Bom, talvez. Oi. Sou Tristan Harper.

Eles apertaram as mãos.

– É um prazer conhecer você. Ainda sou a novata; mesmo depois de tantas semanas, não conheci ninguém.

– Não se preocupe, me sinto igual.

– Há quanto tempo você é novato, Tristan?

Ele sorriu.

– Trabalho aqui faz pouco mais de dois anos. Acho que já a vi por aí. Você tem uma *scooter* amarela?

– Sim. Uma Vespa.

– Você dirige rápido.

– Bom, sou italiana – ela falou com um sorrisão. Ela manteve contato visual por um segundo a mais, a ponto de deixar Tristan sem graça.

– Certo. Estou com seu projetor de slides – ele afirmou, apontando para o carrinho ao seu lado.

– Obrigada, pode trazer aqui para dentro – ela disse, abrindo bem a porta. Sua salinha era cheia de móveis antigos de madeira, e todos os centímetros das paredes eram cobertos de papéis. Uma pequena janela dava para o mar, que hoje estava agitado e cinza. Tristan empurrou o carrinho para dentro. – Deixa ali perto da minha mesa. Eu ia fazer um café agora, você aceita? – Ela apontou para uma pequena máquina de cápsula na estante.

– Não, obrigado. Preciso ir – disse Tristan. Tirou o celular do bolso e olhou para ver se havia alguma mensagem de Kate depois da reunião dela com Alan.

– Tem certeza? Uma dose de *espresso* não vai atrasar você.

Tristan estava prestes a dizer não, quando notou um mapa afixado com um alfinete na parede. Era da represa Shadow Sands e das charnecas circundantes. Um cartão em que se lia MITOS E LENDAS LOCAIS estava afixado junto com artigos de jornais que exibiam lendas famosas de Devon e da Cornualha que Tristan reconheceu: a Fera da Charneca de Bodmin, o lago do Rei Artur, gigantes córnicos, o Cão dos Baskervilles. Mas também havia anotações escritas à mão com questionamentos: LOBISOMEM DA CHARNECA DE BODMIN – encontre esse bicho, FANTASMA DA NÉVOA – novo demais?

Magdalena seguiu seu olhar.

– Está fazendo algum projeto sobre a represa? – ele perguntou.

– Não. Por quê?

– Só reconheci o lugar. Sou da região – disse Tristan sem querer entrar em detalhes sobre a morte de Simon Kendal. Ele se aproximou do quadro.

Embaixo de LOBISOMEM DA CHARNECA DE BODMIN – encontre esse bicho, estavam duas fotos da pegada de uma pata gigante. A primeira mostrava a pegada *in loco* em uma trilha enlameada rodeada por árvores. A segunda era um close. A pegada parecia de um cachorro grande; Tristan conseguia ver o contorno das almofadas das patas e as garras compridas. O que o chocou era a grande mão humana peluda ao lado para comparar; a pegada da pata era três vezes maior do que o tamanho da mão.

– Essa não é minha mão, aliás – disse Magdalena. Tristan deu um pulo, assustado. Ela estava ao lado dele agora, segurando duas xícaras fumegantes de *espresso*. Ela era baixa e delicada. O topo da cabeça dela chegava à altura do ombro dele. Seu cabelo preto brilhante estava partido no meio e cheirava a limpeza, um xampu frutado. Tristan pensou que ela tinha uma beleza terrosa.

– Obrigado – ele disse, aceitando uma das xícaras. – É para uma matéria nova? – perguntou, apontando para o quadro de cortiça.

– Não. É para minha tese. Estou estudando as origens de lendas urbanas. Devon e Cornualha são repletas de material de estudo. Tirei as fotos da pegada numa fazenda perto de Chagford nos limites de Dartmoor. O fazendeiro jura que uma noite viu um vulto bestial em duas pernas, com três metros de altura, perto da cerca de um dos campos dele.

– O que ele fez? – perguntou Tristan, dando um gole do café forte e amargo.

– Fez o que eu faria. Entrou e trancou as portas. Só voltou a sair na manhã seguinte. Foi quando encontrou essa pegada.

– Que bicho deixaria uma pegada dessa? – perguntou Tristan. Ele ergueu a mão para tocar a foto, e a manga de seu suéter se ergueu, mostrando alguns centímetros da tatuagem que cobria seu antebraço.

Magdalena parou por um momento, e ele a notou admirando a tatuagem. Era um bosque de árvores em branco e preto contra o céu noturno.

– Deve ser um leão, ou um lince, ou algum cruzamento – ela disse. – Você deve ter ouvido todas as teorias sobre vitorianos ricos trazendo bebês de leões e tigres de viagens do exterior e depois os despejando na mata quando ficavam grandes e perigosos.

– Sim.

– É a conclusão lógica.

Tristan tomou o resto do *espresso* de um gole só. A pegada gigante lhe deu um calafrio.

– O que é o Fantasma da Névoa? – ele perguntou, vendo uma série de pequenas fotos em branco e preto de um trecho de estrada vazia cercado por árvores. Bolsões de névoa ficavam nas depressões do asfalto quando a estrada descia e depois virava em uma curva.

– É um trabalho em desenvolvimento. Tive uma conversa casual com uma menina da cidade no *pub*. Ela me contou uma história sobre jovens desaparecidos em um trecho da A1328, a estrada que passa perto da represa Shadow Sands. Sempre que há uma névoa densa...

– Sério? Nunca ouvi essa – disse Tristan.

– Acho que ela é... como se diz em inglês? Uma narradora não confiável... provavelmente uma ideia melhor para vender como filme do que para colocar na minha tese.

– Como aquele filme O *mistério de Candyman*. Sabe, você diz o nome dele cinco vezes no espelho e ele aparece atrás de você com um gancho.

– É baseado numa história de Clive Barker, muito boa por sinal.

Magdalena deu um gole do seu *espresso*, e eles ficaram em silêncio. Tristan sentiu o impulso de contar para ela da morte de Simon Kendal, mas não disse nada. Ela sorriu e estendeu a mão, erguendo a manga do suéter dele para revelar seu antebraço.

– Gostei da sua tatuagem – ela disse, traçando os dedos sobre a pele dele. – Às vezes elas ficam cafonas, mas essa é uma verdadeira obra de arte.

– Obrigado. Tenho um tatuador ótimo, em Exeter... – Ele se sentiu corar, e sua pele se arrepiou. Magdalena sorriu e voltou a manga dele para baixo com delicadeza.

– Você é aluno da pós?

– Não – disse Tristan, sentindo-se envergonhado. – Sou assistente de Kate, a professora Marshall. E parece que sou o único que sabe consertar esses projetores antigos de slides.

– Ouvi falar das suas aventuras com a professora Marshall – ela disse, sem tirar os olhos dele. Ela tinha lindos olhos castanhos e lábios fartos.

– Tem isso também, sim, mas oficialmente estou na folha de pagamento, não sou um acadêmico nem nada.

Ela sorriu.

– Como estava seu *espresso*?

Ele baixou os olhos para a xícara.

– Hm... – Ele riu. – Faço mais o tipo que curte Starbucks.

Magdalena riu.

– Você está falando com uma italiana. Aquilo não é café. O que você costuma beber na Starbucks?

– *Macchiato* de caramelo – ele respondeu com um sorriso amarelo.

– Ai, meu Deus.

– Você não está aqui há muito tempo, e quase todo mundo aqui acaba tendo reuniões na Starbucks lá embaixo. Tenho certeza de que você vai ser convertida.

– Talvez possamos tomar um café na Starbucks qualquer dia? – ela disse, inclinando a cabeça e erguendo os olhos para ele de trás da franja de cabelo grosso. – Você poderia me converter.

– Ah – ele disse, percebendo que ela estava dando em cima dele.

– Sim, Tristan. Estou chamando você para sair... Teria interesse? – A confiança dela o tinha pegado de surpresa, e ele não sabia o que dizer. – Pode me dar seu número?

– Meu número?

– Sim. Você deve perceber que não sou o tipo que fica esperando ao lado do telefone.

– Claro.

Ele colocou a xícara de *espresso* na mesa enquanto ela passava uma caneta-tinteiro e um caderninho aberto em uma página em branco para ele. Ele anotou seu número de telefone. Seu celular apitou, e ele o tirou do bolso. Viu que era uma mensagem de Kate.

– Preciso ir... é a professora Marshall – ele disse.

– Depois te ligo. – Ela sorriu.

– Ótimo – ele disse. – E valeu pelo café.

Ele esperou até sair da sala de Magdalena e, então, deu uma olhada na mensagem.

GERAINT JONES TOPOU
ENCONTRAR A GENTE AMANHÃ ÀS 11H

Tristan correu para ligar para Kate, e seu encontro com Magdalena foi para o fundo da sua mente.

CAPÍTULO 9

Geraint tinha pedido para encontrá-los em um clube de sinuca próximo à região da residência estudantil em que morava em volta do centro da cidade de Exeter.

Kate e Tristan encontraram o lugar no fim de uma série de lojas decadentes e estacionaram na porta. Um rapaz alto e corpulento com o cabelo loiro-avermelhado na altura do ombro estava esperando por eles embaixo de um toldo verde desbotado que dizia "clube de sinuca pot black". Ele usava botas pretas, calça jeans encardida e uma jaqueta jeans com um forro de pele de carneiro igualmente encardido. Tinha um rosto redondo e agradável e estava tentando deixar a barba crescer, mas tudo que exibia era uma penugem de pelos finos no queixo.

– Você joga sinuca? – Geraint perguntou para Tristan enquanto mostrava um cartão de sócio e os cadastrava para entrarem no clube.

– Não – disse Tristan.

– Eu também não – disse Geraint com a voz baixa. – Venho aqui porque posso fumar um cigarro enquanto tomo umas. – Ele tinha um sotaque galês suave e melodioso, e seus olhos estavam um pouco vidrados. Kate se perguntou se ele já tinha começado a beber. Ele os guiou por uma porta lascada e suja, e entraram em um salão comprido de teto baixo com as paredes verde-escuras. As fileiras de mesas de sinuca estavam vazias, com a exceção de dois senhores de idade que jogavam uma partida perto do bar. Cada mesa de sinuca ficava sob uma grande luminária pendente com um quebra-luz de veludo vermelho franjado. Elas emitiam uma luz fraca sobre o salão, refletindo a névoa de fumaça de cigarro. – Posso pegar alguma bebida para vocês?

– Quero um chope – disse Tristan.

– Tem *cappuccino* no bar? – perguntou Kate, vendo que esse era um clube de operários.

– É mais fácil terem Al Pacino no bar – brincou Geraint.

– Um café preto, então – ela disse, achando graça nele.

– Sentem. Já volto – ele disse.

Kate e Tristan acharam a mesa mais longe do bar, embaixo de uma parede que exibia troféus lustrados em armários de vidro.

– Por que pode fumar aqui dentro? – perguntou Tristan quando se sentaram.

– É um clube privado. Ainda se pode fumar em clubes privados – disse Kate, pegando seu maço de cigarro. Estava um clima bem tranquilo e relaxado, com apenas a conversa murmurada dos senhores de idade e os clique-claques das bolas de sinuca.

Geraint voltou com as bebidas e se sentou, sem tirar o casaco. Virou metade da caneca em um gole só e depois acendeu um cigarro.

– Primeiro, quero dizer que sinto muito sobre Simon – disse Kate. Tristan assentiu.

– Lyn colocou vocês nessa, não foi? Para investigar? – ele disse, expirando e fixando o olhar em Kate.

– Ela não nos colocou em nada. Só está preocupada com as circunstâncias da morte de Simon.

– Sabe como Si a chama? Maligna. Por causa do desenho do He-Man. – Ele sorriu, e então secou uma lágrima dos olhos. – Merda. – Ele virou o resto do chope e ergueu o caneco em direção ao balcão.

– Simon não se dava bem com a mãe? – perguntou Kate.

– Não. O médico-legista e a polícia determinaram que foi um acidente. Lyn acha que sabe mais do que eles? Ela não estava lá. Lyn só não gosta de mim e quer me criar problemas.

– O que você acha que aconteceu com Simon?

– Acho que Maligna o matou... Não diretamente, mas ela botava muita pressão nele com a natação. Era uma mãe controladora, para dizer o mínimo. Gastou uma fortuna contratando um treinador. Um verdadeiro desgraçado, ele era; quase deixou o Si maluco. Lyn é que deveria estar treinando para as Olimpíadas. Ela queria aquilo mais do que o Si.

– Lyn comentou que Simon sofreu uma lesão no ano passado e não entrou para a equipe olímpica – disse Tristan.

– Ele machucou o pé no Natal passado, uma coisa besta, caiu da calçada na frente de um *pub*.

– Ele estava bêbado?

Geraint fez que sim e apagou o cigarro no cinzeiro.

– Bebendo com você? – perguntou Kate.

Geraint sorriu e fez que sim de novo. Ele acendeu outro cigarro.

– O que explicaria por que ela não gosta de mim – ele disse, soprando fumaça para o teto. – Ela achava que eu era uma má influência, mas foi a primeira vez em meses que Si estava livre e, mesmo assim, só tomou um chope. Era fraco para bebida. Foi um acidente bobo. Si tropeçou, caiu na sarjeta em um monte de caco de vidro. Foi sangue para tudo quanto era lado. Eu o levei para o PS. Deram pontos e fizeram um raio-x. Ele tinha lascado um osso do pé, o que fez com que ficasse parado. Ficou sem treinar por seis semanas, ou seja, acabou ficando fora de forma. Ele era presença garantida nas Olimpíadas de Londres. Lyn tinha um patrocinador programado para ele, mas chegou junho e ele não se classificou para a equipe britânica por questão de segundos.

– Nossa. Deve ter sido difícil – disse Tristan. Geraint fez que sim.

– Não bastava o sonho de entrar para a equipe olímpica ter descido pelo ralo, a Maligna entrou em pé de guerra. Ela tinha hipotecado a casa para pagar o treinamento dele nos últimos anos. Se Si tivesse se classificado, um patrocinador teria compensado esses custos e quitado o empréstimo dela... Ela demonizou o Si depois disso. Ficou pressionando o moleque para treinar mais e não parava de falar que ele havia perdido sua maior oportunidade. Isso é o suficiente para fazer qualquer um querer se matar.

– Simon queria se matar? – perguntou Kate.

– Não sei, mas ele não estava lá muito bem da cabeça, começou a chamar a piscina onde treinava de buraco cheio de cloro no concreto.

– O que fez vocês escolherem o *camping* perto da represa?

Geraint sorriu com tristeza.

– A gente ia acampar em Gower, no oeste de Gales. Lá é lindo para surfar e acampar, mas Maligna mudou de ideia na última hora e falou para Si que ele só poderia tirar dois dias de folga do treinamento. Ele treina... treinava aqui em Exeter. Shadow Sands é obviamente muito mais perto do que Gower. E tem alguns lugares na região. Benson's Quarry é bom para nadar e mergulhar. Muitas gatinhas, as minas andam muito por lá... Já foi para lá, cara? – ele acrescentou para Tristan.

– Não – disse Tristan.

– Deveria dar uma olhada, especialmente em dias quentes. Um monte de gostosas só com a parte de baixo do biquíni... – O garçom apareceu com um chope novo para Geraint. – Valeu, parceiro – ele disse, virando metade em um gole só e acendendo mais um cigarro. Kate trocou um olhar com Tristan, que ainda estava bebendo seu primeiro caneco.

– O *camping* de Shadow Sands estava vazio quando você e Simon chegaram? – perguntou Kate.

– Sim. O clima estava uma bosta. E o *camping* também. É do lado da represa, mas tem uma cerca de arame farpado enorme bloqueando a entrada da água. É como uma prisão. E os banheiros estavam meio interditados e cobertos de merda. Tinha umas coisas deixadas por uns drogados. Chegamos ao *camping* por volta das oito, oito e meia da noite. Tínhamos ido até a praia Dawlish ali na região, para surfar, e acabamos gastando com um táxi até o *camping*. Estávamos com fome, e estava ficando escuro quando chegamos... Não sei por que a gente não pegou um *hostel* de uma vez. Era uma daquelas viagens em que você planeja uma coisa, depois tudo muda, e você tenta manter a ideia toda de acampamento... – Ele deu mais um gole do chope. – Mas acaba num buraco como aquele.

– Vocês estavam bebendo naquela noite? – perguntou Kate.

– Não. A gente tinha esquecido de comprar a bebida. E tudo que a gente tinha era feijão cozido frio, direto da lata, e umas barras de chocolate. Virou uma noite triste. Queria que a gente tivesse bebida. Si foi ficando para baixo.

– Como sabe que ele estava para baixo? – perguntou Tristan.

– Ele se fechou. Agosto tinha sido difícil para ele. Não dava para não ouvir falar das Olimpíadas, né? Mas o dia tinha sido ótimo. A gente tinha conhecido umas gatas na praia. Uma trocou telefone com Si. Ela tinha uma amiga para mim – ele acrescentou com um sorriso. – A gente combinou de se encontrar com elas no dia seguinte para mergulhar na Benson's Quarry. Tinha um grupo de meninas que ia lá.

– Vocês viram outras pessoas acampando ou caminhando naquela noite? – perguntou Kate.

Geraint fez que não.

– Estava um deserto. Sinistro. O ronco da usina parece bloquear todos os outros sons. Não é um barulho alto, mas é constante, e vai entrando na sua cabeça.

– Você viu algum barco na represa?

– Não. Eu só queria deitar logo, dormir, acordar e cair fora dali na manhã seguinte. Montamos a barraca, e devo ter pegado no sono lá pelas nove ou dez da noite, não lembro. Si ficou dizendo que o corpo dele estava dolorido e que se sentia mal. Acho que ele não vinha comendo direito. Não o vi comer o dia todo na praia, e ele mal tocou no feijão ou no chocolate. Acordei umas sete na manhã seguinte, e Si não estava lá. O saco de dormir dele estava vazio.

– O que você fez?

– No começo nada. Pensei que ele tinha ido dar uma mijada ou fazer o número dois. Fiz um chá no fogãozinho a gás e esperei. Liguei algumas vezes, mas o celular estava desligado. Foi então que eu... – Ele hesitou.

– O quê? – perguntou Kate.

– Revirei a mochila dele para ver se o celular estava lá. Não estava, mas achei um frasco de comprimidos. Eram antidepressivos. Fiquei em choque, porque sempre achei que Si estava, sabe, passando por uns problemas.

– Você acha que Lyn sabia que ele estava tomando antidepressivos? – perguntou Kate. Geraint encolheu os ombros.

– Pesquisei os remédios no Google. Tudo forte, com efeitos colaterais que afetariam o desempenho dele na natação. Não sei se Lyn gostaria que ele tomasse.

– O que você fez depois que encontrou os comprimidos na bolsa dele? – perguntou Tristan.

– Dei uma volta no *camping*, dei uma olhada na mata, nos banheiros horríveis mais uma vez.

– E não havia nada de suspeito ao longo da cerca, perto da represa? – perguntou Kate.

– Suspeito, tipo o quê?

– Não tinha sangue na grama ou na cerca? Já vi o estrago que uma cerca de arame farpado pode fazer em alguém que tentar subir por ela.

– Caminhei pela cerca ao longo da água por um bom tempo nos dois sentidos; na verdade, em um único sentido, atravessei o bosque e todo o caminho ao longo dela até a usina. Não tinha nenhum buraco na cerca, nada – disse Geraint.

– Quando avisou que Simon estava desaparecido? – perguntou Kate.

– Logo depois do almoço. Liguei para a Maligna. Ela ficou preocupada, falou para eu manter contato. Eu tinha que carregar o celular, então voltei para a usina, entrei no centro de visitantes e tomei um café.

– O que tem no centro de visitantes?

– É uma galeria de arte. Fica na beira da represa. Dá para tomar um café admirando a vista. Foi muito surreal ficar lá e tomar café, sabendo que Si estava desaparecido em algum lugar. Ainda estava lá quando Lyn me ligou de volta para dizer que tinha avisado a polícia e informado sobre o desaparecimento de Si. Eu ainda não queria acreditar. Torcia para que ele tivesse corrido atrás daquela mina que ele tinha conhecido no dia anterior... – Geraint girou o resto da cerveja no copo e depois tomou. Seus olhos estavam cheios de lágrimas. Ele os secou. Kate notou uma mancha vermelha na manga da pele de carneiro da jaqueta.

– Você se machucou? – ela perguntou.

– Quê? Isto aqui? – ele disse, olhando para a mancha desbotada na manga. – Não. É antigo, daquela noite em que Si se machucou e cortou o tornozelo. Levei Si até o PS. – Ele olhou para a mancha de sangue por mais um momento, depois arregaçou a manga, puxando a pele de carneiro manchada para dentro.

Tristan fez com a boca se deveria pegar mais uma cerveja para ele, mas Kate fez que não com a cabeça. Geraint já estava enrolando a língua, e eles precisavam fazer mais perguntas.

– Então, Lyn chamou a polícia. O que você fez?

– Voltei para o *camping*, fim de tarde, peguei nossas coisas, e chamei um táxi de volta para a residência estudantil. Na tarde do dia seguinte, a polícia ligou para o meu celular. Pensei que tinham encontrado Si, mas me pediram para ir até a delegacia e fazer um depoimento sobre o desaparecimento oficial dele, o que eu fiz. Fiquei lá por sete horas. Eles pegaram pesado comigo, perguntando as mesmas merdas sem parar, tentando me pegar na mentira. Depois me liberaram à tardinha.

– Eles interrogaram você com um advogado? Ou foi mais informal e você deixou um depoimento? – perguntou Kate.

– Eles ficavam dizendo que eu estava livre para ir a qualquer momento, mas... eu tenho antecedentes criminais. Fui para o reformatório quando tinha 14 anos. Fiquei um ano por ter quebrado uma garrafa na cara de um babaca que me atacou num *pub*. Também tive uns problemas uns anos atrás em um clube; foi legítima defesa de novo. – Ele encolheu os ombros. – Só porque me defendo quando uns babacas bêbados vêm para cima de mim, não quer dizer que eu mataria meu melhor amigo sem motivo nenhum.

– O que aconteceu depois que saiu da delegacia? – perguntou Kate.

– Recebi algumas ligações da Maligna. Fazendo perguntas. Ela queria as coisas de Si de volta, a mochila dele. Na segunda vez que ela ligou, estava bêbada... ficou me fazendo um monte de pergunta. Se eu e Simon éramos gays. Se estávamos transando... A resposta é não, aliás. Na terceira vez em que ela ligou, estava extremamente bêbada e gritou que eu tinha matado Si porque tinha inveja dele, e que eu tinha um histórico de violência.

– E o que você disse? – perguntou Tristan.

– Eu me defendi. Sei que o filho dela estava desaparecido, mas ela estava sendo cruel no telefone... Não sei se ela tem muitos amigos. Se é... era filho único. O pai dele morreu. Eles têm poucos parentes. Depois da terceira ligação, desliguei o celular. Tinha muitas outras chamadas perdidas quando liguei o aparelho de novo na manhã seguinte. Ela falou que tinha ligado para a polícia e que me interrogariam de novo... Ela me assustou, estava tão insistente e confiante.

– A polícia falou com você de novo? – perguntou Kate.

– Bateram na minha porta à tarde. Era a polícia. Pensei que me prenderiam, mas me falaram que o corpo de Simon tinha sido encontrado na represa e que ele tinha se afogado. Disseram que tinham determinado oficialmente como um acidente.

O lábio inferior de Geraint começou a tremer, e ele desviou os olhos.

– Você se lembra de quando exatamente foi isso? – pergunto Kate.

Geraint se voltou e secou os olhos.

– Deve ter sido quatro ou cinco dias depois.

– Você consegue ter certeza? A data exata?

– Fui ao funeral em 14 de setembro, que foi exatamente duas semanas depois que a polícia veio, então seria... 31 de agosto.

Como a polícia determinou afogamento acidental tão rápido?, pensou Kate. Ela tinha encontrado o corpo de Simon no dia anterior.

– Você consegue se lembrar que horas a polícia passou na sua casa no dia 31? – ela perguntou.

– À tarde. Logo depois do almoço, lá pelas duas – disse Geraint. – Ficaram só alguns minutos, me falaram na porta. Si estava morto, foi afogamento acidental, e eu não estava mais sob nenhuma suspeita.

– Chegaram à conclusão tão rápido? – perguntou Tristan, ecoando os pensamentos de Kate.

Geraint encolheu os ombros.

– Não confio na polícia. Nunca confiei e nunca vou confiar. Porém, se dizem que sou inocente, eu é que não vou discutir... Mas como um bom nadador como Simon se afogaria?

CAPÍTULO 10

– Não faz sentido – disse Kate quando eles estavam no carro voltando para Ashdean. – Encontrei o corpo de Simon na quinta, 30 de agosto, no fim da tarde. Liguei para a polícia e eles chegaram bem rápido, mas a equipe de mergulho só deve ter trazido o corpo à superfície à noitinha. Então, um médico foi chamado para fazer a autópsia no corpo de Simon na manhã seguinte...

– A manhã de 31 de agosto – lembrou Tristan.

– Sim. Uma autópsia leva tempo, algumas horas. Então os relatórios tinham que ser escritos. Os relatórios voltariam para o policial encarregado do caso. Mais decisões teriam que ser tomadas. Se a autópsia ficou pronta às nove da manhã, como a polícia estaria batendo na porta de Geraint menos de cinco horas depois para dizer que a morte de Simon fora um acidente e que não haveria mais investigação?

– E se Geraint estiver mentindo? – perguntou Tristan. – E a polícia ainda acha que ele é suspeito?

– Não. Quando fui ver Alan Hexham ontem, o relatório no arquivo dizia que foi afogamento acidental. Alan estava preocupado. Ele não fez a autópsia. Chamaram outro médico.

– Tem alguma coisa estranha nessa história – disse Tristan. A estrada de Exeter para Ashdean seguia ao longo da costa, suas curvas se afastando do mar e atravessando campos arados vazios e árvores desfolhadas onde uma névoa baixa pairava no ar. O telefone de Kate tocou, e ela o pegou com a mão livre.

– Falando no diabo. É Alan Hexham.

– Quer que eu coloque no viva-voz? – perguntou Tristan. Kate fez que sim e entregou o celular para ele.

– Oi, Kate? – ressoou Alan pelo viva-voz.

– Oi, Alan. Estou aqui com Tristan – ela disse.

– Ah. Oi, oi. Olha. Só estou ligando sobre a autópsia de Simon Kendal. Queria agradecer.

– Pelo quê? – perguntou Kate.

– Você me alertou sobre alguns erros preocupantes no arquivo do caso. Simon Kendal estava acampando com o amigo, e isso me fez pensar. Estacas para barracas.

– Estacas para barracas? – repetiu Kate.

– Sim. A imagem que mostrei para você. Aquela marca de perfuração na caixa torácica de Simon. Tinham errado ao identificar a causa como o propulsor de um motor de popa, mas acho que foi provocada pela borda chanfrada de um objeto afiado. Uma estaca de metal para barraca se encaixaria nessa descrição como uma possível arma... – Kate e Tristan trocaram um olhar. Alan continuou: – Dei essa informação para o inspetor-chefe Henry Ko, o responsável pelo caso.

– Você sabe por que concluíram tão rapidamente que foi afogamento acidental? – perguntou Kate. – A gente estava montando uma linha do tempo...

– Kate. Desculpa, mas não posso comentar sobre a causa da morte agora.

Tristan olhou de soslaio para Kate. Alan parecia muito tenso.

– Certo. Alan, a única pessoa que estava acampando com Simon era o amigo dele, Geraint. A polícia está dizendo agora que a morte de Simon é suspeita?

Houve uma longa pausa.

– Também não posso comentar sobre isso.

– Então, Geraint é um suspeito agora?

– Kate. Estou ligando para você como uma cortesia. Não posso comentar mais, e não estou a par do que a polícia decide... Agora, preciso mesmo ir – ele disse e desligou o telefone.

Kate viu um acostamento à frente e parou. Era ao lado de um grande campo de aparência desolada que tinha sido arado recentemente em preparação para o inverno. Eles ficaram em silêncio por um momento.

– Será que estamos equivocados quanto a Geraint? – perguntou Kate.

– Se estivermos, ele é um ótimo ator – disse Tristan. – Tanto controle.

– Não, se ele fosse controlado, não andaria por aí com o sangue de Simon na jaqueta e ficaria tão calmo quando perguntamos – disse

Kate. – E tem toda a questão de como Simon foi parar na água. Geraint estava com ele? Tem uma cerca entre o *camping* e a represa. Eles caminharam alguns quilômetros para o outro lado da represa? Simon subiu pelo arame farpado? Os dois subiram? Lembro das mãos de Simon. Não havia cortes nem hematomas na pele dele. Geraint também estava sem nenhum arranhão. Não faz sentido.

– Temos certeza que eles foram mesmo para o *camping*? – disse Tristan. – Estamos acreditando na palavra de Geraint.

– Exato. E por que não pensei em estacas para barraca? É uma arma tão óbvia! – Kate bateu no volante. A buzina soou pelo campo, assustando um bando de corvos que saiu voando e grasnando céu adentro.

– Alan disse alguma coisa quando você o viu? Se a polícia encontrou uma estaca para barraca no *camping*?

– Não, não disse. E, mesmo se tivessem encontrado, duvido que houvesse muitas evidências forenses restantes nela depois de tantas semanas exposta aos elementos da natureza.

– Isso ainda não responde à pergunta: por que o médico-legista e a polícia determinaram tão rapidamente que a morte de Simon foi acidental? – perguntou Tristan.

***

Geraint ficou no Clube de Sinuca Pot Black por mais uma hora, e tomou mais alguns chopes. Quando saiu, foi atingido pelo frio do lado de fora e seguiu trançando as pernas enquanto voltava para casa. Ele tinha uma quitinete em um prédio a um quilômetro e meio do clube de sinuca. A rua onde morava era uma mistura de casinhas desmazeladas e prédios de dois andares de concreto do período pós-guerra. Chegando perto de casa, começou a chover, e ele ergueu a gola da jaqueta para se proteger. Só viu as viaturas de polícia diante do seu prédio quando deu a volta pelas lixeiras na esquina do pequeno estacionamento na entrada.

Havia três viaturas, e seis policiais agrupados embaixo do toldo de concreto sobre a entrada principal. As luzes estavam acesas no átrio, e ele conseguia ver uma de suas vizinhas, uma senhora de idade que morava no fim do corredor de seu andar, conversando com a polícia. Ela ergueu os olhos e o viu.

– Ali. É ele – ela disse, apontando com o cigarro apagado. Geraint não soube por que tentou fugir. A bebida estava correndo em suas veias, e as luzes azuis piscantes que ainda giravam sobre as viaturas o fizeram entrar em pânico.

– Pare! Ei! Pare agora mesmo! – gritou um dos policiais, mas não tinham por que se preocupar. Geraint perdeu o equilíbrio na esquina das lixeiras e caiu em cima de um monte encharcado de sacos pretos, sentindo alguma coisa grande dentro deles apertar sua barriga. Os policiais se amontoaram em cima dele como em uma jogada de rúgbi antes que ele tivesse tempo de recuperar o fôlego, puxando suas mãos atrás das costas, fechando algemas geladas em torno de seus punhos e declarando os direitos dele. Enquanto o puxavam para que se levantasse, o chão pareceu dar um solavanco horrível, e ele viu estrelas, então vomitou.

– Deus do céu, que estado – disse uma voz. Um oficial asiático elegante saiu de uma das viaturas e veio até ele. Estava à paisana: calça jeans *skinny*, uma camisa polo branca e uma jaqueta impermeável da Ralph Lauren amarelo vivo. Geraint pensou que ele parecia arrumado e pronto para uma noitada.

– É porque vocês se amontoaram em cima de mim – disse Geraint. Ele tossiu e sentiu ânsia de vômito de novo, cuspindo no chão, as mãos ainda algemadas atrás das costas.

O oficial asiático se aproximou e olhou nos olhos dele, como se o desafiasse. Geraint achou que ele lhe daria um soco; depois ele tirou um crachá da polícia.

– Sou o inspetor-chefe Henry Ko. Geraint Jones, você está preso pelo assassinato de Simon Kendal...

– Mas que porra? – começou Geraint, ouvindo o choque na própria voz.

– Você tem o direito de permanecer calado. Tudo o que disser pode e será usado contra você no tribunal – disse Ko.

– Quero um advogado – ele disse.

– Você vai ter um... Levem o moleque para a delegacia. Só não o coloquem no meu carro – disse Ko. Os policiais o levaram, e ele foi enfiado na viatura mais próxima.

CAPÍTULO 11

Kate deixou Tristan no apartamento dele, e concordaram em se encontrar no dia seguinte e entrar em contato se surgisse alguma novidade sobre Geraint.

Kate morava em uma casa grande e antiga de dois andares no fim de uma rua paralela à falésia. Ficava a alguns quilômetros de Ashdean, em um vilarejo chamado Thurlow Bay.

Perto da casa de Kate ficava uma loja de surfe, que atendia o *camping* vizinho no verão. Era administrado por Myra, sua amiga e madrinha no AA.

A casa de Kate era confortável e aconchegante – *meio casa de vó*, Jake dizia. Os móveis na sala eram baratos, e as paredes eram cobertas por estantes cheias de livros acadêmicos e romances. Um piano velho ficava encostado em uma parede. A casa veio junto com o trabalho de professora em Ashdean, e fazia oito anos que ela a alugava. Sua parte favorita era a sala de estar e a fileira de janelas com vista para o mar sobre o alto da falésia. A cozinha era um pouco mais moderna do que o resto da casa, com tampos de madeira clara e armários pintados de branco.

Kate guardou na cozinha as compras que tinha feito no caminho de volta, depois abriu a geladeira. Tinha um jarro de chá gelado na prateleira de cima. Ela pegou um copo de cristal, o encheu até a metade de gelo e completou com o chá gelado. Depois fatiou um limão, acrescentando um pedaço em cima do gelo. Preparar o chá gelado dessa forma tinha a mesma cerimônia de preparar um coquetel, mas sem álcool. O Alcoólicos Anônimos recriminava todo tipo de muleta ou substituto, mas Kate achava que isso funcionava para ela. Ajudava a se manter sóbria.

Ela deu um longo gole do chá gelado e pegou o celular. Será que deveria ligar para Lyn? Eram quase cinco da tarde. A questão das estacas para barraca como possível arma do crime voltou à sua mente. Se Geraint havia apunhalado e matado Simon com uma estaca, onde o objeto estava agora? Ela pensou na represa e no dia em que Jake e ela tinham ido mergulhar. Parecia sem fundo, uma escuridão infinita além da luz da lanterna.

Ela mandou uma mensagem rápida para Jake, perguntando se a ligação por Skype mais tarde ainda estava de pé. Esperou alguns minutos e, como não houve resposta, abriu a geladeira de novo e voltou a encher o copo.

O que ela não daria por um uísque. Um Jack Daniel's com Coca. A intensidade defumada do sabor do uísque misturada à doçura efervescente do refrigerante.

Deu um gole do copo recém-enchido.

Não, não era a mesma coisa. O problema da sobriedade era que, depois de conquistada, sempre havia a sensação incômoda de que daria para tomar uma de vez em quando.

Ela se sentou à mesa e acendeu um cigarro. Será que tinha acreditado em toda a encenação de rebelde galês melancólico de Geraint? Será mesmo uma encenação? Ela queria poder se sentar a uma escrivaninha na delegacia, com HOLMES, a base de dados da polícia britânica, ao seu alcance. Com o toque de algumas teclas, conseguiria descobrir se a polícia sabia o paradeiro dos equipamentos de *camping* e se os havia apreendido como evidências.

Houve uma batida na porta dos fundos, que se abriu. O barulho do mar depois das falésias ficou mais alto, e o vento soprou pela cozinha, fazendo as anotações e os desenhos fixados na geladeira se agitarem.

– Vi a luz acesa – disse Myra. Ela estava na casa dos 70 anos, pele escura enrugada e o cabelo loiro oxigenado curto e penteado para trás. Entrou na cozinha, fechando a porta atrás de si. Descalçou as galochas e as colocou sobre o jornal que Kate deixava perto da porta. – Vejo que está à base de chá gelado – ela disse, tirando a jaqueta e a pendurando em uma cadeira. Estava vestida no estilo típico de Myra, calça jeans larga e camiseta do Def Leppard. Seu dedão estava aparecendo por um buraco na meia rosa felpuda no pé esquerdo. A meia azul-escura no pé direito estava menos puída.

– Eu mataria por um uísque com refrigerante. Mataria mesmo – disse Kate.

– Eu cometeria homicídio duplo por uma Newcastle Brown Ale com uma dose de Teacher's – disse Myra, indo até a chaleira elétrica e ligando-a. – E olha que estou com 26 anos de sobriedade nas costas.

Kate debruçou a cabeça na mesa. Myra chegou perto e deu um tapinha nas suas costas.

– Você sabe como funciona. Aguenta firme. Range os dentes. Imagina que está fazendo um sexo muito bom – ela disse.

– Eu odeio.

– Sexo muito bom?

– Não, mas faz um tempo que não rola isso também. Essa vontade.

– Range, range, range esses dentes, meu amor, e depois range um pouco mais – ela disse, esfregando as costas de Kate. – Vou fazer um chá, e vamos ficar doidonas de biscoito de chocolate. Conversa comigo. O que provocou isso? – perguntou Myra, enchendo a chaleira elétrica e depois tirando o bule do armário.

– É aquele menino que morreu, Simon... A polícia agora acha que o melhor amigo dele o matou.

– O que você acha?

– Acho que é possível, mas é um pouco conveniente demais.

– Conveniente para quem?

– Essa é a grande questão.

CAPÍTULO 12

Quando Tristan voltou para o apartamento, ouviu a irmã, Sarah, na sala da frente conversando com o noivo, Gary. Estava torcendo para ter o apartamento só para ele e um pouco de paz e silêncio para pensar depois do encontro com Geraint.

O corredor dava para uma salinha pequena. Todos os centímetros, incluindo os móveis, estavam cheios de caixas empilhadas de bebidas alcoólicas compradas no *Duty Free* do aeroporto.

Sarah e Gary estavam à mesa de jantar no canto, trabalhando na planta de distribuição de lugares do casamento. A TV estava ligada ao fundo.

– Ei, Tris. Você se importa se minha amiga Georgina do trabalho se sentar na mesa superior com você? – perguntou Sarah, tirando os olhos da planta.

– Sem problema – disse Tristan. Ele tirou o celular e a carteira do bolso e os colocou no pote sobre a cornija da lareira.

– E aí, tudo certo? – ele cumprimentou Gary.

– Não posso reclamar. Vou passar o resto da minha vida com essa daqui – disse Gary, dando um beijo em Sarah. Ela o empurrou de leve, anotando na planta de lugares com um lápis.

– Certo. Vou colocar Georgina a lápis. Vai que... – ela disse. Tristan entrou na pequena cozinha e pegou uma lata de refrigerante da geladeira.

– Vai que o quê? – ele perguntou, voltando para a sala.

– Vai que, sei lá, você decide convidar alguém – disse Sarah, recostando-se, voltando a amarrar o rabo de cavalo e deixando que Gary a beijasse na bochecha.

– Que tal Kate?

– Não vou convidar aquela pseudocelebridade só para preencher lugar – retrucou Sarah.

– Kate não é uma pseucocelebridade. Ela é minha chefe, e minha amiga.

– Tristan. Esse casamento vai custar 27,50 libras, mais impostos, por prato – disse Sarah, batendo o lápis na planta de lugares. – Estamos sendo muito generosos e oferecendo *open bar* – ela acrescentou, apontando para as caixas ao redor da sala.

– Kate não bebe – disse Tristan.

– Não, mas vai desviar o foco... Darren do trabalho é obcecado por livros de crime real, *e* as pessoas podem achar que você é o garotão amante dela.

– Não sou amante dela.

– Pois não quero passar a recepção inteira falando isso para as pessoas. Quero que me admirem usando meu vestido, que também não é barato, e não é o tipo de coisa que dá para usar duas vezes.

Gary olhou para Tristan e ergueu as sobrancelhas, sem jeito. Ele tinha 40 anos, 15 a mais do que Sarah. Quando se conheceram, o cabelo dele estava ficando grisalho, mas agora ele usava o cabelo escuro e tinha passado a calçar um sapato com um pequeno salto. Ele era um palmo mais baixo do que Sarah.

– Vou tomar banho – disse Tristan.

– Precisa ligar o aquecedor de imersão – Sarah gritou enquanto ele subia a escada. Tristan ouviu Gary murmurar para acalmá-la.

– Não, Gary. O casamento é meu, e não vou ser flexível!

Quando Tristan desceu vinte minutos depois, Sarah e Gary tinham guardado a planta de distribuição de lugares e estavam sentados no sofá assistindo à TV. Eles olharam para ele com expectativa. Sarah estava sorrindo.

– Que foi? – disse Tristan, passando pelas caixas até a cozinha para pegar alguma coisa para comer.

– Seu telefone tocou enquanto você estava no banho – disse Sarah.

– Era Kate? – perguntou, torcendo para que ela tivesse alguma novidade.

Sarah fechou a cara por um breve momento.

– Não. Não era Kate. Não reconheci o número, então atendi. Achei que poderia ser algo importante... Era *Magdalena*.

– Ah. Certo – disse Tristan, lembrando que ela tinha dito que ligaria.

– Ela tinha uma voz muito italiana.

– Ela *é* italiana.

– Ela quer saber se você pode ligar para ela para combinar um café – disse Sarah, agora quase radiante de alegria.

– Certo, valeu.

– Quem é ela? E onde vocês se conheceram? É sério? Ela é bonita? Ela tem uma voz atraente, não tem, Gary?

– Não ouvi direito, porque você estava no telefone com ela, não eu – disse Gary.

Sarah olhou feio para ele.

– Confia em mim, Gary. Ela tinha uma voz *muito* atraente, e Tristan também é atraente. Posso falar isso porque sou irmã dele, então imagino que ele atrairia alguém que é igualmente atraente.

Gary sorriu.

– Obrigado – ele disse.

– Por quê?

– Bom, logo, você é atraente, então isso deve *me* tornar atraente...

Sarah o ignorou e se voltou para Tristan.

– Conta pra gente dessa Magdalena.

– É uma professora que pediu meu número – disse Tristan.

– Uma professora! Liga para ela – disse Sarah, estendendo o celular de Tristan.

– Posso terminar meu chá? – ele disse, irritado por Sarah estar metendo o bedelho. Ele preferia tomar um café em paz com Magdalena e ver como se sentiria.

– Falando como mulher, não gosto quando os homens fazem joguinhos. Gary nunca fazia joguinhos comigo, não é, Gary? – Gary abriu a boca para falar alguma coisa, mas ela estava mexendo no celular de Tristan. – Falei que você retornaria a ligação. Toma. Já está tocando.

Tristan pegou o celular e finalizou a ligação.

– Meu Deus! Me deixa em paz, Sarah.

Ele saiu do cômodo, calçou os sapatos e pegou o casaco do corredor, depois saiu pela porta da frente, fechando-a atrás de si. Ele se encolheu embaixo do pórtico. Estava frio e escuro na orla, e o vento soprava do mar. Ele digitou o número, envolvendo a mão no telefone. Magdalena atendeu depois de alguns toques.

– Oi, obrigada por retornar a ligação – ela disse. – Sua irmã sempre atende seu celular com *tanta* atenção?

– Desculpa por isso. Eu estava no banho – ele disse.

Houve uma pausa. Ele estava prestes a perguntar sobre a represa Shadow Sands quando ela disse:

– Sei que sugeri Starbucks, mas quer ir ao cinema? Sou muito fã do David Lynch. Vão exibir *Eraserhead* no Commodore domingo à noite.

– Sim, seria ótimo – disse Tristan.

– Me manda seu endereço, e busco você às 19h30 – disse Magdalena, e desligou. Ele encarou o celular por um momento, sentindo-se inseguro. Era oficialmente um encontro agora.

Ele atravessou a rua e desceu os degraus para a orla. Havia algo de muito solitário em estar perto de pessoas que não tinham que esconder seus sentimentos. Sarah e Gary o deixavam maluco, mas ele invejava o fato de não precisarem se censurar. Caminhou ao longo da praia escura, ouvindo as ondas baterem nos seixos, gostando de estar perdido na escuridão, fora do alcance da luz dos postes no calçadão.

Assim que chegou à outra ponta da praia, seu telefone tocou, assustando-o. Era Kate.

– Tris, está em casa? – ela perguntou.

– Não. Por quê?

– O jornal da ITV News acabou de começar. Estão passando uma manchete sobre Geraint preso pelo assassinato de Simon Kendal.

Tristan continuou no celular e correu até o café vagabundo na ponta da orla, onde sempre deixavam a TV ligada. O café estava quase vazio. Ele pediu uma xícara de chá e um sanduíche de bacon e pediu para o garçom mudar de canal para a ITV News.

Ele assistiu aos vídeos de Geraint sendo levado, algemado, de uma viatura policial para a delegacia de Exeter. Mostraram um retrato de Simon Kendal em uma de suas competições de natação.

– A polícia prendeu Geraint Jones de 21 anos por associação com o assassinato de Simon Kendal e confiscou materiais que acreditam estarem relacionados ao homicídio. – Nesse momento, os policiais foram mostrados saindo da porta da frente de um apartamento com materiais de acampamento, e houve um *close* prolongado em estacas para barraca envoltas em um saco plástico transparente de evidências. – E recuperaram uma jaqueta que acreditam conter vestígios do sangue da vítima. Simon Kendal e Geraint Jones estavam acampando no *camping* de Shadow Sands na noite de 27 de agosto, quando Simon Kendal desapareceu. Seu corpo depois foi encontrado na represa Shadow Sands.

O relatório mostrou algumas imagens do *camping* vazio e da represa do ponto de vista da usina. O jornal concluiu com um repórter na frente da delegacia de Exeter, passando um número para o qual o público poderia ligar para dar informações.

– Resolveram isso muito rápido – disse Tristan.

– Sim, muito – disse Kate do outro lado da linha. – Quem quer que o tenha prendido quis divulgar muitas informações para o domínio público.

– Parece muito incriminatório – disse Tristan. Seu sanduíche de bacon chegou, mas de repente não sentia fome. – Estacas para barraca envoltas em plástico e desfiladas na frente das câmeras de TV. Acha que estão com o casaco com sangue de Simon na manga?

– Devemos presumir que sim se a polícia informou a mídia sobre uma amostra de sangue nas roupas de Geraint – disse Kate.

– Como isso funciona na polícia? Pensei que deveriam manter os detalhes de um caso confidenciais.

– Esse é um vazamento controlado. A polícia está usando a imprensa para montar a narrativa.

– Casos de assassinato precisam de uma narrativa? Pensei que tivessem a ver com fatos – disse Tristan.

– Deveriam, mas tem algo de estranho acontecendo. Eles determinaram rapidamente a morte de Simon como acidente e, quando pedi para Alan Hexham olhar o relatório de autópsia e ele encontro algo suspeito, as coisas mudaram, e está na imprensa como uma investigação de homicídio. Fizeram questão que a câmera capturasse as imagens das estacas para barraca, a possível arma do crime. Tenho certeza que estão torcendo para que alguém pobre como Geraint não consiga bancar um bom advogado...

– Se as estacas para barraca estavam no apartamento de Geraint, envoltas em plásticos...

– Então, qualquer evidência forense teria sido preservada, a menos que tenham sido limpas – disse Kate.

– Tenho certeza que Lyn vai ficar feliz. Eles mudaram a causa da morte de acidental para homicídio, acho. É o que ela queria – disse Tristan.

– Eu sei. Mas não quero pegar o dinheiro dela. Não acho que esteja resolvido. Isso só dá margem para mais perguntas – disse Kate.

Depois que Tristan terminou a ligação, ele encarou seu reflexo na janela do café. Pensou em como tinha sorte em comparação com Geraint. Isso colocava seus problemas em perspectiva. Como seria ser suspeito de um assassino?

Ele ficou arrepiado só de pensar.

CAPÍTULO 13

Na manhã de domingo, Kate se levantou cedo, vestiu o maiô de natação e saiu de casa pela porta da cozinha, descendo a falésia para seu mergulho matinal. Era uma manhã fria, e o sol brilhava dourado por entre um monte de nuvens baixas, espalhando diamantes sobre a água.

Ela havia começado a nadar no mar depois de ler que isso poderia combater a depressão. Era preciso coragem para continuar nadando o ano todo, mas a água gelada era viciante. A sensação positiva de quando saía de um mergulho a acompanhava pelo resto do dia.

Ela entrou na rebentação e mergulhou de cabeça em uma onda alta. A água fria a despertou, e ela nadou por alguns minutos, depois parou e flutuou na superfície, curtindo o vaivém das ondas e sentindo o cabelo se arrepiar nas raízes enquanto balançava e se abria sobre a água. Com as orelhas submersas, ouviu os estalos e barulhos esquisitos sob a água, o eco baixo da força das ondas nas rochas.

Kate sentia liberdade no mar, e isso a fez pensar em Simon. Quando ele teria começado a detestar a natação? Será que tinha sentido essa mesma liberdade? A alegria de simplesmente estar na água como quisesse, nadar, parar e flutuar? Geraint contou que Simon havia passado a odiar os treinos matinais e a sensação de ficar preso na piscina – como ele a chamava? – *um buraco cheio de cloro no concreto*.

Kate nunca tinha ouvido uma piscina ser descrita dessa forma por um atleta. Ela se sentia perturbada pelo caso – não apenas pela morte de Simon, mas por Geraint ser o principal suspeito. Ele havia demonstrado tanto carinho e amor fraternal por Simon. O que Geraint ganharia por tê-lo matado? A violência se manifestava de diferentes maneiras. Se vinha de um lampejo de fúria descontrolada, era caótica e imprevisível. Como as brigas de Geraint em *pubs* e bares quando ele estava se defendendo. Se tivessem encontrado o corpo de Simon apunhalado inúmeras vezes no *camping* ou largado na floresta, Kate teria ficado mais inclinada a crer que Geraint era o responsável. Mas como Simon tinha ido parar no meio da água, tão longe do *camping*? Se Geraint o apunhalara com a estaca para barraca, onde estava o rastro de sangue até a água? Não havia um caminho livre do *camping* até a água; era bloqueado por uma cerca alta encimada por arame farpado. Como Simon tinha escalado a cerca com uma ferida punctiforme e por que não teve cortes e lacerações decorrentes do arame farpado?

Quando Kate voltou para casa, seu celular estava tocando, e ela correu para atender, ainda de toalha. Era Lyn Kendal.

– Kate. Obrigada – ela disse, animadamente. – Não estava esperando um resultado tão rápido. Estou muito impressionada.

– Prenderam Geraint. Agora, eles têm até 96 horas para acusá-lo formalmente – disse Kate.

– Já acusaram. Acabei de ficar sabendo.

– A polícia te ligou?

– Sim. Um policial, Henry Ko, me ligou... Sabia que o cretino do Geraint está em liberdade condicional por atacar um garoto numa boate? – Kate se sentou na ponta do sofá, ainda de toalha. – Ela sentiu o coração bater mais forte no peito. Lyn continuou. – Foi um ataque gratuito. O moço tinha começado a sair com a ex-namorada de Geraint. Sabia disso?

– Não.

– Eu também não... Simon nunca disse nada. Vai saber do que Geraint é capaz? Sempre tive medo de que Simon pudesse se envolver... com as pessoas erradas. – Lyn começou a chorar. Kate tentou colocar seus pensamentos em ordem.

– Lyn. Tem muita coisa nesse caso que não se encaixa.

– Henry disse que você levantou algumas dúvidas sobre a autópsia de Simon e que isso os levou a evidências novas, hum, a estaca para barraca como arma do crime... – Ela começou a chorar de novo.

– Sim. Você contou a Henry Ko que me pediu para investigar o caso?

– Não. Não contei.

– Henry Ko deu mais alguma informação? Conseguiram provar que uma estaca para barraca foi a arma do crime?

– Ele disse que estão testando todos os materiais de acampamento que apreenderam... Só estou aliviada que a polícia esteja fazendo o maldito trabalho dela. Queria ligar para agradecer – ela disse entre um soluço e outro. – Podemos conversar de novo daqui a uns dias? É muita coisa para assimilar. Preciso de um tempo.

– Sim. Claro – disse Kate. Ela continuou sentada por alguns momentos depois que Lyn desligou.

Alan Hexham deve ter contado para Henry que Kate estava investigando a morte de Simon. Alan era um homem que seguia tudo à risca. Ele havia oferecido ajuda para Kate no passado, mas suas maiores lealdades eram ao seu trabalho e às autoridades. Ela desconfiava que logo receberia uma ligação de Henry Ko. A polícia não gostava quando investigadores particulares fuçavam seus casos.

Ela olhou pela janela. Nuvens baixas cobriam o sol agora, e uma camada de névoa se formava sobre o mar.

Kate estremeceu. O frio havia penetrado em seus ossos. Ela se dirigiu para o andar de cima e tomou um longo banho quente.

CAPÍTULO 14

Magdalena Rossi empurrou a Vespa amarela pelo corredor ladrilhado estreito da casa que dividia com dois estudantes da pós, passou pela porta da frente e saiu para a rua.

Sua casa ficava em uma via tranquila no alto da orla. O casaco vermelho vivo, a calça jeans azul e botas de couro verde envernizado eram um toque de cor contra as casas de chapisco cinza. Magdalena colocou o capacete com a viseira espelhada e montou no banco, tomando impulso com o pé. Deixou a Vespa correr livre pela encosta íngreme na direção da orla, desfrutando da sensação de velocidade.

Ao pé da encosta, virou na curva fechada à direita que dava para o calçadão. No meio do caminho, ao longo da praia, perto da sorveteria, parou para dar partida. Não viu nem sinal de Tristan quando passou pelo apartamento dele. Sentia um friozinho de ansiedade na barriga pelo encontro dali a alguns dias. Ele era uma delícia. Muito *sexy*. Ela tinha mostrado uma foto dele para seus colegas de casa, Liam e Alissa, e os dois concordaram.

Magdalena parou de pensar em Tristan para se concentrar na viagem de campo. A previsão da noite anterior tinha sido de névoa no litoral e estava certa – o ar estava denso de umidade e uma névoa vinha se formando do mar, pontuada pelo alarme distante de uma sirene de nevoeiro.

Seu projeto havia começado com o fazendeiro que encontrara a enorme pegada. Depois de ela tê-lo visitado para tirar fotos, foram almoçar no *pub* da região para conversar mais. Por intermédio do fazendeiro, ela conseguiu conversar com os residentes locais sobre a Fera da Charneca de Bodmin e, depois, a conversa entrou em outras lendas locais. Duas garçonetes tinham histórias sobre um jovem e uma moça, moradores do orfanato da cidade, que haviam desaparecido na névoa no mesmo trecho da estrada que saía de Ashdean. Uma das garçonetes tinha dado o número de telefone de uma terceira mulher que poderia contar uma história sobre os raptos na névoa, mas, mesmo depois que Magdalena deixou algumas mensagens, não recebeu nenhuma resposta.

A garçonete também tinha contado sua própria história de nevoeiro. *Ela vem do nada e apanha você, te deixando desorientada e num pânico cego,* dissera. A garçonete contou que havia saído para colher amoras perto das falésias em um dia frio de junho quando uma neblina chegou de repente. Ela passara uma hora cambaleando, perdida, às cegas, e quase havia caído das falésias nas ondas que batiam nas rochas lá embaixo.

Magdalena queria que esse fosse o ponto de partida de seu projeto de pesquisa. Essa evidência bastava para mostrar que não havia nenhum fantasma da névoa fazendo as pessoas desaparecerem. Elas poderiam ter se perdido ou caído no mar ou na vegetação rasteira. Havia trilhas e campos ao longo da costa. Muitos lugares onde cair e sofrer uma morte prematura. Naquele dia, estava planejando tirar algumas fotos boas da névoa marinha chegando a terra. Magdalena também nutria a fantasia de que poderia encontrar os restos de uma dessas vítimas, deparando-se com uma ossada escondida em alguma vala ou fenda na falésia, ainda vestindo partes das roupas que usava no dia em que desapareceu.

Magdalena pegou a A1328 para sair da cidade e logo as casas e lojas foram dando lugar a campos e árvores. Essa era a estrada costeira que ligava Ashdean a Exeter.

As falésias ficavam à esquerda, escondidas atrás de um bosque denso sobre os campos, recém-arados para o inverno. Enquanto passava por uma trilha de terra no espaço entre dois campos, ela freou. Névoa subia das falésias e avançava na direção dela pela trilha.

Fez uma curva em U e desceu da trilha de terra. Havia marcas enormes de pneu, deixadas por um trator, e ela achou mais fácil dirigir ao longo da lama compacta, macia e sedosa prensada em sulcos perfeitos.

Magdalena tinha ouvido a expressão em inglês *rolling fog* e achou bobagem. O que rola é bola, não névoa, mas hoje a névoa avançava na direção dela exatamente dessa forma, rolando, como se estivesse sendo derramada em uma massa enorme, avançando ao longo da trilha, girando, estendendo seus dedos finos. Era como se estivesse viva, e a massa viva tateava na direção dela.

Magdalena desligou o motor e armou o pé de apoio da Vespa. Estava tateando na bolsa em busca da câmera quando a muralha de névoa pareceu ganhar velocidade, e ela foi envolta pelo frio branco. Ela inspirou o frio, o sabor ligeiramente salgado da neblina molhada em sua língua, e sentiu a condensação úmida no cabelo e nas pálpebras.

Magdalena era uma mulher prática. Não acreditava em lendas urbanas e, durante o decorrer do seu estudo, vinha permanecendo lógica. Fantasmas, duendes e criaturas míticas não existiam. Mas, ao ser envolvida por essa massa de névoa tão densa que não conseguia ver um palmo à frente do nariz, entrou em pânico. A Vespa não queria ligar, o motor tossindo e engasgando com um barulho de *rih, rih, rih.* A névoa continuou passando rapidamente, envolvendo-a mais e mais.

É só água condensada, ela disse a si mesma.

A Vespa finalmente ganhou vida com um ronco, e ela saiu dirigindo por uns bons trinta segundos, precisando usar as marcas de pneu para se manter na trilha. De repente, saiu da branquidão e voltou para os campos, os dedos finos da névoa seguindo atrás dela.

Continuou em alta velocidade por mais trinta segundos até diminuir e parar. O coração estava batendo forte em seu peito, a respiração estava acelerada. Estacionou a Vespa, saiu para o acostamento de grama e tirou algumas fotos da névoa que avançava na direção dela.

Perto do acostamento de grama havia uma vala, coberta de juncos e tojos mortos. Abriu a vegetação rasteira e deu uma espiada na vala. Era profunda e, nas sombras, conseguia ver apenas uma mancha preta e oleosa de água.

Se ela caísse na vala e se afogasse, ou mesmo se caísse e quebrasse um osso, alguém escutaria seu chamado? Estava no meio do nada. Estaria envolta pela vegetação... Será que poderia haver uma garota ou um homem morto lá embaixo? Uma pobre alma que tivesse tropeçado em falso na névoa? O corpo apodrecendo devagar na lama?

Tirou alguns retratos da vala, focando a lente, então viu algo se mexendo na água. Ela se aproximou. Houve um movimento súbito, um bater de asas na cara dela, e ela gritou quando um pato saiu de trás dos juncos e voou para o céu.

Magdalena se recostou, os juncos secos a cutucando através da calça jeans. O casaco estava quente, mas o nevoeiro tinha deixado uma camada grossa de umidade na sua pele e encharcado até sua escápula.

Estava com fome e frio e se sentindo um pouco assustada, então decidiu voltar para Ashdean.

No fim da trilha, voltou para a estrada. A neblina vinda do mar estava começando a se dispersar, e o ar estava enevoado. Havia um Volvo cor de creme estacionado mais adiante na estrada. Estava coberto de terra e com as rodas traseiras suspensas por um macaco.

Um senhor de idade estava tirando um estepe do porta-malas. Enquanto passava na Vespa, viu que ele vestia calças largas de veludo azul, botas e um terno de *tweed* desgastado nos cotovelos. Um chumaço de fios escapava de sua boina, e ele tinha uma barba desgrenhada e óculos de aro grosso.

Pelo retrovisor, conseguia ver que o homem estava com dificuldades para transportar o pneu. Ele o derrubava. Parava e levava a mão às costas. Ela se via como uma mulher inteligente e astuta, mas vinha de uma cidadezinha no norte da Itália, onde as pessoas de mais idade eram muito respeitadas. O que sua mãe diria se ela deixasse esse velho sofrendo à beira da estrada? Ela olhou pelo retrovisor de novo.

– Não, não, não – murmurou Magdalena. Diminuiu a velocidade, fez uma curva em U e começou a voltar.

– Posso ajudar? – perguntou para o velho ao alcançar o carro. Ela subiu a viseira do capacete. O velho ofegava e o pneu estava encostado na roda traseira de frente para a estrada.

– Ah, é muita gentileza – ele disse com um forte sotaque córnico. Ele parou para tomar fôlego, parecendo sem ar. – Só preciso levar o pneu para o outro lado. Acho que passei por algum vidro ou uma tachinha.

O velho soltou o pneu, que rolou pela estrada exatamente quando um caminhão estava passando. O caminhão precisou diminuir a velocidade e desviar do pneu caído na pista, buzinando alto. O caminhão passou por eles em alta velocidade deixando uma rajada de vento.

Magdalena estacionou atrás do Volvo, tirou o capacete e o pendurou no guidão. Havia um pequeno macaco embaixo da roda traseira do carro. Ela pegou o estepe e voltou até o homem. Estava pesado, mas ela dava conta.

– Por favor. Dá a volta para aquele lado – ele disse, indicando o eixo da roda traseira junto do acostamento. – Obrigado – ele disse, vindo atrás dela. – Estou com a chave. – Ele tirou a chave de torque do porta-malas aberto do carro, e um pano.

O Volvo estava estacionado junto à grama alta, que ficava ao lado de uma vala. O retrovisor do lado do motorista estava apontado para a grama entre a estrada e a vala e bloqueava o caminho dela para a frente. O velho estava agora entre Magdalena e a Vespa. Ela viu pelas janelas encardidas que o banco de trás estava forrado por cobertores velhos.

– Só me deixa passar para o senhor poder ir até o pneu – ela disse, fazendo menção de passar por ele. O velho bloqueou seu caminho. De repente, ele se empertigou e ela notou como ele era grande. Tinha um nariz de gnomo, os olhos atrás dos óculos de aro grosso tinham uma cor estranha.

– Você gosta de se divertir? – indagou. Sua voz estava diferente agora, suave e untuosa, sem nenhum sotaque.

– O quê? – ela respondeu.

Ele deu um soco forte no rosto dela, apanhando a câmera pelo cordão enquanto a cabeça era lançada para trás. Magdalena viu estrelas e ficou zonza. Levou um segundo para se dar conta de que ele estava enroscando o cordão da câmera no bagageiro em cima do Volvo. O cordão se apertou em volta de seu pescoço.

– Nãããão! – ela gritou, mas sua boca estava pastosa e dormente, coberta de sangue.

– Você gosta de se divertir? – ele repetiu, erguendo um frasquinho marrom embaixo do nariz dela. Um cheiro químico a dominou e pareceu explodir no fundo de sua cabeça. O sangue correu pelo seu corpo, e suas pernas cederam. O cordão da câmera impediu que ela caísse, segurando-a pelo queixo e a sufocando.

Era como se Magdalena estivesse fora de seu corpo enquanto observava o velho pegar calmamente a Vespa dela e a jogar na vala. A vegetação rasteira pareceu engolir a moto por inteiro. Ela estava pendurada pelo pescoço. O cordão da câmera estava apertado em torno de sua garganta, e seus pés se debatiam enquanto tentava se apoiar para se levantar.

Ele voltou e ficou cara a cara com ela.

– Quer tocar as estrelas? – ele murmurou com a voz suave. Seus olhos eram de um tom estranho entre azul e roxo. Ele apertou o frasco embaixo do nariz dela. Magdalena sentiu outra explosão na cabeça, e uma sensação de queda, e então tudo ficou preto.

CAPÍTULO 15

Kate voltou para o trabalho na segunda sentindo-se desanimada. Tinha olhado o jornal nas duas manhãs anteriores, mas não havia mais nada sobre Geraint sendo acusado de homicídio nem sobre o progresso que a polícia estava fazendo no caso.

Foi um dia cheio de aulas e reuniões, por isso ela só teve tempo de falar com Tristan na tarde de terça. Estavam subindo a escada para voltar à sala dela, no alto de uma das torres do edifício do campus, quando ouviram duas vozes masculinas ecoando pela escada, murmurando baixo.

– Quem está na sua sala? – disse Tristan.

Kate fez que não sabia e passou por ele para subir o último lance da escada em espiral. A porta da sua sala estava entreaberta, e ela encontrou o inspetor-chefe Henry Ko sentado à mesa, bisbilhotando alguns papéis. Um homem mais velho e corpulento com queixo duplo estava segurando um livro da estante na mão. Usava um terno amassado e mal ajustado.

– Posso ajudar? – ela disse, encarando os dois homens. Tristan apareceu atrás dela um momento depois.

– Você? Não – disse Henry. – Tristan é o homem que estamos procurando. – Ele se levantou da mesa de Kate. O outro policial colocou o livro de volta na prateleira. – Sou o inspetor-chefe Henry Ko. Esse é o detetive-inspetor Merton... – Os dois mostraram seus distintivos da polícia. Kate se virou para Tristan e viu a cara de espanto e confusão no rosto dele. – Onde está Magdalena Rossi, Tristan?

– Quem? – perguntou Kate.

– Professora Magdalena Rossi; ela trabalha aqui. Pensei que você a conheceria, *professora* Marshall – disse Henry.

– É uma professora convidada. Dá aulas de Filosofia e Religião – Tristan disse para Kate.

– Quando você a viu pela última vez? – perguntou Henry.

– Na semana passada. Sexta. Entreguei alguns equipamentos na sala dela – disse Tristan.

– E falou com ela ao telefone no sábado, e combinou de se encontrar com ela no domingo à noite – disse o detetive-inspetor Merton, falando pela primeira vez.

– Ela não apareceu – disse Tristan. Kate estava observando, sem saber por que a polícia estava interessada, de repente, em uma professora convidada. Nem por que Tristan tinha combinado de se encontrar com ela.

– O que isso tem a ver com vocês xeretando minha sala sem um mandado? – perguntou Kate. Henry abriu a boca para retrucar. – Vocês precisam de um mandado se forem mexer nas minhas coisas.

– Fomos trazidos aqui por um dos administradores lá embaixo – disse Henry. – Magdalena Rossi foi dada como desaparecida ontem à tarde. Ela saiu no domingo e não voltou mais para casa. Seu assistente aqui era a única pessoa que a professora Rossi tinha marcado de encontrar.

– Ela ficou de passar no meu apartamento no domingo à noite, às sete e meia. Tínhamos combinado de ir ao cinema, mas ela não apareceu – disse Tristan. Kate viu que ele estava começando a tremer.

– Onde você estava entre uma da tarde de domingo e nove da manhã de segunda? – ele perguntou.

– Estava em casa. Domingo de manhã com minha irmã e o noivo dela. Fui à academia depois do almoço, depois à tarde o pessoal do bufê passou lá em casa.

– Bufê?

– Minha irmã vai se casar daqui a algumas semanas. Vieram para nos dar um menu de degustação. Depois me arrumei para encontrar Magdalena, mas ela não apareceu.

– Você ligou para ela? Ou passou na casa dela para ver por que ela não foi? – perguntou o detetive-inspetor Merton.

– Liguei para ela algumas vezes, mas caiu na caixa postal. No fim, saí com minha irmã e o noivo dela para comer pizza.

– Vocês foram a qual pizzeria? – perguntou Merton.

– *Pizzaria*, você quer dizer – disse Kate. Ele a ignorou.

– Aonde vocês foram?

– Frankie and Benny's, na rua principal – disse Tristan.

– A que horas vocês foram? – perguntou Henry.

– Às oito da noite, talvez um pouco depois.

– O que você comeu? – perguntou o detetive-inspetor Merton, chegando perto de Tristan e, ao perceber a diferença de altura, ergueu os olhos para ele.

– Comi... uma *margherita*.

– E os outros dois fregueses? – disparou o detetive-inspetor Merton.

– Não lembro; quatro queijos, acho. Sarah deve ter o recibo...

– Já chega – disse Kate. – Essa é sua estratégia? Se Tristan não se lembrar do que todo mundo pediu, isso é motivo para quê? Prisão?

– Prisão? – repetiu Tristan.

Henry deu um passo para trás e cruzou os braços. Ele e o detetive-inspetor Merton trocaram um olhar.

– Vamos precisar verificar tudo isso – ele disse.

– Não deve ser difícil – disse Kate. – Tristan estava com a irmã, depois o pessoal do bufê, ele foi à academia, voltou, e saiu para um restaurante. Muitas testemunhas e câmeras de circuito fechado que vocês podem verificar. Onde a professora Rossi desapareceu?

– Se soubéssemos, ela não estaria desaparecida – disse o detetive-inspetor Merton. Kate revirou os olhos com a petulância dele.

– Ela falou para alguém aonde estava indo?

– Falou para uma das pessoas com quem dividia a casa que faria uma viagem de campo para tirar fotos na A1328 – disse Merton.

– Uma parte da A1328 não corre entre as falésias e a represa Shadow Sands? – disse Kate, vendo aquele trecho da estrada em sua mente e pensando em Simon Kendal. – Seus agentes fizeram uma busca?

– Estamos procurando na praia, e barcos de manutenção patrulham a água da represa regularmente – disse Henry.

– Um barco de manutenção só vai encontrar um corpo quando ele flutua. Como você se lembra, encontrei o corpo de Simon Kendal no fundo da água – disse Kate. – Magdalena estava com os pertences dela quando desapareceu?

– Ela saiu de casa com a câmera, a bolsa e o celular, e estava dirigindo uma motocicleta. Tem certeza que Magdalena não passou na sua casa, Tristan? – perguntou Henry. Kate não gostou do tom acusatório dele.

– Tristan já disse que passou a maior parte do domingo ocupado. Não seria um uso melhor do tempo vocês confirmarem o álibi dele? – Kate retrucou. – Vocês se apressaram para determinar a morte de

Simon Kendal como um acidente, depois tiveram que voltar atrás. A professora Rossi pode ter sofrido um acidente na charneca. Pode ter caído na represa. Pode ter decidido sair da cidade por conta própria. Tristan consegue provar onde estava durante o período em que ela desapareceu. Se quiserem conversar com ele de novo, precisam ligar e marcar um horário. Tenho certeza de que ele vai ter o maior prazer em ajudar vocês na presença de um advogado.

Ela abriu a porta do escritório e fez sinal para eles saírem.

– Por curiosidade, vocês acusaram Geraint Jones pelo assassinato de Simon Kendal? – ela perguntou a Henry enquanto passava.

– Sim – ele disse.

– Boa sorte na hora de provar como Simon e Geraint levitaram por cima da cerca de arame farpado entre o *camping* e a água.

Henry deu uma encarada nela.

– Provavelmente vamos querer falar com você de novo – ele acrescentou, apontando para Tristan com a caderneta. O detetive-inspetor Merton os cumprimentou com a cabeça e saiu atrás de Henry.

Kate fechou a porta. Tristan se jogou no pequeno sofá embaixo da janela.

– O que você quis dizer com *presença de um advogado*? – perguntou.

– Estava lembrando aqueles dois que eles precisam de mais do que um palpite para virem importunar você.

– A polícia acha que sou um suspeito?

– Suspeito de quê? – disse Kate. – Eles nem sabem se ela desapareceu ou se fugiu. Não tem corpo!

– Tenho antecedentes criminais, você sabe disso – disse Tristan.

– Você levou uma advertência policial por quebrar a janela de um carro abandonado quando estava bêbado na adolescência. Não é como estar em condicional por atacar alguém numa boate, se é o que está pensando – disse Kate. – Me conta o que estava acontecendo entre você e essa tal Magdalena, professora Rossi?

Tristan resumiu como a havia conhecido, o projeto de mitos e lendas em que ela estava trabalhando e o telefonema posterior entre eles. Kate ficou preocupada com Tristan, mas uma curiosidade formigou no fundo de sua mente. A represa Shadow Sands surgia mais uma vez.

– Por que não comentou nada? – ela disse. – Digo, que ela estava trabalhando num projeto relacionado à represa?

– Não sabia que o projeto estava diretamente ligado à represa. Ela tinha um mapa da represa na parede do escritório, mas muitas outras coisas sobre mitos e lendas. Eu ia perguntar mais sobre o assunto quando fôssemos ao cinema.

– Onde é a sala dela? – perguntou Kate.

– Do outro lado do prédio, no último andar – disse Tristan.

– Pode me mostrar o mapa?

Tristan olhou para Kate.

– A sala dela vai estar trancada, se a polícia não estiver lá agora.

– Você tem as chaves, não tem? Para quando entrega e busca equipamentos – disse Kate.

O corredor estava tranquilo na frente da sala de Magdalena. Kate tentou não deixar na cara que estava "vigiando" enquanto Tristan buscava a chave em um molho grande. Havia uma janela de vidro estreita e retangular, e Kate podia ver que estava escuro dentro da sala.

– É esta, lá vamos nós – disse Tristan enquanto girava a maçaneta e a porta se abria. Ele entrou primeiro e acendeu as luzes. Kate entrou em seguida e fechou a porta atrás deles.

A luz já estava diminuindo lá fora, e o brilho das lâmpadas fluorescentes reluzia nos móveis e na madeira polida, deixando a vista do mar e do céu em um tom escuro de azul. Kate olhou ao redor para a mesa, coberta de livros e pastas. Parecia a sala da maioria de seus colegas, exceto pela pequena cafeteira no canto. A maioria dos professores gostava de usar suas pausas de café como desculpa para sair do escritório. Ela se perguntou se Magdalena era tímida ou se ainda não havia conhecido nenhum de seus colegas.

– É esse o projeto – disse Tristan, apontando para o quadro de cortiça. Kate olhou para as fotos, recortes de jornal e o mapa da represa Shadow Sands.

– E você disse que ela não mencionou a represa? – perguntou Kate.

– Não. Eu perguntei, mas ela falou que estava se concentrando na área ao redor. Ela conheceu um fazendeiro perto de Chagford, que encontrou a pegada na lama no terreno dele – ele disse, apontando para a foto. – Depois eles foram para um *pub*, e ela ficou conversando com algumas garotas da região que disseram ter ouvido histórias de jovens que haviam desaparecido na névoa ao redor da A1328...

– Que passa perto da represa – disse Kate, olhando para o mapa de novo. Ela ergueu o braço, o retirou do quadro de cortiça e olhou o verso. Estava em branco. – Ela deu algum nome para você, do fazendeiro, das meninas do *pub*?

– Não.

Kate deu uma olhada ao redor do escritório, depois procurou embaixo dos papéis e olhou o mata-borrão na escrivaninha. Tristan se aproximou dela.

– Alguma coisa?

– Todas as pastas são materiais de alunos – ela disse. Kate abriu as três gavetas da mesa, mas estavam cheias de materiais de escritório e alguns livros de romance em italiano. Kate olhou para o computador de mesa. Era protegido por senha, e a maioria dos professores trazia seus laptops de casa. – Está vendo alguma coisa, como *post-its* ou anotações, qualquer cosia?

– Não.

– Ela falou para você onde morava?

– Não, mas podemos descobrir no diretório docente.

Kate deu uma olhada no relógio.

– Sim. Vamos bater na porta.

Ao sair da sala, Kate tirou algumas fotos do quadro de cortiça, e Tristan pegou o carrinho com o projetor de slides.

– Caso alguém pergunte, abri a porta e peguei isso – ele disse.

– O Fantasma da Névoa que rapta mulheres – disse Kate, lendo o quadro.

– E tinha uma névoa densa no domingo – disse Tristan.

– É uma coincidência perturbadora – disse Kate, sentindo um calafrio.

CAPÍTULO 16

Estava escuro e muito frio quando chegaram à casa de Magdalena. Um australiano alto atendeu a porta. Era um típico surfista com o cabelo na altura do ombro. Estava usando bermuda e camiseta, apesar do tempo frio. Tinha o olhar meio cansado, de quem acordou fazia pouco tempo.

– Oi. Somos colegas de Magdalena – disse Kate. Os dois mostraram os crachás da universidade. – Sentimos pelo que aconteceu. Estamos aqui para saber quem está cuidando dos livros e artigos de pesquisa dela.

Kate sabia que estava improvisando, e ultrapassando os limites, mas só estavam procurando informações das pessoas com quem Magdalena tinha conversado sobre o Fantasma da Névoa.

– Sim. É sinistro. Magdalena é uma garota muito maneira. A polícia estava aqui agora há pouco – disse o rapaz. – Vocês são da polícia?

– Não. Trabalhamos com Magdalena na universidade – disse Kate.

– Certo. Desculpa. Estou sem as lentes de contato. Os policiais vieram e pegaram um monte de coisas dela.

– Sabe o nome deles? – perguntou Tristan.

– Eles disseram, mas não me lembro. Tinha um cara que era mestiço de asiático. Era bem bonito.

– Como você se chama?

– Sou o Liam.

– O que exatamente eles levaram?

– O laptop, os livros didáticos, os artigos de pesquisa. Levaram até algumas roupas dela; metade do guarda-roupa está vazio, e ela nem tinha muitas coisas, na verdade.

– Deram algum papel para você assinar?

Ele fez que não.

– Só mostraram os distintivos e foram embora menos de meia hora depois... Acham mesmo que ela foi raptada? – ele indagou.

– Ninguém sabe. Ela estava agindo de um jeito estranho antes de sair? – perguntou Kate.

– Não falei com ela. No domingo, passei o dia todo na cama até de tardinha. Ouvi quando ela tirou a Vespa pelo corredor em algum momento, deve ter sido cedo. A outra menina que divide a casa com a gente, Alissa, está viajando faz uns dias. Não conheço Magdalena tão bem; a gente fica cada um na sua, nos damos bem. Tomara que ela não tenha se machucado. Acham que é algum psicopata?

– Podemos entrar e dar uma olhada se levaram os documentos do curso? – perguntou Kate, sentindo-se mal por mentir.

– Claro. Fiquem à vontade – ele disse, dando um passo para o lado para deixar os dois entrarem. – Vou tomar uma ducha; só lembrem de fechar a porta ao sair.

O quarto de Magdalena era grande e tinha vista para a orla e Thurlow Bay. Tinha uma cama de casal, um guarda-roupa e uma escrivaninha com prateleiras. O carregador ainda estava na mesa à espera do laptop, e as prateleiras estavam vazias. Kate notou uma linha de poeira onde ficavam os livros.

– A polícia pode pegar as coisas quando tem uma pessoa desaparecida? – perguntou Tristan.

– Sim. Podem levar coisas se precisarem como evidências, mas deveriam registrar o que estão levando – disse Kate. – Parece que Henry Ko só apareceu, mostrou o distintivo da polícia e pegou um monte de coisas.

– Por que levariam os livros dela? – disse Tristan.

– Não sabemos exatamente o que tinha nessas prateleiras. Podem ter sido papéis pessoais, diários. O laptop – disse Kate, sentindo um aperto no peito por não ter sobrado nada pessoal.

Voltaram a descer, e Kate deu uma espiada na sala. Não tinha muitos móveis, exceto uma TV grande e seis pufes espalhados. Deram uma olhada na cozinha.

– Está tudo tão limpo – disse Tristan. Kate lançou um olhar para ele. – Não é um comentário sobre a investigação. É só um comentário.

Kate reparou na geladeira. Estava coberta por imãs e cardápios de *delivery*. Perdido no meio deles, havia um *post-it* com dois nomes e números de telefone. O primeiro era Barry Lewis; o segundo era Kirstie Newett. Kate tirou uma foto do *post-it* com o celular. Depois jogou "Barry Lewis" no Google.

– Certo. Acho que ele é o fazendeiro da região – disse Kate, mostrando os resultados de pesquisa. Havia quatro resultados, e o terceiro era o proprietário da fazenda Fairview na periferia de Dartmoor.

– Kirstie Newett é um nome bem comum. Tem dezesseis perfis no Facebook, e muitos resultados de pesquisa aparecendo no Google – disse Tristan, mexendo no celular.

Ouviram a porta do banheiro abrir, e Kate chegou perto do pé da escada.

– Oi? Liam?

Ele espiou por sobre o corrimão. Seu cabelo comprido estava molhado, e ele usava só uma toalha em volta da cintura.

– Sim?

– Desculpa. Magdalena comentou sobre uma mulher chamada Kirstie Newett?

– Não.

Tristan chegou perto de Kate ao pé da escada e ergueu os olhos.

– E de um projeto sobre mitos e lendas regionais? – perguntou Kate.

– Isso sim. Ela estava ansiosa para encontrar um cara da região, um fazendeiro que tinha achado uma pegada estranha.

– Barry Lewis? – perguntou Tristan.

– Isso. Ela foi falar com ele de dia, mas depois foram para o *pub*, e ela me ligou só para avisar a hora em que chegou lá; disse que estava cheio de gente esquisita.

– Quando foi isso?

– Primeira semana de outubro. Eu me ofereci para buscá-la, mas ela me ligou do *pub* depois e disse que estava tudo tranquilo, e voltou para casa... Daquela vez. – Ele pareceu triste ao dizer isso.

– Liam, você se lembra do nome do *pub*? – perguntou Kate.

Ele ergueu a mão e passou os dedos no cabelo molhado.

– Era alguma coisa em inglês antigo. Old... Não... Wild Oak, perto de Chagford.

– Obrigada. Esse é meu número de telefone, se você se lembrar de mais alguma coisa – disse Kate, escrevendo em um papelzinho e subindo alguns degraus. Liam esticou o braço e o pegou.

– Não seria melhor ligar para a polícia se lembrar de alguma coisa sobre o desaparecimento de Magdalena? – perguntou Liam.

– Só estamos preocupados com Magdalena.

– Colegas preocupados – acrescentou Tristan.

– A polícia queria um álibi seu? – perguntou Kate.

– Sim. Eu estava com um cara aqui entre domingo e segunda. Ele confirmou por mim – disse com um sorriso acanhado.

Quando voltaram para a rua, o vento estava soprando do mar lá embaixo.

Kate olhou o relógio.

– Merda. Tenho uma reunião do AA em dez minutos, e depois Jake vai me chamar pelo Skype... Posso te ligar depois?

– Claro – disse Tristan.

– Você está bem? Não se preocupe com a polícia.

Tristan fez que sim, mas Kate achou que ele parecia perturbado.

– Já encontrei muitos oficiais como Henry Ko. Eles usam aquela macheza toda para compensar o fato de que não são muito bons no trabalho. É óbvio que você não tem nada a ver com o desaparecimento de Magdalena... Quer que eu te deixe em casa?

– Não. Valeu. Vou a pé para casa. Não é longe. Preciso tomar um ar – ele disse.

– Está bem. Ligo para você depois sobre esses nomes.

Kate entrou no carro e observou enquanto Tristan andava até a ponta da rua e virava na direção da orla. Ele não parecia bem. Estava curvado e retraído. Teria que ficar de olho nele. Ela ligou o carro e seguiu para sua reunião do AA.

CAPÍTULO 17

Quando Tristan chegou em casa, sentiu um aperto no peito ao ver Gary e Sarah sentados no pequeno sofá na sala. O volume estava alto, e eles assistiam ao concurso de televisão *Eggheads*.

– Ei, Tris, tem uns pedaços de pizza na cozinha – disse Sarah, sem tirar os olhos da TV.

Ele passou pelas caixas de bebida para o casamento e chegou à cozinha. Tinha uma caixa de pizza de supermercado no balcão e algumas fatias de aparência anêmica ainda na assadeira. Não havia nada mais deprimente do que pizza de supermercado congelada. E por que colocavam *Estilo italiano* na caixa? De que outro estilo seriam as pizzas? Colocou algumas fatias no micro-ondas. Ele conseguia ouvir Gary e Sarah murmurando baixo sobre alguma coisa. Tristan queria poder ter um pouco de paz e tranquilidade em casa para conseguir pensar. Em seis semanas, Sarah e Gary estariam casados e morando na própria casa, e Gary não seria uma presença constante.

Quando o micro-ondas apitou, ele colocou a pizza em um prato, pegou uma lata de refrigerante da geladeira, e passou pela sala de estar. A pequena sala de jantar no canto estava coberta por papeladas do casamento. *Eggheads* estava acabando na TV.

– Não vai derrubar molho de pizza no meu plano de casamento – disse Sarah. Tristan colocou o prato na cadeira e reuniu os papéis em uma pilha. Ele se sentou e começou a comer.

– Recebemos uma visita da polícia hoje; foram ao banco – disse Sarah. No sofá, eles agora estavam olhando fixamente para ele.

Ah, merda, pensou Tristan. Ele deveria ter imaginado que a polícia entraria em contato com ela.

– Queriam confirmar que todos saímos para jantar na noite de domingo.

– O que é verdade, então não foi um problema – disse Gary.

– Por que não contou para a gente que a tal da Magdalena tinha desaparecido? – perguntou Sarah.

– Só descobri algumas horas atrás quando a polícia veio conversar comigo no trabalho – disse Tristan. Gary mudou o canal da TV para o jornal do começo da noite da ITV.

– Disseram que ela estava planejando sair no domingo para dar uma volta de *scooter* e nunca mais voltou...

– Olha, está passando no jornal – disse Gary. Ele aumentou o volume, e eles assistiram à reportagem.

– Olha, a mãe e o pai dela vieram da Itália – disse Sarah. – Os italianos não se vestem bem? Eles devem ter uns 70 anos, e estão superelegantes.

Uma mulher e um homem, ambos baixos e de cabelo escuro, foram exibidos em uma coletiva de imprensa organizada pela polícia de Devon e da Cornualha, sentados atrás de uma mesa longa com dois policiais uniformizados. Pareciam devastados. Uma foto de Magdalena surgiu na tela, tirada em um vinhedo. Ela estava sorrindo e usando um vestido vermelho longo. Seu cabelo escuro comprido caía sobre os ombros bronzeados.

– Ela era uma garota tão linda. Pena que não deu para você sair com ela antes dela desaparecer – disse Gary.

– Que coisa insensível – disse Sarah.

– Só um comentário.

– Um comentário desnecessário.

Tristan mastigou a pizza de papelão. Seu apetite desapareceu, e ele estava tremendo. Era tudo tão real e perturbador. Eles assistiram à coletiva enquanto a polícia descrevia uma linha do tempo da noite e do dia antes de Magdalena desaparecer. Em seguida, mostraram filmagens de um circuito fechado de televisão da madrugada de segunda, feitas na Jenner Street, que passava perto do final da rua de Magdalena. Havia uma série de imagens aceleradas entre uma e quatro e meia da madrugada que lhe deram um frio na barriga. Mostravam um jovem alto subindo e descendo a rua vazia, duas vezes entre uma e uma e quinze da madrugada e depois voltando às quatro e meia.

– Aquele cara parece você, Tris – brincou Gary. Tristan engoliu um pedaço da pizza seca. Conseguia sentir a cor se esvair de seu rosto.

– Tris? É você na Jenner Street? – perguntou Sarah.

– *Er*, não – ele disse, tossindo.

– Cadê o controle? – Sarah o tirou da mão de Gary e usou a função "pausar TV ao vivo". Ela voltou a reportagem até a parte em que exibiam as imagens do circuito fechado.

– Sarah – disse Tristan, começando a entrar em pânico. Sentiu a pizza fervilhar em seu estômago. Ela estava em pé no meio da sala agora, encarando a TV.

– Tristan. É seu agasalho de treino. O preto com listras vermelhas, verdes e azuis... e seu boné branco, vermelho e azul vintage da Adidas que você comprou nos Estados Unidos. É o que você estava usando quando saímos para comer pizza no domingo à noite. – Sarah voltou a filmagem de novo. – Ele tem até sua andadura.

– Como assim, andadura? – perguntou Gary, levantando-se e parando ao lado dela.

– O jeito como Tristan anda. A linguagem corporal dele. – Ela deixou a reportagem de TV passando enquanto um número aparecia na tela pedindo qualquer informação. – Mas que porra é essa, Tris? – ela exclamou, virando-se para ele. Tristan sentiu as pernas tremerem. Não conseguia controlá-las. Ele nem sabia que havia câmeras de circuito fechado na Jenner Street. Sarah e Gary estavam olhando fixamente para ele, mas ele não conseguia pensar no que dizer. – Fala alguma coisa! O que é que você está fazendo nas gravações da polícia...

– Não são gravações da polícia – disse Tristan, ouvindo sua voz vacilar. – É a Jenner Street.

– Está na porra do jornal! Se eu reconheci você, tenho certeza que mais alguém vai reconhecer!

– Saí para dar uma volta – ele disse. – Não estava conseguindo dormir.

– Tristan. A polícia foi ao banco! Falei para eles que fomos jantar no domingo à noite e que você estava aqui à noite toda até segunda de manhã. Dei um depoimento assinado!

– Não pedi para você fazer isso – ele disse. Tristan pensou em como a polícia havia tratado Geraint e o prendido praticamente sem provas. Estava apavorado.

– Posso ter cometido perjúrio no trabalho!

– Sarah, amor, você não estava sob julgamento – disse Gary, estendendo o braço e tentando pegar a mão dela. – Sou o subgerente; posso te proteger...

– Que pessoa normal se levanta no meio da noite e sai para dar uma volta, em outubro?

Sarah e Gary estavam em cima dele agora, e as paredes da sala de estar minúscula e entulhada pareceram se fechar ao seu redor.

– Quer saber, Sarah? Você é a única pessoa *normal* do mundo, você só julga todo mundo.

– Calma aí, cara, pode parar – disse Gary.

– Ou o quê? – disse Tristan, levantando-se. Ele era mais do que um palmo mais alto e conseguia olhar Gary de cima, para a luz do teto refletida no alto do ponto calvo reluzente dele.

– Já chega! Sentem vocês dois. *Agora* – disse Sarah. Gary obedeceu e se recostou no sofá. – Tristan.

Ele revirou os olhos.

– Tristan. Você precisa ligar para esse número ou ir à polícia e explicar o que estava fazendo. Não penso nem por um segundo que você teve algo a ver com isso, mas por que nos fez mentir?

– É, Tris. Eles vão querer saber o que você estava fazendo por três horas e meia perto da Jenner Street – disse Gary. Sarah ficou boquiaberta ao se tocar que ele não estava andando pela Jenner Street; ele estava rondando a região.

– O que você estava *fazendo* por três horas e meia no meio da noite na Jenner Street? – disse Sarah. – Por que passou pela rua da Magdalena três vezes?

Agora os dois estavam olhando para Tristan como se ele fosse capaz de algo horrível, como sequestro ou assassinato. Tristan conseguia sentir a pizza se agitar em seu estômago. Saiu em disparada da sala e subiu a escada e quase não chegou no banheiro a tempo antes de vomitar. Continuou sentindo ânsia e tossindo, agarrado ao vaso sanitário e vendo estrelas. Houve uma batida na porta.

– Ei, cara, é o Gary... Cara. Você está bem?

– Não.

Houve uma pausa, e ele conseguia ouvir o som de Gary respirando através da porta fina.

– Sarah pediu para você voltar para sala. Ela quer que você diga a ela o que está pegando. Vamos ficar do seu lado, cara.

Tristan deu descarga, se levantou e abriu a porta com tudo, passou por Gary e desceu a escada de volta à sala.

– Sarah... – ele começou. Ela saiu da cozinha secando as mãos. Parecia assustada.

– Quê?

Ele abriu a boca para falar mais, mas Gary apareceu no batente da sala.

– Escuta, Tris... Cara. Desculpa falar isso. Mas você está agindo um pouco estranho demais para o meu gosto – disse Gary, erguendo as mãos. – Talvez, Sarah, seja melhor você passar a noite na minha casa até Tristan se acalmar.

– Posso falar um minuto com a minha irmã?

– Não gosto dessa ideia – disse Gary. Era demais para Tristan. Ele queria se explicar para sua irmã primeiro, sem o maldito Gary, que estava sempre lá, brotando feito um idiota irritante. Ele abriu a boca para falar, mas não saiu nada. Apanhou seu casaco e saiu, batendo a porta. Começou a subir pela orla, contra o vento cortante, com lágrimas nos olhos.

CAPÍTULO 18

Kate saiu da reunião do AA uma hora depois e encontrou uma mensagem de Jake dizendo que tinha sido convidado para ir ao cinema, e se eles podiam deixar para outro dia. Era a segunda vez que ele cancelava a conversa com ela.

Enquanto dirigia de volta pela orla, o clima estava horrível, e ela não estava lá muito ansiosa para chegar à casa fria e vazia que a esperava. Kate viu um jovem sentado no quebra-mar, ao longo do prédio da universidade. Enquanto passava, uma onda bateu no paredão, e um jato de água subiu uns seis metros ao lado do jovem, e ela viu que era Tristan.

– O que você está fazendo? – ela perguntou, parando para estacionar no meio-fio. Kate saiu do carro e correu enquanto outra onda rebentava, lançando um jato d'água para cima, que o encharcou. Seria uma grande queda até a praia rochosa lá embaixo. – Tristan! O que é que está fazendo? – ela gritou. Ele virou a cabeça, e levou um momento para perceber que era ela. – Está bêbado? – Ela viu outra onda escura como piche avançar contra o quebra-mar que deixou os dois ensopados quando bateu no concreto. Kate puxou Tristan para trás, por sobre o paredão, conseguiu o segurar em pé. Ele pareceu cair em si. Suas mãos estavam frias como gelo. Os dois ficaram ali parados, pingando. – Tristan. O que está acontecendo? – Seu rosto estava franzido e ele começou a chorar de soluçar. Soluços imensos e ofegantes. Ela estava em choque e triste por vê-lo assim. – Está tudo bem – ela disse, esticando-se para abraçá-lo. Outra onda bateu no quebra-mar, e eles foram cobertos por respingos. – Vem. Meu carro está ali.

Enquanto andavam até o carro, ele não parou de soluçar. Ela o ajudou a entrar e pegou alguns cobertores velhos no porta-malas. Ficaram por alguns momentos até os soluços diminuírem devagar

– Passou no jornal, sobre Magdalena – ele disse. Ele contou para ela sobre as imagens de circuito fechado e então começou a explicar que tinha ido visitar alguém. Ele desatou a chorar de novo. – Por que tem que ser tão difícil? Por que não posso ser normal? – ele soluçou. – Não contei para ninguém... e não aguento mais. – Ele baixou a cabeça, sem conseguir olhar para ela, o lábio interior tremendo. Kate pegou a mão dele.

– Tristan. Acho que eu sei, e está tudo bem, não tem importância – disse Kate. Ela apertou sua mão. Ele estava tremendo sem parar. – Falar em voz alta vai piorar as coisas?

Houve um longo silêncio.

– Eu sou gay – ele disse com a voz rouca. Limpou a garganta de novo. – Sou gay. – Ele começou a soluçar ainda mais.

– Está tudo bem. Não tem importância. Está me ouvindo? – disse Kate, inclinando-se para abraçá-lo, sentindo o peito e os ombros dele tremerem com os soluços. – Não tem importância – ela disse, odiando a forma como o mundo funcionava, que fazia Tristan se sentir dessa forma sobre si mesmo.

Ele soltou um longo suspiro, como se estivesse expirando pela primeira vez em meses. Kate encontrou um lenço de papel, e ele assoou o nariz.

– Você não parece surpresa – ele disse. Os olhos dele ainda estavam vermelhos vivos, mas ele estava mais calmo.

– Eu desconfiava. Nunca vi você muito interessado em mulheres, e você poderia escolher. Tem muitas meninas no corpo docente que dariam tudo para sair com você.

– Minha irmã vai se casar, e ela está agindo como se fosse uma grande crise se eu não levar uma garota para o casamento.

– Você não pode levar um cara?

Tristan olhou para ela.

– Ela nunca me perdoaria.

– Tristan, não quero falar mal da Sarah, mas a vida é sua. Esse é quem você é.

– Kate. Ela não é uma má pessoa, ela é só diferente. Ela pensa diferente.

– Você também, eu também. Somos todos diferentes. O mundo é assim... Quando soube que gostava de homens?

– Quando eu tinha 13 anos, assisti àquele filme *Ghost: do outro lado da vida*, e tem aquela cena no começo quando Patrick Swayze e o amigo tiram a camiseta, e estão derrubando aquela parede com a Demi Moore... não conheci muitas pessoas gays na minha vida, na adolescência, e ser gay não é muito legal, segundo minha família e meus velhos amigos.

– Tristan. Tem milhões de pessoas gays no mundo. E é totalmente normal. Acho doido que você sequer precise anunciar para mim que prefere homens. É tanta bobagem... Enfim, você foi encontrar um cara e foi pego pelas câmeras?

Ele fez que sim.

– Conheci um cara que estava passeando com o cachorro na praia no dia anterior, e ficamos conversando. Trocamos números de telefone, e ele me chamou para a casa dele, sabe.

Kate fez que sim.

– Saí de casa lá pela uma da manhã, fui até a porta dele. Amarelei, dei a volta no quarteirão, depois voltei. Na segunda vez, bati na porta, e fiquei lá até umas quatro e meia da madrugada. E então voltei.

– Certo. Ele é bonito?

– Muito.

– Como ele se chama?

– Alex. É um estudante de Artes. Cabelo escuro comprido, olhos castanhos lindos...

Kate ficou muito contente que Tristan sentia que podia conversar com ela.

– Acha que vai sair com ele de novo?

– Não sei.

– Ele é assumido?

– Sim. O cara que dividia apartamento com ele também estava lá... Não rolou nada desse tipo – ele acrescentou rápido. – Ele trabalha à noite. É pintor. Nós três tomamos um chá antes de eu sair.

– Eles precisam falar para a polícia que é por isso que você estava lá.

– Não sei por que não falariam... Ai, Deus. Preciso contar para Sarah, e Gary.

– Acho que vai soltar um grande suspiro de alívio quando contar para eles.

– E se Sarah me odiar, ou não gostar da ideia?

– Se ela odiar você, é problema dela, não seu. Se ela quiser se afastar de um irmão porque ele não se encaixa na maneira como ela pensa, é ela quem sai perdendo. – Tristan olhou para o lado de fora da janela e assentiu com cansaço. – Você não ia pular do quebra-mar, ia?

Ele encolheu os ombros.

– Naquele momento, estava gostando bastante da ideia de ser levado pelo mar. Ouvi dizer que se afogar pode ser bem pacífico.

– Quando era uma jovem policial, fui chamada para West Norwood, em South London. Tinha caído uma tempestade gigante quando esse menino estava brincando em um córrego perto do cemitério. Veio uma onda de enchente súbita, e ele foi levado por uma galeria pluvial, onde o braço dele ficou preso em um bueiro. O braço inchou, prendendo-o. Fiquei lá enquanto a água subia. Chamamos uma ambulância, mas ela não chegou a tempo. Tentei soltá-lo, mas tive que assistir de mãos atadas enquanto a água subia por sobre a cabeça dele. Tentei dar ar para ele, mas a água estava subindo muito rápido... Vi o rosto dele enquanto se afogava, Tris. Não era pacífico. Você não precisa se matar porque ama homens em vez de mulheres. Está me ouvindo?

Tristan ficou em silêncio. Ele assentiu.

– O que eu faço?

– Você precisa contar para sua irmã. E amanhã precisamos falar com a polícia e esclarecer toda essa história das câmeras. Não queremos que isso os distraia e faça com que acabem não descobrindo por que Magdalena desapareceu.

CAPÍTULO 19

Magdalena estava deitada no escuro. Não fazia ideia de quanto tempo havia se passado.

Quando acordou pela primeira vez, ela achou que estava em um hospital. A cama onde estava deitada era confortável, firme e estava seca sob suas costas. E, enquanto perdia e recuperava a consciência, uma sensação incômoda permeava seu sono, uma lembrança distante de algo... errado.

O breu era desconcertante – ela não sabia se era real, e havia levado mais tempo para ficar totalmente consciente. Ao recuperar a consciência, foi dominada pelo pânico. Não havia diferença quando ela abria ou quando fechava os olhos, e não conseguia sentir cheiro de nada. Seu nariz estava tampado – havia uma crosta de sangue. Ele tinha dado um soco nela. E seu pescoço estava dolorido pela alça da câmera.

– Não! – ela exclamou alto. Ouvir a própria voz lhe uma noção de espaço. – Não! Não! Socorro! – ela disse. A garganta estava tão seca e árida, mas ela continuou dizendo as palavras. *Socorro. Socorro. Socorro!* O som repercutiu de um lado para o outro.

Ela estendeu os braços na escuridão e os sentiu se mover no ar vazio. Havia uma parede em um lado com ladrilhos lisos. Ela tentou escutar. Silêncio. Tateando o próprio corpo, ela não estava ferida, tirando o lábio inchado e o nariz sangrando. Ainda estava com todas as roupas, mas sem os sapatos. Seu celular não estava mais no bolso. Seu colar, brincos e o relógio também haviam desaparecido.

Magdalena se sentou devagar, mantendo uma mão no ladrilho frio e liso à sua direita. Mantendo o braço estendido para sentir algo em cima dela. Havia apenas ar frio e vazio ao seu redor. Quando passou os pés pela lateral da cama, entrou em pânico, e então seus pés tocaram a superfície fria do chão. Por um minuto, havia pensado que a cama estava em algum lugar alto e que ela mergulharia em um abismo escuro.

Magdalena prestou atenção por um longo tempo, tentando escutar o silêncio. Buscando algum sinal, alguma pista de onde estava. Seu coração não parava de bater forte no peito. Respirar pela boca era barulhento.

Ela gostava de pensar que era uma mulher forte e prática, mas estava à flor da pele. Em alguns momentos, teve que segurar o grito potente que queria sair de seu peito. Colocou a palma da mão no esterno, e começou a bater no ritmo do som de seu coração. Não a acalmou, mas impediu que o grito escapasse.

Levantar-se a deixou zonza, e ela precisou de duas tentativas para se sentir segura em pé. Devagar, bem devagar, começou a tatear o ambiente. Alguns passos levaram até uma parede.

À sua direita, havia mais ladrilhos. Podia tatear lugares que eram lisos e frios, mas outros eram sujos e viscosos. Ela aproximou um pouco o rosto para sentir o cheiro, mas seu nariz ainda estava bloqueado. Traçou as mãos ao longo das paredes e encontrou uma pia e uma torneira no canto oposto. Para sua alegria, quando virou a torneira, saiu água. Ela a deixou correr, gostando do som e da sensação da água fria em suas mãos. Estremeceu enquanto jogava água no nariz, tentando destampá-lo. Ela se sentia duplamente cega por não conseguir sentir cheiros. Conseguia respirar apenas um pouco pelo nariz, e um cheiro leve de umidade chegou a ela.

A água tinha um gosto puro, e ela bebeu e bebeu; a sede era tão intensa que precisava beber, mesmo não estando completamente certa de que era seguro. A água vinha com uma pressão forte, então deveria vir da rua. Secou o rosto e, com cuidado, tateou pelo outro lado do quarto, até voltar para a cama. O cheiro úmido havia se intensificado, e era agora de vegetação pútrida, mas tudo que ela tocava era liso e seco. A cama era do tipo box, com uma estrutura sólida sem espaço por baixo. Quando começou a tatear para o outro lado da cama, caiu por um batente.

Magdalena se machucou, caindo sobre o osso do quadril no piso frio e duro. Parecia úmido lá fora e, ao se sentar, ficou em dúvida sobre continuar explorando. Limpou a garganta. Ficou surpresa por como estava se acostumando rápido a usar sons para avaliar o ambiente.

Com cuidado, foi tateando pelo caminho. Havia uma parede em cada lado, da largura de poucos passos. Ela estava em um corredor.

As paredes eram lisas, não de ladrilho, mas de gesso, e pegajosa em alguns lugares. Atravessou o corredor e foi apalpando ao longo da parede até encontrar uma porta que se abriu com um rangido. O cômodo era pequeno e cheirava a mofo. Seus joelhos bateram em algo duro e frio e, quando se agachou, suas mãos sentiram um vaso curvo e então água. Ela puxou a mão para trás. Era uma privada. Magdalena sentiu um momento de alegria. Um vaso sanitário. Não havia assento, apenas a porcelana fria, mas ela se sentou e se aliviou, sentindo-se mais humana e um pouco menos animalesca. Tateou ao redor em busca de um rolo de papel higiênico ou um suporte, mas não havia nada.

Onde estava? E o que era aquilo? Ela tateou em busca de uma descarga, e um cano longo atrás do vaso subia para uma caixa de descarga à moda antiga na parede. A corrente tinha sido removida, mas havia uma alavanca de plástico que ela conseguia alcançar se subisse na beira do vaso.

Estava prestes a puxar quando parou. Faria barulho.

Ela recuou a mão, desceu do vaso e voltou a sair do banheiro. Será que deveria fechar a porta ou deixá-la aberta? A porta se abria para fora, e ela decidiu deixá-la aberta para poder encontrá-la de novo. Foi tateando e descobriu que o corredor terminava em uma parede que parecia diferente, fria ao toque, e ela levou um momento até perceber que era metal.

Era o contorno de portas de aço frias, com uma fresta no meio. Elas deveriam abrir. Magdalena enfiou a unha entre as duas portas de metal e tentou abri-las, mas eram grossas e sólidas.

Houve um zumbido, e ela sentiu um retumbar pelo metal. Deu um passo para trás.

Era um elevador.

O som estava ficando mais alto; o estrondo vinha através do piso de concreto sob seus pés. Estava descendo na direção dela.

Apalpando a parede, ela voltou correndo pelo corredor, ouvindo o elevador chegar mais perto. Deu de cara com a porta aberta do banheiro, que balançou para dentro quando foi atingida e se fechou. Sentiu seu nariz frágil quebrar, e a dor foi intensa. Teve um gosto quente e a sensação de sangue.

Magdalena ouviu o elevador chegar com um tinido baixo. Começou a voltar pelo corredor na direção do cômodo com a cama e a pia.

As portas se abriram com um zumbido. A respiração estava ofegante pela exaustão, e então ela tossiu, cuspindo sangue. O barulho ecoou pelo corredor. Uma brisa soprou das portas abertas do elevador, mas ainda estava um breu. Então houve um clique, e um som estranho. Ela já tinha ouvido isso em um filme antes, ou numa série de TV. Uma espécie de silvo mecânico.

Óculos de visão noturna.

Com a respiração em pânico, Magdalena foi tateando ao longo das paredes. Estava desorientada, e tentou manter a calma, mas choramingos escapavam de sua boca.

Ao encontrar o batente, ela o tateou por dentro e também o contorno da soleira. Se houvesse uma porta, poderia se barricar de alguma forma do lado de dentro contra quem quer, ou o que quer, que tivesse descido pelo elevador.

Não havia nenhuma porta. Ela só conseguiu tatear a parede fria e duas dobradiças vazias. Magdalena se encolheu no quarto e voltou a cair na cama enquanto ouvi o som baixo de passos vindo na direção dela.

CAPÍTULO 20

Tristan tinha voltado para casa, por insistência de Kate, e dito a Sarah e Gary que as imagens na câmera do circuito fechado o mostravam andando pela Jenner Street para encontrar um cara.

– Encontrar um cara para quê? Drogas? – Sarah perguntou. Ela estava sentada no sofá com os braços cruzados, sem entender. Gary estava sentado ao lado dela, com as mãos cruzadas sobre a barriga saliente.

– Não. Não drogas. Fui para ter um encontro, quer dizer, não exatamente um encontro. Ele se chama Alex. É estudante de Artes. Fui ao apartamento dele para, *er*, transar. Sou gay. Faz um tempo que sou gay... quer dizer, não um tempo. Desde sempre.

Tristan colocou as mãos trêmulas nos bolsos. Estava em pé na frente da televisão. Meio como se estivesse fazendo um recital para eles.

Sarah o encarou. Os olhos de Gary se arregalaram. Continuaram olhando para ele, para ver como reagir. Um momento se passou, e ela se levantou com calma, foi até a cozinha e fechou a porta.

– Tem certeza, cara? – disse Gary. – Você não *parece* gay. – Tristan conseguia ver as engrenagens girando na cabeça de Gary, repassando memórias de suas interações, buscando pistas de qualquer comportamento homossexual. – Pensei que você tinha um encontro com aquela menina que desapareceu. Ela ligou para você.

– Sim. Ela me chamou para sair. Eu não deveria ter aceitado.

– Mas você não teve nada a ver com o desaparecimento dela?

– Não. Nada.

– Bom, já é alguma coisa – disse Gary, olhando com nervosismo para a porta fechada da cozinha, onde conseguiam ouvir Sarah mexendo nas coisas, arrumando os pratos. – É melhor falar com ela.

Tristan fez que sim. Respirou fundo, abriu a porta e entrou na cozinha. Ele a fechou atrás de si. Sarah estava à frente da pia, esfregando furiosamente uma panela com uma palha de aço.

– Tem alguma coisa para me dizer? – perguntou Tristan.

– Não sei por que você quer jogar sua vida fora – ela disse, enxaguando a panela e a batendo no escorredor.

– Como assim?

– Você tem um excelente trabalho registrado. Está prestes a assumir a hipoteca desta casa, e a polícia está interrogando você sobre uma mulher desaparecida – disse Sarah.

– Essa não é a questão.

– Você já tem antecedentes criminais. E não parou para pensar em mim. Basicamente menti para a polícia por você. Deus sabe o que vai acontecer agora. Trabalhei duro para melhorar de vida.

Tristan encarou as costas da irmã enquanto ela esfregava os pratos com fúria.

– Desculpa. Isso pode ser resolvido. Vou falar para a polícia que você não sabia que saí de casa.

– Você faz isso com frequência? Sai às escondidas para visitar... – ela disse, virando-se para ele e encarando-o.

– Algumas vezes, sim – disse Tristan, querendo que um buraco se abrisse no chão e o engolisse.

– Faz você feliz? Se comportar dessa forma?

– O que você define como ser feliz?

– Ter uma família! Sossegar o facho!

– Não quero filhos.

– Quem vai continuar o nome da família?

– Os Harper estão longe de ser uma dinastia fulgurante. O papai fugiu quando a gente era pequeno, Deus sabe onde ele está. A mamãe gostava mais de se injetar do que dos dois filhos.

– Não se atreva a falar da nossa mãe desse jeito! – disse Sarah, ainda segurando a esponja. Estava furiosa. Havia lágrimas em seus olhos. – Ela tinha uma doença mental e quando se mistura isso com drogas...

– Sarah. Não estamos falando da nossa mãe. Estou contando para você algo sobre mim... sou gay. Só quero que você me ame e me aceite como sou.

– Sempre vou amar você, Tristan, mas não espere que eu aceite. Tenho o *direito* de não aceitar...

Tristan sentiu lágrimas em seus olhos, e as secou. Sarah olhou de esguelha para ele, depois desviou os olhos.

– O momento é perfeito – ela acrescentou com uma risada irônica. – O que as pessoas vão dizer no meu casamento quando você aparecer todo gay?

– Seu casamento tem a ver com você e Gary.

– Não. Vai ter a ver com você. O dia todo vai ser passado tendo que explicar *você* para as pessoas.

– Me explicar para as pessoas? Ainda sou a mesma pessoa. E sua reação diz mais sobre você do que sobre mim.

– Ah, agora sou homofóbica? – Sarah gritou.

– Não sei. É o que parece.

– Você está escolhendo uma vida que nunca vai te fazer feliz.

– Prefiro ter a minha vida a ter a sua – ele retrucou, e se arrependeu no mesmo instante.

Sarah derrubou alguns pratos na pia com tanta força que se quebraram. Ela começou a lavar os pratos intactos, tirando cacos de porcelana entre um e outro.

– Aquela pobre menina, pode estar jogada numa vala ou ter sido vítima de algum estuprador... – Sarah disse, quase murmurando consigo mesma. – Queria saber como Magdalena se sentiria se soubesse que você estava fazendo sabe Deus o quê com outro homem. Você vai para a polícia amanhã de manhã explicar o que estava fazendo e que mentiu para mim.

– Não menti para você.

– Você me levou a acreditar.

– Não, não levei. Saí à noite. Só não contei para você. Você presumiu.

– Parece que presumi muitas coisas sobre você.

Tristan suspirou. Isso não levaria a nada. Ele tinha esperanças de poder explicar as coisas para Sarah e que ela iria entender. Partia seu coração eles estarem tão distantes agora.

– Vou passar alguns dias na casa da Kate – ele disse.

– Ah, claro. Achei mesmo que *ela* estaria envolvida – disse Sarah.

– Eu te amo, Sarah, está me ouvindo? – ele disse. Ela permaneceu de costas e continuou a mexer nos pratos ruidosamente.

Tristan saiu da cozinha e fechou a porta. Gary estava deitado no sofá com um olho na TV.

– Escuta, Tris. Sarah não é homofóbica. Ela adora aqueles copinhos coloridos que dão no Costa Coffee no mês do orgulho gay. Ela lavava um e o mantinha no trabalho para tomar chá. Ela o lavou tantas vezes que acabou esfarelando.

Ele olhou para Gary e não soube como reagir a esse comentário.

– Acho que a Sarah precisa de você – ele disse. – Vou esclarecer as coisas com a polícia, sobre o depoimento dela.

Gary assentiu. Então, Tristan subiu e arrumou uma mochila. Não viu nenhum dos dois enquanto saía da casa. Kate estava esperando por ele do lado de fora no carro dela.

– Você está bem? – ela perguntou quando ele entrou.

Ele fez que sim, sentindo como se um peso enorme tivesse saído do seu peito. Conseguia respirar com mais tranquilidade.

– E a Sarah?

– Não sei. Preciso dar um pouco de espaço para ela – respondeu.

CAPÍTULO 21

O homem saiu do elevador usando óculos de visão noturna. O corredor e os dois batentes reluziam verdes através das lentes. Ficou surpreso ao ver Magdalena no corredor. Ela havia se aventurado a sair mais cedo do que a maioria das suas vítimas. Era o final do segundo dia apenas.

Observou enquanto ela fugia correndo, dando de cara com a porta aberta e então se levantando de novo, atordoada. Ele adorava aquele olhar vazio, cego na escuridão. Os olhos de suas vítimas eram negros através dos óculos de visão noturna, e as pupilas se destacavam como focos de luz branca.

Ela não conseguia ver, mas deixou uma mancha de sangue no canto da porta do banheiro. Era outro vício. As manchas de sangue de suas outras vítimas decoravam paredes e portas. Respingos de sangue como grafite. Ele adorava como o sangue se destacava verde pelos óculos.

Ele esperou e observou enquanto ela se debatia e tateava o caminho de volta pelo corredor. Por que será que os homens que ele capturava sempre tentavam passar por ele para entrar no elevador, mas quase todas as meninas corriam na direção do quarto sem saída – como aquelas heroínas idiotas de filme de terror que gritam e ignoram a porta da casa e sobem para o quarto quando o monstro as persegue?

Ele seguiu Magdalena até o quarto no fim do corredor e observou enquanto ela recuava para o canto do quarto e ficava parada, como um animal sendo caçado, olhando fundo para a escuridão.

Sempre foi viciado no medo nos olhos delas. Muitas mulheres disfarçavam suas emoções. Ele nunca sabia em que elas estavam pensando. Ele odiava isso. Aquelas vadias viviam tentando ser mais inteligentes do que ele. Mas aqui, na masmorra, ele era o monstro, e conseguia ver que elas estavam apavoradas.

Ele carregava uma vassoura na mão. Uma vassoura comum, mas havia trocado a escova pela de uma vassoura de brinquedo. Uma vassoura de brinquedo era mais delicada, e as cerdas eram mais compridas. Ele ficava encantado ao ver como algo tão bobo mexia tanto com os sentidos delas na escuridão. Ele chegou mais perto de Magdalena.

– Quem é você? – ela perguntou na escuridão. O rosto dela era bonito, mas tinha um nariz grande, que estava agora deformado e sangrando sobre seus dentes e queixo. Ela cuspiu sangue no chão. – Por favor? Por que está fazendo isso?

Credo, elas faziam perguntas tão idiotas. Como se ele fosse listar seus planos e falar seu nome. Segurou o riso e estendeu o cabo da vassoura, deixando as cerdas tocarem de leve o rosto dela.

Ela gritou e se debateu, acabando por se estapear sem querer. Ele puxou o cabo rapidamente para trás, longe do alcance dela, enquanto ela golpeava e agitava as mãos em arcos grandes.

– Me deixa em paz! – ela gritou. – Por favor!

Ele ficou parado em silêncio. Esperou e observou enquanto ela abria os olhos e virava a cabeça, tentando ver. Ela estendeu os braços, tateando o ar na frente dela. Observar suas vítimas era como ver um programa sobre vida selvagem. Tudo era arrancado delas. Todo o fingimento e afetação. Elas não se preocupavam com a forma como eram vistas, berrando, choramingando e se cagando muitas vezes. Queriam sobreviver.

Depois de mais um minuto, ele ergueu a vassoura e, de novo, deixou as cerdas passarem pelo rosto dela.

Magdalena gritou de repente e partiu para cima dele. Isso o pegou de surpresa, mas ele estava preparado. Ergueu a vassoura e virou para a direita, esticando o pé. Com a velocidade e a força com que ela estava correndo para cima dele, ela tropeçou e caiu com tudo, acertando o chão de concreto com um baque horrendo e escorregando pela base da cama de concreto, batendo o topo da cabeça. Ela ficou imóvel.

Não, por favor, não morre, não tão cedo, ele murmurou baixo. Ele se aproximou, dando a volta pelo corpo imóvel no chão. Com cuidado, ele esticou o cabo da vassoura e a cutucou no quadril. Ela não se moveu. Ele encostou a vassoura na carne macia sob as nádegas dela e apertou com força. Ela grunhiu, mas não se mexeu.

Ela tinha caído com o cabelo sobre a cara. Ele tirou os fios de cabelo da frente do rosto dela com o cabo da vassoura e os jogou para trás do ombro. Seus olhos estavam fechados. Havia um corte na testa onde ela havia acertado a quina da cama, e o sangue que escorria era verde-escuro, combinando com o sangue coagulado que borbulhava das narinas enquanto ela respirava.

Que bom. Está respirando.

Com muito cuidado, ele se ajoelhou e colocou os dois dedos no pescoço dela. A pele era delicada e, pelos óculos de visão noturna, muito pura e branca. Como marfim. Ele conseguia sentir o pulso, bom e forte. Acariciou o longo pescoço dela por um momento e então tirou os dedos, aliviado por ela ainda estar viva.

Esse era apenas o segundo dia que ele a mantinha. Haveria ainda muito mais diversão.

CAPÍTULO 22

Na manhã seguinte, Kate levou Tristan para a delegacia de Exeter e esperou por ele no estacionamento. A rua à frente estava movimentada pelo trânsito da manhã. Fazia só meia hora que ela estava esperando quando viu Tristan sair pela porta principal. A expressão dele era difícil de interpretar enquanto atravessava a rua.

– Está tudo bem? – ela perguntou quando ele abriu a porta.

– Sim. Conversei com uma oficial à paisana, detetive Finch. Ela parecia bem informada e recolheu um depoimento curto. Depois ligou para Alex e Steve, que confirmaram que estive na casa deles na madrugada de segunda, e dei o número do bufê do casamento da Sarah, e os horários em que fui comer pizza com Sarah e Gary. Ela também disse que não havia problema em Sarah dizer que eu estava em casa quando eu não estava, se ela não sabia que eu tinha saído. Foi bastante simpática.

– Você viu Henry Ko?

– Não. E tive a impressão que os agentes acham que ele é meio idiota.

– Por quê?

– Falei que Henry passou no seu escritório e foi meio agressivo. A detetive Finch brincou que Henry assistiu a episódios demais de *Esquadrão Classe A*... – Kate sorriu. Tristan continuou. – Também disse que a polícia conversou com Liam, que mora com Magdalena, e ele falou que ouviu Magdalena empurrar a Vespa pelo corredor no domingo, lá pelo meio da manhã, e que ela não voltou mais. O que significa que agora acham que ela desapareceu na manhã de domingo.

– Isso é bom – disse Kate.

– Sim. É. Só torna a briga que tive com a Sarah ainda mais ridícula.

Eles partiram para Ashdean. Kate não queria pressionar Tristan para contar sobre a noite anterior. Ele tinha dormido no quarto de hóspedes, e depois veriam os próximos passos. Ela se sentia uma pessoa de sorte por poderem compartilhar um silêncio agradável sem a necessidade de conversa fiada.

No trecho tranquilo de estrada rural a alguns quilômetros de Ashdean, um grupo de carros estava parado à frente no acostamento de grama. Quando chegaram mais perto, Kate diminuiu a velocidade.

Duas viaturas policiais estavam estacionadas perto de um guincho. Henry Ko estava no acostamento com dois policiais de uniforme, observando enquanto uma Vespa amarela coberta de lama era guinchada para fora de uma vala. Mais adiante na estrada, a vala estava sendo cercada por outro agente da polícia.

– É a *scooter* da Magdalena – disse Tristan. Kate chegou perto de Henry e parou, baixando o vidro da janela. Ele fez sinal para eles seguirem em frente, então notou quem eram e veio até a janela.

– Minha oficial de plantão disse que você passou na delegacia – ele disse. Henry parecia não ter dormido. Toda a sua arrogância havia evaporado.

– Sim. E aquela é a *scooter* da Magdalena – disse Tristan. A moto estava sendo guinchada para a traseira do caminhão.

– Sim. Acabamos de verificar a placa – disse Henry enquanto o guindaste zumbia e colocava a Vespa na traseira. Os dois policiais começavam a cobri-la com plástico. Estava num estado lamentável, a moto coberta de lama, com grama presa nos guidões.

– E Magdalena? Já encontrara o corpo? – perguntou Kate, observando os policiais espreitarem a vala e desenrolarem a faixa de isolamento.

– Não – disse Henry. – Um fazendeiro estava limpando a vala. Encontrou a *scooter*... Agora, por favor, preciso que sigam em frente. Precisamos fechar a estrada para a perícia.

Kate e Tristan saíram com o carro e continuaram em direção a Ashdean. Ela observou pelo retrovisor o caminhão com a moto e o comboio da polícia ficarem para trás.

– Merda. Quer dizer que ela desapareceu mesmo – disse Tristan. Kate concordou com a cabeça. Parte dela tinha torcido para que Magdalena fosse uma daquelas pessoas que, um dia, decidia partir e largar a vida antiga para trás.

Um momento depois, chegaram ao topo de uma colina, de onde conseguiam ver a represa de Shadow Sands e a hidrelétrica lá embaixo. À direita na estrada, passaram por um longo prédio baixo de tijolos vermelhos com as janelas arqueadas e pilares na entrada. Parecia um edifício que tinha sido majestoso no passado. Havia telhas faltando em um lado do telhado, as fileiras de janelas arqueadas estavam fechadas por tábuas em uma parte, e o estacionamento na entrada estava coberto por ervas daninhas amarronzadas.

– Não era uma boate aí? – perguntou Kate.

– Sim. Hedley House. Bem barra-pesada, e viviam chamando a polícia para apartar brigas.

– Você já foi?

– Algumas vezes – disse Tristan. – Fechou faz uns dezoito meses.

– Parece uma casa antiga – disse Kate, observando-a pelo retrovisor. Uma revoada de pássaros saiu voando de um buraco no telhado e ganhou o céu.

– Sim, acho que já foi uma mansão – disse Tristan.

A estrada passou pela represa. O sol saiu de trás das nuvens, e um raio de luz acertou o centro da água e iluminou a charneca ao redor em um tom cinza como aço. Eles passaram por uma placa que dizia: "ashdean quatro quilômetros". A estrada era longa e reta. Kate ainda conseguia ver a boate fechada pelo retrovisor. Prédios abandonados sempre lhe davam calafrios, ainda mais em um trecho tão solitário de estrada.

– Como os adolescentes chegavam à Hedley House? Tem algum ônibus?

– Tinha um ônibus para chegar lá, mas os ônibus não passam depois das 22 horas. Em geral, eram os pais e amigos que levavam as pessoas para casa. Os táxis ganhavam uma fortuna por fim de semana... Algumas pessoas voltavam a pé.

– Deve dar uns cinco quilômetros da boate até Ashdean – disse Kate, sua mente começando a ficar acelerada. – E você nunca ouviu histórias de adolescentes desaparecidos depois de voltarem andando da boate?

– Não. Teve uma menina que foi estuprada. Lembro do caso no jornal da cidade, mas pegaram o cara e ele foi preso.

– Quando foi isso?

– Não sei. Uns cinco, seis anos atrás.

– Lembra do nome dele?

– Não. Lembro que foi condenado a dez anos de prisão. Foi um ataque bem brutal. Depois disso foram poucas as meninas dispostas a voltar andando para Ashdean depois de uma noite fora.

Eles chegaram à ponta da represa, onde o rio Fowey a alimentava com alguns outros córregos. E os arredores de Ashdean apareceram por sobre a colina.

Kate voltou a pensar na boate de Hedley House, tão perto da represa. Ela era corajosa em muitos sentidos, mas não gostaria de andar a pé por esse trecho solitário da estrada à noite.

– Você tem muito trabalho para fazer depois da aula? – perguntou Kate.

– Não. Uma distração cairia bem, para ser sincero – disse Tristan.

– Quero visitar aquele *pub*, o Wild Oak. Quero ver se aquelas garçonetes estão trabalhando. Aquelas com quem Magdalena conversou. Quero ouvir o que contaram para ela e o que sabem sobre a mulher cujo número Magdalena tinha no *post-it*.

CAPÍTULO 23

– Sim, Magdalena veio aqui para beber com Barry Lewis da fazenda Fairview – disse Rachel, a garçonete do *pub* Wild Oak. Apesar do frio, Rachel usava uma blusa *cropped* branca encardida, saia curta e chinelos. O cabelo curto penteado para trás era tingido de ruivo. – Ela ficou falando do projeto dela, e contei das duas pessoas que conheci que desapareceram na neblina.

Rachel colocou um refrigerante pequeno e uma xícara de café no balcão na frente de Kate e Tristan. O *pub* Wild Oak ficava a dez quilômetros de Ashdean, à beira de um vilarejo chamado Pasterton. Ficava de frente para a charneca aberta e, através das janelas, dava para ver por quilômetros, mas o interior era escuro e acabado. Era um meio de tarde tranquilo. Alguns velhos estavam encostados no balcão, e uma televisão no canto mostrava corridas de cavalo.

– Como surgiu a conversa com Magdalena? – perguntou Kate.

– Certa manhã, Barry achou uma pegada grande no terreno dele e publicou a foto no Facebook. Teve um monte de curtidas; o jornal reproduziu. Magdalena entrou em contato com ele porque estava fazendo um projeto sobre lendas de Devon e da Cornualha – disse Rachel.

– Barry é da região? – perguntou Tristan.

– Sim. Um cara legal. Vive aqui. *Er.* São 4,20 libras – ela disse, apontando para as bebidas no balcão. Kate conseguia ver que ela estava de olho em Tristan enquanto ele tirava a carteira do bolso.

– Pega uma para você também – acrescentou Tristan.

– Obrigada. Dá 6,20 libras.

Rachel pegou o dinheiro, deu o troco para Tristan e, depois, colocou um copo alto sob um medidor de Bacardi onde um adesivo escrito à mão, “£1 o shot ou a dose”, estava fixado, com a cola descascando.

– Estamos tentando descobrir o que aconteceu com Magdalena – disse Kate. – Podemos sentar e conversar?

Rachel olhou para eles por um segundo e fez que sim. Ela foi até uma porta nos fundos do *pub*.

– Doris! Vou fazer minha pausa! – ela gritou. Kate e Tristan a seguiram até uma mesa baixa com tampo de vidro esfumaçado no canto oposto do bar em relação à TV. Havia uma tela embutida no meio, embaixo do vidro, onde um jogo antigo e tremeluzente de PAC-MAN estava passando. Rachel foi até a parede, tirou o fio da tomada e eles se sentaram.

– Por que Barry perguntou para você sobre pessoas desaparecidas da região? – perguntou Kate.

– Não foi ele que perguntou. Quando Magdalena veio para o bar, ela me perguntou se eu já tinha visto alguma coisa estranha, como animais gigantes ou fantasmas. Contei sobre as duas pessoas que conhecia que desapareceram na névoa – disse Rachel.

– Pode nos contar?

Rachel fez que sim.

– Sabem a Hedley House, a balada antiga na estrada principal?

– Sim – disse Kate.

– Fui lá algumas vezes, quando era mais novo – disse Tristan.

– Eu costumava ir, alguns anos atrás, antes de ter minha filhinha... Tinha um cara que vivia lá nas sextas-feiras, tinha um nome esquisito, Ulrich. Era mais velho do que eu na época, 19 ou 20 anos, acho. Era alemão, pintor e fazia uns bicos por aí. Fazia alguns anos que ele estava aqui e era meio esquisitão, mas ia à Hedley e tomava umas. Estava sempre sozinho, gostava de conversa. Nunca foi de sacanagem, nem quando bebia demais. Até que uma vez ele deixou de ir. O único motivo por que questionei foi por causa do meu amigo, Darren. Ulrich tinha ficado de instalar uma privada na casa de Darren. Ele a tinha tirado na sexta-feira e ficou de colocar de volta no sábado, mas não apareceu. Darren ficou furioso, como é de se imaginar, sem privada, e tinha pagado uns quinhentos pilas para Ulrich, adiantado. Ele foi até a casa de Ulrich, mas ele não estava lá... Darren é meio briguento, e enfiou na cabeça que Ulrich tinha dado um golpe nele, então ele e uns amigos voltaram para a quitinete de Ulrich e arrombaram a porta. Todas as coisas dele estavam lá: roupas, sapatos, comida na geladeira. A TV estava ligada. Tinha até um copo d'água perto da cama com uns analgésicos, sabe. Se saio para encher a cara, deixo água e analgésicos prontos para quando voltar.

Tristan concordou com a cabeça.

– Já fiz isso – ele disse.

– Você denunciou o desaparecimento de Ulrich? – perguntou Kate.

– Darren fez isso. Ligou para a polícia, pegaram o depoimento dele e anotaram, mas não ficaram lá muito interessados.

– Quando foi isso?

Rachel teve que pensar.

– Era 2008... outubro de 2008, perto do Halloween.

– Você se lembra do sobrenome dele? – perguntou Tristan.

– Sim, Ulrich Mazur... – Ela soletrou o sobrenome para eles.

– O que aconteceu depois que vocês ligaram para a polícia? – perguntou Kate.

– Nunca mais ouvimos falar dele, e ainda achávamos que ele poderia ter fugido. Quem trabalha com encanamento ganha em dinheiro vivo, e ficamos sabendo depois que algumas pessoas para quem ele estava fazendo trabalho pagaram em dinheiro vivo.

Kate viu uma mulher mais velha sair do batente dos fundos do bar. Ela estava de calça jeans e um pulôver fino e parecia ter acabado de acordar; o cabelo curto e encaracolado estava desgrenhado, e ela o estava ajeitando em um espelho pequeno. Ela cumprimentou os senhores no balcão e anotou seus pedidos de cerveja.

– O que fez você associar Ulrich a esses desaparecimentos na névoa? – perguntou Kate, voltando a atenção para Rachel.

– Nada na época. Um ano depois, conheci uma menina chamada Sally-Ann Cobbs. Muito jovem. Tinha acabado de ser botada para fora do orfanato da cidade.

– Por que ela foi expulsa? – perguntou Tristan.

– Ela fez 16 anos – disse Rachel. – Eles botam praticamente todo mundo no olho da rua. Ela arranjou um trabalho de limpeza no Harlequins e tinha uma quitinete em algum lugar. Esqueci onde.

– Harlequins é o shopping em Exeter? – perguntou Kate.

– Isso. O mais tosco – disse Rachel.

– É meio que um buraco – concordou Tristan.

– O que aconteceu com Sally-Ann? – perguntou Kate, tomando o resto do café.

– Sally-Ann era outra que eu costumava ver na Hedley House. Numa sexta, ela encheu a cara e ficou com esse cara que queria levá-la para casa. Ela estava fora de si lá pelo fim da noite, e lembro deles discutindo fora da balada, na frente de toda a fila de táxis.

– Ele foi violento?

– Não. Sally-Ann foi. Deu um tapa na cara dele e saiu andando pela noite. Vocês já viram o que tem ao redor da balada. Só campos e charnecas perto daquela estrada deserta. Foi a última vez em que ela foi vista.

Os pelos na nuca de Kate começaram a se arrepiar.

– Alguém denunciou o desaparecimento dela? – perguntou.

– Eu. De novo, demorei um tempo para perceber que ela tinha sumido. Eu conhecia uma das meninas com quem Sally-Ann trabalhava no Harlequins. Ela disse que fazia uns cinco dias que Sally-Ann não aparecia. Sabia que o aluguel de Sally-Ann estava atrasado porque ela tinha me contado que estava preocupada com dinheiro. Passei na quitinete dela, e o proprietário estava lá prestes a jogar todas as coisas dela fora.

– Depois de quanto tempo? – perguntou Kate.

– Uma semana.

– Isso é ilegal.

– Era uma quitinete sinistra. Esses proprietários conseguem fazer o que quiserem. Todas as coisas dela ainda estavam lá. Fotos, roupas, comida apodrecendo. Ela tinha acabado de pagar o gás e a eletricidade adiantado. O colar prateado de São Cristóvão estava do lado da cama. A mãe tinha dado para ela antes de morrer... – Rachel mexeu no pescoço e tirou um colar prateado com um São Cristóvão. – É esse. Aquele filho da puta do proprietário estava lá com sacos pretos, prestes a jogar todas as coisas dela na sarjeta. Com certeza ele pegaria o pouco que ela tinha de valor e venderia. Peguei o que dava, pensando que, quando ela aparecesse, poderia devolver, mas ela não apareceu.

– Você falou com a polícia? – perguntou Tristan.

– Sim. Eles passaram em casa e conversaram comigo, disseram que tinham colocado Sally-Ann na lista de desaparecidos... mas que diferença faz quando você não tem ninguém para sentir sua falta?

– Você se lembra da data em que Sally-Ann desapareceu?

– Sim, era novembro de 2009.

Rachel parou e tirou um lenço encardido do bolso e passou nos olhos.

– Sinto muito – disse Kate. – O que faz você pensar que isso está ligado à névoa?

– Naquela noite em que Sally-Ann saiu da balada, estava uma névoa densa. E, então, me lembrei daquela última vez em que vi Ulrich, meus amigos e eu estávamos espremidos em um táxi voltando da balada para Ashdean. Tinha uma névoa densa, e passamos por Ulrich caminhando. Até paramos, mas o motorista disse que estava cheio, e saímos com o carro e o deixamos a pé. Ele era um cara legal.

Ela deu mais um gole de seu Bacardi. Kate conseguia ver a culpa no rosto de Rachel.

– No ano passado, uma menina chamada Kirstie Newett começou a trabalhar aqui. Ela era um pouco... – Rachel encolheu os ombros.

– Um pouco o quê? – perguntou Kate; ela se lembrou do *post-it* que encontraram na geladeira de Magdalena, mas não mencionou isso e deixou Rachel continuar.

– Um pouco mentirosa. Mentirinhas bobas, sem motivo. Dizia uma coisa para alguém, outra para outra pessoa que contradizia a primeira. Dizia que tinha um carro novo sendo que não tinha. Falou que tinha comprado uma casa, sendo que morava numa quitinete. Eu não dava bola para ela. Até que, em um turno em que estávamos juntas, trinta libras desapareceram do caixa. Doris tinha acabado de colocar uma câmera de segurança em cima do caixa, e foi Kirstie. Doris a demitiu... Era horário do almoço. Na noite daquele dia, fui para casa de carro, e vi Kirstie no ponto de ônibus com uma garrafa de cidra. Fiquei com pena dela, ofereci carona, perguntei na cara dela por que tinha feito aquilo. Ela disse que estava dura e que foi um erro besta. Quando a deixei em casa, ela me convidou para tomar um drinque. Ficamos conversando, e descobri que ela frequentava a Hedley House. Ela começou a contar que, uma noite, tinha gastado todo o dinheiro e não conseguia pagar um táxi de volta para casa, então começou a caminhar. Na névoa. Disse que, no meio do caminho de volta para Ashdean, tinha um carro parado no acostamento, e um velho baixou o vidro e perguntou se ela queria uma carona. Ela estava para lá de bêbada, usando uma roupinha curta, e estava muito frio, por isso ela aceitou. Assim que entrou no carro, ele ofereceu uma droga para ela cheirar e deu um soco nela. Ela acordou um tempo depois, e estava completamente sozinha no escuro. Ele a manteve em cativeiro por dias num porão; depois a atacou, a estrangulou e ela desmaiou. Ela disse que acordou depois na traseira de um carro perto da represa Shadow Sands, quando esse cara estava prestes a jogá-la na água! Ela disse que resistiu e conseguiu fugir nadando.

– Você acreditou nela? – perguntou Kate.

– Não.

– Kirstie contou para a polícia? – perguntou Kate.

– Sim, ela me disse que parou um carro do outro lado da represa, e o homem era um policial. Ele a levou para o hospital, e então ela disse que foi botada num hospício.

– Ela disse a que parte da represa o homem a levou? É um lugar grande – perguntou Tristan.

Rachel pensou por um momento.

– Sim, disse que foi no *camping*, porque tinha uma placa grande perto do lugar em que ele tinha estacionado e onde ela acordou. Foi assim que ela soube... Como disse, ela era conhecida por mentir, e tomei um drinque com ela, depois fui embora, e foi isso. Eu a vi algumas vezes e cumprimentei, mas nunca mais saí socialmente com ela.

– O que fez você pensar, depois, que ela estava falando a verdade? – perguntou Kate.

– Bom, foi só algumas semanas atrás, quando Magdalena veio aqui com o Barry. Ela era uma mulher tão simpática. Educada. Disse que estava fazendo um estudo sobre lendas urbanas, coisas estranhas da região, então mencionei Ulrich, Sally-Ann, e Kirstie e a névoa, e tudo começou a se encaixar na minha mente. Sei que Kirstie poderia ter ouvido falar dos desaparecimentos de Ulrich e Sally-Ann, mas não me lembro de vê-la na Hedley naquela época. Magdalena me pediu o número do telefone de Kirstie. Ainda tinha o número no celular, e passei para ela. Magdalena fez muitas perguntas sobre o trecho da estrada perto da Hedley House, a área ao redor. Então foi parar no jornal que ela tinha desaparecido, bem no dia em que tinha a névoa densa – disse Rachel. – É coincidência demais, não acham?

CAPÍTULO 24

Quando saíram do *pub*, Kate e Tristan ficaram em silêncio no carro por alguns minutos, ouvindo o som da chuva bater nas janelas.

– Jesus – disse Tristan.

– O *camping* é o elo. Kirstie acordou no *camping* – disse Kate. – Simon Kendal foi atacado no *camping* e apareceu na água. Será que quem está fazendo isso sequestra as pessoas e despeja os corpos na represa? Ulrich e Sally-Ann.

– Faz sentido, então, que Simon Kendal estivesse na água. Se ele saiu para dar uma volta à noite, poderia ter ido parar do outro lado da represa e sido atacado; talvez tenha resistido ou sido jogado na água. Esse está sendo um grande problema para mim, como ele foi parar do outro lado da cerca.

– E se Magdalena tiver ido parar na represa?

– Se for para despejar corpos, faz sentido amarrar peso neles, ainda mais porque a represa é bem funda. Se ele não tiver amarrado pesos nela, o corpo vai flutuar em algum momento – disse Kate. – E também tem essa boate, a Hedley House.

Ela estava tentando encaixar todas as peças, mas isso fez sua cabeça doer.

Eram quase três da tarde, mas a luz já estava diminuindo.

– Quero dar uma olhada na represa e no *camping*.

Quando dirigiram de volta para a represa Shadow Sands, a estrada os levou em uma grande volta, passando o ponto em que o rio Fowey alimentava a represa, e a área em que Kate e Jake haviam mergulhado. Kate diminuiu a velocidade ao passar pelo centro de visitantes, que era perto da hidrelétrica. Era grande, construído na forma de um navio, e cercado por um jardim bem cuidado com vista para a água.

– Foi aqui que Geraint foi tomar café e carregar o celular no dia em que Simon desapareceu – disse Tristan. Havia luzes nas enormes janelas em formato de escotilha que cercavam o prédio, mas, nesse dia cinza, o estacionamento estava vazio quando eles passaram de carro.

A hidrelétrica era perto do centro de visitantes, e tinha um formato quadrado com um domo enorme em cada lado. Uma ponte rodoviária cruzava o ponto em que a água atravessava as turbinas, e parava em um pequeno acostamento na beira da estrada. O estrondo das turbinas era muito alto e ficou ensurdecedor quando saíram do carro.

Eles caminharam até a beira da ponte, que passava pelo alto da barragem de concreto.

– Imagine cair daqui de cima! – gritou Tristan enquanto olhavam para a queda d'água imensa do outro lado da barragem. A parede da represa tinha uma curva acentuada e, lá embaixo, uma torrente de água turva escorria de duas comportas secundárias gigantescas para um canal largo de concreto. O canal carregava a água ao longo de uns duzentos metros e então se tornava um rio veloz que entrava na floresta ao redor.

Eles voltaram para o carro e dirigiram pelo resto da ponte, que seguia ao longo da parede imensa da represa por mais quinhentos metros. O *camping* ficava depois de uma estrada rural tranquila, tendo apenas uma plaquinha que indicava um espaço entre as árvores. Uma trilha de terra cercada por árvores cortava o caminho de volta à represa.

O *camping* era mato e arbustos selvagens por cerca de uns cem metros quadrados, margeado pela represa. Em cima havia um bloco pequeno de banheiros que estava fechado, e dava para as árvores e a charneca.

– Geraint disse se acenderam uma fogueira? – perguntou Tristan, olhando ao redor para várias marcas queimadas na grama.

– Acho que não. Disse que tinham um fogãozinho a gás, mas não o acenderam, porque só tinham feijões frios e chocolates para comer – disse Kate.

– O que faria Simon levantar à noite?

– Ele precisava ir ao banheiro. Queria ligar para alguém.

– Será que a polícia sabe onde está o celular dele? – disse Tristan.

Desceram até a cerca de metal de três metros de atura que passava à margem da água. Era grossa e resistente, com um rolo de arame farpado no topo. Havia uma ribanceira de lama e lixo, de uns dez metros de largura, descendo para a água, que corria na direção da hidrelétrica.

Era cinza e fria. A luz do dia já estava começando a enfraquecer, e havia uma garoa no ar.

– A cerca é sólida como uma rocha – disse Kate, pegando nela.

Ela deu uma olhada no relógio. Era o pôr do sol agora. Ela sentiu um calafrio.

– É muito sinistro aqui. Imagina se você precisa ir ao banheiro e acorda à noite e tem que ir até aquele bloco de sanitários.

Os dois olharam para os banheiros, que ficavam perto da trilha de terra e de uma fileira de pinheiros.

Eles subiram até lá. Tristan pegou o celular e ativou a lanterna. Kate empurrou a porta e, depois de um tranco, ela se abriu com um rangido. Havia três cubículos, um deles sem porta, e uma fileira de pias que estavam cobertas de sujeira e cheias de folhas. Uma pequena janela de vidro de segurança, no alto da parede dos fundos, estava fechada a tábuas, e o vento soprava por uma fresta na madeira, folhas cobriam o chão de ladrilhos.

– O cheiro é exatamente como eu esperava – disse Tristan, puxando a gola do suéter para cima para cobrir a boca e o nariz. Kate fez o mesmo. Passaram pelos dois primeiros cubículos. Tristan apontou a luz para dentro. O primeiro vaso estava quebrado, e parecia que tinham colocado fogo dentro dele. O segundo cubículo estava com as portas meio caindo das dobradiças, e fezes de passarinho cobriam o chão e a cisterna. A última porta estava fechada.

Um barulho fez os dois paralisarem. Parecia um bufo. Deram um passo para trás, afastando-se da porta que estava completamente fechada, sem nenhuma fresta embaixo.

Kate estendeu a mão para a maçaneta e a virou, mas a porta não abriu. Ela a chacoalhou.

– Sai – disse uma voz masculina, grogue de sono, que fez os dois se assustarem.

Merda, Tristan fez com a boca, dando um passo para trás. Kate se perguntou quem usaria esse banheiro no meio do nada em uma noite escura de outubro.

– SAI PORRA! – gritou a voz, e a porta tremeu, como se tivesse sido chutada.

Tristan já estava na saída.

– Kate! Vem! – ele disse.

– Volta, e traz a lanterna...

– Quê? – sussurrou Tristan. Kate era cautelosa, mas, logicamente, pensou que poderia ser um sem-teto, e que ele poderia ter visto alguma coisa. Ela tirou um pequeno frasco de *spray* de pimenta do bolso e mostrou para Tristan. *Spray* de pimenta não era exatamente legal, mas ela sempre o carregava consigo. Ele relaxou um pouco ao ver o frasco. Ela o estendeu na sua frente.

– Oi. Meu nome é Kate, e estou aqui com, *er*, Tristan. Somos do abrigo de sem-tetos da região – ela disse. Houve uma longa pausa.

– Tenho direito de estar aqui. Estou tentando dormir – disse a voz. Kate relaxou um pouco. Sentiu muita pena desse homem, tendo que se abrigar em um banheiro tão nojento.

– Certo. Não tem problema. Estamos aqui para ver como você está – ela disse. Chacoalhando o frasquinho de *spray* de pimenta, Kate revirou a bolsa e achou uma garrafa d'água e uma barra de chocolate que tinha comprado no posto de gasolina quando pararam para encher o tanque no caminho. Tirou também uma nota de vinte libras. Tristan estava ao lado dela agora.

– Como se chama? – ela perguntou.

– Não é da sua conta!

– Tenho comida e uma nota de vinte aqui... Pode abrir a porta para eu entregar para você?

– Deixa do lado de fora! – disse a voz. O homem tinha um tom córnico no seu sotaque.

– Não quero deixar uma nota de vinte aqui fora, porque vai que outra pessoa pega – disse Kate. Houve uma longa pausa e, então, um movimento suave, o bater de uma bengala no chão de concreto. A porta tremeu, e então houve uma pancada, e ela se abriu. Kate escondeu o *spray* de pimenta na palma da mão. Um homem de idade indeterminada estava deitado no chão entre o vaso e a parede. Estava imundo, o rosto alaranjado pela terra. Tinha uma barba comprida e embaraçada e o cabelo na altura do ombro, que ou estava amarrado para trás ou entufado de tantos nós, Kate não sabia dizer. Usava muitas camadas de roupa, todas sujas e manchadas, e um sobretudo rasgado. Ele se apoiou em um cotovelo e ergueu os olhos. Tinha uma garrafa quebrada na mão e a estava apontando para eles, uma forma frouxa de defesa.

– Não estamos aqui para machucar você – disse Kate.

Ela só conseguia ver um dos pés dele, com um sapato marrom arranhado onde unhas compridas e sujas cortavam o couro. Então ela viu que a outra perna da calça estava amarrada com um barbante na altura do joelho. O restante da perna estava decepado. A tampa do vaso estava fechada e coberta por um pequeno pedaço de tecido. Nele havia um maço amassado de cigarros, uma caixa de fósforos, três cebolas, e um pequeno canivete vermelho, coberto de uma camada de lama seca.

– Desculpa incomodar – disse Kate. Pareceu bobagem assim que saiu da sua boca. – Sou Kate, e esse é Tristan.

– Você já me falou isso! – o homem exclamou, e se crispou com a lanterna na cara dele. Tristan a abaixou.

– Desculpa, cara, não queria cegar você – disse Tristan.

– Toma – disse Kate, estendendo a garrafa d'água e a barra de chocolate. Ele as apanhou, virando-as na mão antes de ajeitá-las sobre a tampa do vaso.

Estava certa, ela pensou. Ele era um sem-teto, e esse devia ser um lugar para onde vinha com frequência. Ele poderia ter visto algo quando Simon e Geraint estavam acampando.

Ela se agachou e estendeu a nota de vinte. Ele tentou pegá-la, mas ela a manteve longe do alcance dele.

– Você dorme muito aqui?

– Às vezes.

– É movimentado, o *camping*?

– Nunca. Mas tem muitas idas e vindas à noite...

– Como assim?

– Sempre tem uns adolescentes bebendo, raposas, e tem um furgão. Desce até a água – ele disse.

– Que tipo de furgão? Quando? Você consegue descrever?

– Um furgão branco... não sei. Só tento dormir – disse o velho.

– O furgão aparece de dia ou de noite? – perguntou Kate, estendendo a nota de vinte mais perto.

– Só fico aqui à noite. Cuido da minha vida.

– É um canivete bonito – disse Tristan. O objeto reluziu sob o feixe da lanterna, e Kate viu que havia uma inscrição nele. Ela estendeu a mão para pegá-lo.

– É meu. Eu achei – disse o velho, prestes a pegá-lo do vaso sanitário.

– Só vou dar essa nota de vinte se você me deixar ver o canivete – disse Kate. O sem-teto olhou para o dinheiro e deixou que Kate pegasse o objeto. Tristan chegou mais perto para olhar.

Enquanto o virava nas mãos, Kate se lembrou de que o irmão tinha um parecido, que ele levava para os encontros de escoteiros, com uma lâmina minúscula, que servia apenas para cortar um pedaço de barbante ou descascar uma maçã. Kate mexeu o canivete e conseguiu abri-lo. Assim como o canivete do irmão dela, a lâmina era pequena com um corte seco e sem ponta. O cabo estava empapado de lama, e ela o esfregou para revelar uma gravação em letras miúdas no cabo.

Para Simon, no seu aniversário de doze anos.

Tristan e Kate trocaram um olhar. Ele ergueu o celular e tirou uma foto.

– Onde encontrou isso? – Kate perguntou para o sem-teto.

– Na lama perto da água. Quase todas as coisas na água são perdidas ou foram jogadas fora, então não é roubado. É meu. MEU!

– Você está mentindo. Tem uma cerca enorme bloqueando a água – disse Kate. O sem-teto ainda estava com os olhos na nota de vinte entre os dedos dela.

– Dá para atravessar a cerca! Pela trilha!

– Onde?

– Seguindo na direção da usina. Foi onde o encontrei, na lama. Não está vendo a porra da lama nele? – berrou o sem-teto.

– Viu alguém perto da água quando encontrou isso? – perguntou Kate.

– Não vou lá se vejo pessoas. Patrulham a água com barcos. Não gosto de pessoas. Pessoas são cruéis. – O sem-teto se moveu rapidamente, estendendo o braço e pegando o canivete da mão de Kate, assim como a nota de vinte libras. Ele os enfiou nas dobras do casaco e pegou uma garrafa quebrada com um barulho de vidro. – AGORA SAIAM, ESTÃO ME OUVINDO! SAIAM! – ele gritou, chacoalhando os braços segurando o vidro quebrado. Kate e Tristan saíram do cubículo do banheiro, e o velho bateu a porta, chutando a madeira. Houve um clique quando a fechadura foi virada. Kate bateu na porta, mas não houve resposta. Ela bateu outra vez, implorando para ele abrir a porta, mas ainda assim não houve resposta.

Kate e Tristan saíram do sanitário e voltaram para o gramado, aliviados com o gosto de ar fresco. Estava escuro agora e chovendo mais forte.

– Precisamos confirmar se Simon tinha um canivete – disse Kate.

– É bom a gente dar uma olhada na cerca – disse Tristan.

Eles colocaram seus capuzes e desceram pela grama até a cerca. As turbinas da hidrelétrica pareciam estar zumbindo em um tom mais agudo e, do outro lado, a água passava em alta velocidade.

Encontraram uma abertura nas árvores que dava para a direita, na direção da hidrelétrica. Precisaram acender as lanternas de novo. A abertura levava a uma trilha estreita. O ronco das turbinas ficou mais alto, e Kate viu que havia marcas de pneu na grama macia. Os dois lados da trilha eram cercados por árvores. A cerca alta continuava no lado esquerdo.

Depois de algumas centenas de metros, a trilha se abriu para um quadrado de terreno acidentado e, por alguns metros, não havia árvore, apenas a cerca de metal simples.

Chegaram mais perto e começaram a examinar a cerca com as lanternas dos celulares. Colocando os dedos na terra cheia de musgo onde o painel da cerca encontrava o chão, Kate achou um pequeno pedaço de metal fixado ao painel da cerca que estava enganchado em um buraquinho no poste alto da cerca.

– Espera, tem alguma coisa aqui – ela disse. Tristan se aproximou, e eles se atrapalharam por um tempo e puxaram. O gancho se soltou de repente, e todo o painel inferior da cerca se soltou. Conseguiram erguê-lo, deixando uma abertura de meio metro. Eles se agacharam e passaram.

Do outro lado havia uma ribanceira coberta de musgo e algumas árvores com uma trilha descampada que descia para a água.

Saíram na margem lamacenta da represa, onde havia vários refugos, dispostos em linhas variadas com nível variante da água.

– O sem-teto falou que encontrou o canivete na lama perto da água – disse Tristan.

– Se for verdade, como ele sabia sobre a cerca? – disse Kate.

– Simon ou o sem-teto?

– Os dois... – Kate perdeu a voz, confusa.

Eles ergueram os olhos para os dois edifícios enormes abobadados que abrigavam as turbinas hidrelétricas. As luzes vermelhas estavam piscando em sincronia, para alertar os aviões.

– Vamos recapitular um pouco. Simon se levanta à noite; ele sai da barraca e vai dar uma volta... – começou Tristan.

– Está escuro. É sinistro para caramba. Ele está sozinho. Confuso da cabeça. Está com o canivete, mas é uma coisa boba, quase um brinquedo. Talvez ele pegue uma das estacas de metal afiadas da barraca também, para se proteger, se sentir seguro – disse Kate.

– Ele desce aqui e de alguma forma encontra um buraco na cerca, para descer até a margem da água.

– E se alguém estava aqui, fazendo alguma coisa na cerca? E Simon surpreendeu a pessoa? – disse Kate.

– Ele assustou a pessoa e foi atacado? E Simon acaba apunhalado pela estaca de barraca.

– Isso.

– Então, Simon pegou alguém no susto, mas fazendo o quê? – perguntou Tristan. Houve uma pausa. Kate se moveu até a beira da água. Estava escuro agora, e as luzes da usina brilhavam na água negra que passava em alta velocidade, em direção às turbinas. Kate revirou a cena em sua mente, mas sempre voltava ao mesmo pensamento.

– A conclusão mais lógica agora é que Geraint estava envolvido. Geraint e Simon tiveram uma briga, foram parar na água, e Simon estava tentando se afastar. Se entrasse na água aqui, teria que lutar contra a corrente – ela disse, confusa. – Se Simon estivesse muito machucado, teria sido sugado na direção das turbinas. Está vendo como a água é atraída para dentro das comportas secundárias ali?

Tristan fez que sim.

– Claro, Simon teria tentado nadar pela represa até o outro lado; mesmo que tenha perdido o rumo no começo, ele atravessaria para o outro ponto de terra mais próximo – disse Tristan, apontando para as árvores diretamente à frente deles, na margem oposta do rio.

– Mas ele nadou por quase dois quilômetros na direção oposta, para longe da usina. A adrenalina pode tê-lo movido por um tempo. Ele nadou para fugir de alguma coisa. Provavelmente, um barco. Um barco passou por cima dele... Ainda acho difícil imaginar Geraint o atacando. Precisamos conversar com aquele sem-teto de novo. Ele disse que viu um furgão, mas vai que também tinha um barco envolvido na história. Ele pode ter visto Simon e Geraint na noite em que Simon morreu – disse Kate.

CAPÍTULO 25

A chuva parou enquanto Kate e Tristan caminhavam até o *camping*. Eles voltaram aos sanitários e entraram, mas o último cubículo estava vazio. O homem não estava mais lá.

– Quanto tempo ficamos lá embaixo? – disse Kate. – Achei que ele estava pronto para passar a noite.

– Ele deixou a embalagem do chocolate, mas levou todas as coisas – disse Tristan, apontando a lanterna para o cubículo.

– Aonde ele iria? Estamos a quilômetros de qualquer coisa. Precisamos encontrá-lo – disse Kate.

Do lado de fora, surgiu o ronco de um motor de carro e, através da abertura na janela fechada com tábuas, luzes de farol iluminaram o interior do banheiro minúsculo. Um veículo parou do lado de fora, mas o motor continuou ligado.

Kate olhou para Tristan. Um disparo ensurdecedor reverberou através do espaço minúsculo, e ela apanhou o braço de Tristan.

– Mas que diacho! – ela disse. Seus ouvidos estavam zumbindo. Eles se assustaram quando outro tiro foi disparado.

– Certo! Saiam daí, agora! – gritou a voz de um homem com um forte sotaque córnico.

– Quem é você? – Kate gritou em resposta

– Saiam! Vocês invadiram uma propriedade particular – disse a voz. Tinha uma autoridade e uma certeza, que fizeram Kate pensar que era a polícia. – Saiam! Não me façam entrar aí!

Kate se dirigiu à porta e anunciou quem eles eram.

– Somos professores da universidade. Não somos viciados em drogas nem pessoas em situação de rua! Sabemos nossos direitos em relação a armas de fogo... – O medo dela era que o homem atirasse por acidente.

Houve um silêncio, e então escutaram o estalido de um pente de arma ser aberto e o tilintar de balas saindo.

Kate acenou para Tristan, e eles saíram do banheiro com cuidado para a luz forte dos faróis do carro.

Kate ergueu a mão contra a luz. Era um homem de aparência mais velha, bastante baixo e usando equipamento de tiro, com uma jaqueta comprida. Tinha o queixo duplo, indicando que estava na casa dos 60 anos, mas seu cabelo estava tingido de preto e penteado para o lado. Ele estava apoiado nos dois pés, com a arma na dobra do braço. Atrás dele, havia uma grande Land Rover antiga, coberta de lama com o motor ainda ligado.

– O que estão fazendo invadindo propriedade? – ele disse, olhando-os de cima a baixo.

– Esse espaço é público – disse Kate. Tristan estava com as mãos no alto. Ela lançou um olhar para ele, e ele as baixou para o lado do corpo.

– O *camping* é, mas recebi uma ligação da usina dizendo que havia duas pessoas nas margens perto das comportas secundárias. Lá é propriedade privada, e muito perigosa. Vocês poderiam ter caído.

Kate começou a dizer alguma coisa, mas ele continuou.

– Estou pouco me fodendo para a segurança de vocês, mas, se tivessem caído e fossem parar nas turbinas, teríamos uma bela de uma confusão nas nossas mãos e teríamos que fechar.

– Você trabalha na hidrelétrica? – perguntou Kate. – Posso ver alguma identificação?

A porta traseira da Land Rover se abriu, e saiu uma senhora de idade. Ela era surpreendentemente alta, da mesma altura de Tristan. Estava usando saia xadrez, galochas e jaqueta. Tinha um lenço sobre a cabeça, mas seu rosto de traços angulosos estava fortemente maquiado.

– Quem são vocês? Estavam invadindo propriedade privada. Existe uma multa de duas mil libras por invasão de propriedade. Vocês têm duas mil libras para gastar? – ela disse, apontando a unha com esmalte vermelho para a represa e então para Kate e Tristan.

– Tem um velho dormindo ao relento aqui – disse Kate.

– Quê? – disse a mulher, estreitando os olhos.

– Ele disse que estava com fome e queria dormir – disse Tristan. – Demos chocolate para ele.

– Como vocês se chamam?

– Este terreno é público. Não precisamos falar nossos nomes – disse Kate. Ela sempre ficava perplexa com a arrogância de alguns dos ricos e privilegiados.

– Vocês estavam invadindo o meu terreno e o terreno do governo. A usina elétrica oferece uma função vital como serviço público. Agora caiam fora antes que atiremos em vocês e mandemos a multa para os seus parentes.

– Sou uma investigadora particular. Meu nome é Kate Marshall, e esse é meu assistente, Tristan Harper. Estamos investigando a morte de Simon Kendal. O corpo dele foi encontrado na represa em agosto.

Isso pareceu surtir efeito na mulher.

– Sim. Uma história muito triste, mas a polícia está tratando disso.

– Também estamos investigando o desaparecimento de outra mulher, uma professora. Ela desapareceu perto da represa. Posso saber se a polícia conduziu uma busca na represa?

– Quem é você mesmo? – disse a mulher, avançando para cima dela.

– Kate Marshall.

A mulher pegou a arma do homem.

– Escuta aqui – ela disse, com cuidado. O homem mexeu no bolso e entregou um cartucho de espingarda para ela, que encaixou no cano da arma. – Este é seu último aviso. Se invadirem minha propriedade de novo, vamos chamar a polícia, e vocês serão processados. Ele entregou um segundo cartucho para ela, e a mulher o carregou na arma e fechou o cano. – Fui clara? – Ela devolveu a arma para o homem. Depois foi até a porta do carro e entrou no banco do passageiro, fechando a porta.

– Aquele carro é de vocês? – o homem disse, apontando a cabeça para o Ford de Kate.

– Sim.

– Entrem. Vão. – Ele apontou a arma para eles.

– Apontar uma arma de fogo para nós é tecnicamente uma agressão – disse Kate.

– É melhor entrar, então, antes que eu tecnicamente aperte o gatilho – ele disse. Tristan olhou de rabo de olho para Kate, tentando não parecer assustado. Eles caminharam até o carro e entraram. Ela viu o homem baixar o cano da arma, mas ele continuou observando enquanto ela ligava o carro e se afastava.

– Minha nossa – disse Tristan, estendendo as mãos trêmulas. – Eles podem fazer isso?

– Não, mas é a nossa palavra contra a deles. – Ela olhou pelo retrovisor enquanto a Land Rover era obscurecida por árvores. – Queria saber por que apareceram. Será que não tem uma empresa de segurança que viria para verificar? Você está bem?

– Sim. Nunca ouvi uma arma de verdade ser disparada antes – ele respondeu.

Houve um ronco, e de repente a Land Rover surgiu na trilha atrás deles, freando só no último minuto, com o capô encostado no para-choque deles. Ela conseguia ver o semblante carregado e o queixo duplo do motorista e a silhueta da velha nas sombras no banco de passageiro.

Tristan olhou para trás com nervosismo.

– Deixa o carro deles ultrapassar, Kate.

Eles chegaram à estrada principal, e Kate se manteve calma e saiu do cruzamento. Achou que a Land Rover passaria, mas ela continuou colada neles, quase tocando no para-choque.

– O que ele está fazendo? – perguntou Tristan, enquanto Kate freava e ele igualava a velocidade deles. Os faróis da Land Rover estavam altos, e Kate pestanejou contra a luz forte.

– Nos intimidando – ela respondeu. Eles avançaram devagar pelas estradas sinuosas por alguns minutos. O coração de Kate batia forte no peito. Então, assim que passaram por um grande portão duplo à direita, a Land Rover virou abruptamente na entrada, e eles mergulharam na escuridão.

– Aonde eles foram? – perguntou Tristan. Kate diminuiu a velocidade, fez uma curva em U e voltou para os portões, até parar do lado de fora. – Cuidado – ele disse.

À frente, ela conseguia ver os faróis traseiros da Land Rover, que subia para o alto da colina íngreme. No alto, conseguiam distinguir os contornos de um casarão.

– Consegue ler o que diz no portão? – perguntou Kate.

– *Mansão Allways* – disse Tristan, espreitando a placa.

CAPÍTULO 26

— Acha que dá para ampliar a foto? – perguntou Kate, erguendo o iPhone de Tristan. Era a foto que ele havia tirado do canivete no banheiro do *camping*. Tristan ficou envergonhado e irritado pela luz ter se refletido no metal, deixando a inscrição gravada sem foco.

– Já ampliei – disse Tristan enquanto picava legumes para saltear. Eles estavam de volta à casa de Kate, e ele tinha se oferecido para preparar o jantar como agradecimento por ela deixar que ele ficasse ali por alguns dias. – Desculpa ter pisado na bola.

– Não é culpa sua – disse Kate, colocando o iPhone dele na mesa e pegando o dela. – Vou confirmar isso com Lyn Kendal. – Ela discou o número e segurou o telefone entre a orelha e o ombro. Abriu a geladeira, e Tristan viu que estava bastante vazia. Havia um jarro enorme de chá gelado na prateleira superior, um pires com fatias de limão, e alguns pedaços de queijo. – Dá na caixa postal.

Kate desligou o celular e encheu um copo com gelo de um saco no *freezer*. Tristan começou a picar um pimentão vermelho e observou enquanto ela se concentrava em encher o copo antes de decorá-lo com uma fatia de limão. Ela deu um gole fundo, fechou os olhos e suspirou. Ela abriu os olhos, e ele olhou para o outro lado.

– Desculpa, que falta de educação. Quer beber alguma coisa?

– Você tem refrigerante? – ele perguntou, enquanto deslizava os pimentões vermelhos fatiados da tábua para a frigideira. Houve um chiado agradável, seguido por um cheiro delicioso, e ele deu uma mexida. Seu estômago roncou.

– Sim, tenho. Jake vive tomando, então tenho um monte aqui – ela disse, abrindo a geladeira de novo e achando uma lata na gaveta de baixo.

– Por que não deixou uma mensagem para Lyn? – ele perguntou, abrindo a lata.

– Mensagens podem ser ignoradas ou deixadas para depois. Quero perguntar para ela e ouvir o que ela diz. É hábito. Aprendi na polícia. É melhor conversar com as pessoas...

O celular de Kate tocou de novo.

– Ah, é o Jake, com licença – ela disse. Ela levou sua bebida para a sala e se sentou em uma das poltronas perto da janela.

Depois de um longo dia esquisito, era estranho voltar para a mesma casa. Tristan sabia que teria que voltar e enfrentar Sarah. Kate era ótima, mas eles já passavam muito tempo juntos, e ele não queria atrapalhar. Ele continuou cozinhando e ouviu trechos da conversa dela com Jake.

– Pensei que já estava combinado de você vir para passar o feriado no meio do semestre. É semana que vem, amor. Queria saber para poder me preparar e fazer compras – disse Kate.

Tristan fatiou rapidamente alguns cogumelos e os deslizou para a frigideira, onde a comida estava cozinhando. Kate ainda estava ao telefone, e ele queria saber se ela tinha algum macarrão. Ele estava relutante a fuçar os armários dela.

Ele diminuiu o fogo embaixo da frigideira e colocou a tampa. Depois abriu o laptop e fez login na unidade de pessoas desaparecidas do Reino Unido. Abriu o caderno e verificou o que tinha anotado e digitou "Ulrich Mazur" na caixa de busca. O resultado voltou com uma foto. Ulrich era bonito. Tinha o cabelo loiro-avermelhado curto, olhos azul-acinzentados, e um rosto largo e redondo com maçãs do rosto típicas dos eslavos. Era uma foto de carteira de identidade, mas ele estava sorrindo – um sorriso largo e caloroso com dentes brancos perfeitos. Ele usava uma camiseta escura, e era muito magro. O relatório de pessoa desaparecida tinha seus dados escritos embaixo. Ele tinha 1,83 metro de altura e pesava 70 quilos.

Tristan conseguia ouvir Kate ao telefone, agora conversando com outra pessoa. A conversa estava ficando um pouco acalorada, e ela ficava repetindo: *Eu sei, mãe. Não foi culpa minha, está me ouvindo?*

A cozinha de Kate era aberta para a sala. Ele considerou pegar o computador e subir, mas tinha a comida. Voltou a atenção para o segundo nome que Rachel do Wild Oak tinha dado para eles. Ele digitou "Sally-Ann Cobbs". Uma foto de identidade que quase parecia ter sido tirada à força apareceu na tela. Sally-Ann parecia muito pequena na foto e estava fazendo careta. Tinha o cabelo castanho opaco, uma carinha de rato, e acne nas bochechas. Tinha 17 anos quando desapareceu. Ele se lembrou do que Rachel havia dito, sobre Sally-Ann fazer 16 anos e ter que deixar o orfanato e cair no mundo. Isso o fez pensar nele e em Sarah. Quando sua mãe morreu, ele tinha 15 e Sarah, 18. Se isso tivesse acontecido alguns anos antes, os dois teriam sido levados para um abrigo. A comida chiando no fogão o tirou de seus pensamentos, e ele se levantou e mexeu a frigideira.

Kate havia terminado a ligação, e voltou para a cozinha. Ela suspirou, foi até a geladeira e encheu o copo. Tristan se perguntou se estava atrapalhando.

– Escuta, posso deixar você em paz amanhã. Preciso ir para casa; minhas roupas limpas estão acabando – ele disse.

– Não, pode ficar. Tenho dois quartos vazios, e nem sei direito se Jake vem para o feriado... Ele começou a ver um terapeuta. Um dos professores da escola ficou sabendo que a gente encontrou o corpo de Simon Kendal na represa. E agora a escola acha que ele deveria falar com alguém – disse Kate.

– Isso é bom, não é?

– É bom, sim. Mas esse terapeuta, pelo visto, está insistindo agora que Jake frequente as sessões regularmente, que são às quartas. Isso impede que ele passe uma semana aqui. E Jake fez amigos, com quem ele tem planos. – Kate baixou a bebida e esfregou os olhos. – Vai saber? Eles podem estar usando o terapeuta como desculpa para ele não vir me visitar...

Tristan viu que havia muitas emoções rolando entre Kate e sua relação com Jake. A mãe dele também tinha sido ausente por boa parte de sua infância por causa de bebida e drogas. Pelo que ele tinha ouvido, Kate ficou sóbria quando o filho era muito novo, mas a mãe dela tinha se recusado a devolver a custódia de Jake. Era uma situação delicada, e ele não sabia de tudo, mas Kate era uma mulher boa que havia tomado jeito na vida. Ela merecia ver o filho.

– A comida está pronta – disse Tristan.

– O cheiro está maravilhoso – disse Kate, parecendo grata pela mudança de assunto.

– Encontrei Ulrich e Sally-Ann – disse Tristan, apontando para o laptop enquanto servia os legumes salteados em tigelas. Kate examinou as fotos.

– Sempre fico surpresa com as fotos que usam para pessoas desaparecidas – disse Kate. – Eles nunca pensam que a polícia vai usar essas fotos para um anúncio ou *in memoriam*... – Ela encarou as fotos na tela por um momento. – Tinha certeza de que Rachel estava falando a verdade, mas aqui estão eles, oficialmente.

Eles se sentaram para comer à mesa.

– Ainda quer conversar com aquela mulher, Kirstie? – perguntou Tristan.

– Sim. Vou tentar ligar para ela de novo depois do jantar. Seria interessante conseguir que ela se abrisse e ver que outros detalhes revela, isso se não estiver mentindo... Sei que amanhã é só meio período e, depois, vamos entrar em uma semana de revisão. Quer dar uma pesquisada sobre a represa Shadow Sands e a boate Hedley House na internet? Também quero ver se tem mais histórias de pessoas desaparecidas. E quero descobrir quem é aquela mulher com o motorista de espingarda.

CAPÍTULO 27

Magdalena tinha recuperado e perdido a consciência no chão do piso de ladrilhos. Seu nariz e cabeça latejavam com uma dor intermitente, mas ela conseguiu dormir por um tempo.

O tempo se reduzia às batidas de seu coração. Ela chegava a vinte e a fome e a exaustão a faziam perder a conta. Um tempo depois, a dor na cabeça ficou mais aguda e ela não conseguia respirar pelo nariz. Ela se sentou, apoiando-se na ponta da cama de concreto. Seus pés e pernas estavam dormentes, e demorou alguns minutos dolorosos virando e se mexendo, com pavor de ficar paralisada, até recuperar a sensação das pernas.

A sensação de alfinetes e agulhas quando um membro dormente volta à vida sempre a deixava nauseada, mas dessa vez ficou grata. Ela se levantou e se lavou na pia, passando água delicadamente sobre o rosto e destampando uma das narinas. Também bebeu e bebeu, a água fria deliciosa aguçando sua mente. Quando fechou a torneira, o cômodo voltou a ficar em silêncio. Ela se esforçou para ouvir algum barulho vindo de cima. Tentando ouvir além da batida estrondosa do seu coração e do som de sua respiração pela boca.

Algumas vezes, uma brisa pareceu soprar pelo seu rosto molhado, e ela recuou e estendeu os braços, imaginando que ele ainda estava no cômodo com ela.

Magdalena tateou pelo cômodo, agarrando o ar à sua frente, ao seu lado, mas não sentiu nada. Voltou para o corredor, tateando as paredes e o espaço ao redor, verificando o pequeno banheiro, e depois voltou até as portas do elevador. Eram frias ao toque, e ela encostou o ouvido e tentou escutar.

Nada.

Enfiou as unhas na abertura entre as portas e puxou e forçou tanto que uma de suas unhas se quebrou, ficando em carne viva.

Ela soltou um grito agudo de dor e colocou o dedo na boca. A unha estava pendurada; a ponta afiada curvada para fora e estava começando a sangrar.

Magdalena começou a chorar. O que não daria por uma lixa. Mordeu a unha e conseguiu arrancar metade com os dentes, mas ainda ficou com uma unha partida. Escorregou pelas portas de aço e se sentou no chão de concreto.

Uma história horrível voltou à sua mente, contada por sua amiga Gabriela da universidade. Gabriela tinha sido atacada uma noite voltando da biblioteca para casa. Estava atravessando um bairro agradável e arborizado, quando um homem mais velho usando roupa de corrida tinha parado para pedir informações. Ele era gentil e parecia comum, bastante bonito, mas, quando ganhou a atenção dela, pulou em cima dela e a puxou para um beco estreito entre as casas.

Magdalena não havia entendido por que Gabriela não tinha resistido e, para ser sincera, havia julgado a amiga por dizer que havia ficado imóvel e deixado que o homem a estuprasse.

Deixei ele. Deixei. Ele. Essas duas palavras tinham sido tão arrepiantes para Magdalena. Agora ela estava em uma situação apavorante, da qual sabia que não sobreviveria. Se esse homem fosse tirar a vida dela, será que deixaria que ele fizesse o que quisesse antes de matá-la? Será que assim ele a machucaria menos?

Magdalena e a irmã tinham sido ensinadas pelo pai a se defenderem caso se metessem em uma briga. Mas seu pai tinha sido criado com irmãos. Estava pensando como homem. Seu pai sempre quis ter um filho para completar a família. Os meninos eram ensinados a brigar, mas será que as meninas deveriam ser ensinadas a se fazer de mortas? Magdalena sempre tinha sido uma lutadora, mas a situação terrível e aterradora em que ela se encontrava a estava fazendo pensar de outra forma. Como pode ter julgado Gabriela quando tudo que ela fez foi tentar sobreviver?

A adrenalina estava disparando por suas veias e, de repente, pareceu despencar. Ela estava exausta. Nunca tinha se sentido tão cansada. Ela se recostou na parede, encaixando-se no canto.

Não durma! Você não pode dormir!, gritou uma voz urgente em sua cabeça, mas ela inspirou e expirou, e uma sensação calorosa tomou conta dela.

***

Ela acordou com frio e alerta. Engolindo em seco e sentindo baba no canto de sua boca. Um som tênue a fez parar de respirar. Estava vindo de dentro do quarto. Ela estendeu as mãos. Estava deitada na cama... Como havia parado na cama?

Ouviu o som de um sapato raspando no chão. Uma inspiração curta. O som de alguém engolindo em seco. Será que ela tinha engolido em seco? Não. Era outra pessoa. Ele estava diante dela? Ou estava mais longe, observando-a do canto do quarto?

Em sua mente, viu o rosto do seu pai. A escuridão era tão absoluta que ela conseguia ver as coisas em sua mente com os olhos abertos. Seus olhos piscavam inutilmente na escuridão.

Nunca coloque o polegar dentro do punho quando for socar alguém!, ele dizia.

Então viu Gabriela, caída no beco, como tinha imaginado tantas vezes. O homem em cima dela. Seus olhos arregalados e uma poça de sangue se espalhando embaixo dela enquanto ele a violentava.

Magdalena fechou os olhos que se agitavam inutilmente e se preparou para brigar na cama. Ela não o sentiu se aproximar dela, e cheirou aquele leve odor químico de novo.

– Quer tocar as estrelas? – disse uma voz bem do lado do ouvido dela. Ao abrir a boca de espanto, ela inspirou a substância química e sentiu o frasco embaixo de seu nariz. A cama pareceu a tragar por completo, e ela apagou.

CAPÍTULO 28

Depois das aulas da manhã, Kate e Tristan levaram o almoço para a sala dela, e começaram a pesquisar a represa Shadow Sands na internet. Descobriram que fazia parte de uma propriedade maior em posse da família aristocrática Baker. Quando a família entrou em dívida nos anos 1940, a solução foi represar o rio Fowey, que atravessava a propriedade, e construir uma barragem hidrelétrica. Em 1953, seis aldeias e a fazenda circundante foram alagadas para construir o dique e a usina.

Descobriram também que a mulher que havia aparecido no *camping* no dia anterior era Silvia Baker, que, aos 82 anos, era a descendente viva mais velha da família Baker. Ela era dona da corporação Shadow Sands junto com seus sobrinhos Thomas, 51, Stephen, 42, e Dana, 40. Eles não tinham conseguido descobrir o nome do homem com a espingarda.

Eles pesquisaram "Ulrich Mazur" e "Sally-Ann Cobbs" junto com "represa Shadow Sands", mas não apareceu nenhum resultado que os associasse à represa. Mas Kate tinha encontrado muitas coisas na internet sobre um grupo de protesto regional chamado Aliança pelo Direito de Acesso à Natureza e eles passaram a última hora examinando esses resultados.

– Essa aliança parece ter uma rixa com a família Baker – disse Kate. – Tem muitas coisas, protestos e petições sobre como a hidrelétrica prejudica o meio ambiente, e parece haver uma disputa antiga pelas trilhas públicas que passam através da propriedade e ao lado da represa. Dois anos atrás, Silvia Baker parece ter mandado seus rottweilers atacarem alguns caminhantes na trilha que passa perto da casa dela, a Mansão Allways. Ela recebeu uma multa no tribunal, e os cães tiveram que ser abatidos.

– Coitados dos cachorros – disse Tristan. – A aliança pelo Direito de Acesso à Natureza tem um canal no YouTube. Tem uma reportagem de 1991 sobre corpos sendo encontrados na água.

Kate chegou perto para se sentar com ele no sofá. Tristan clicou em um vídeo chamado "terceiro corpo encontrado na represa shadow sands 3/3/1991".

Era uma reportagem regional. O nome da repórter, Penny Layton, estava escrito no alto da tela, e uma jovem jornalista usando um casaco impermeável azul estava na grama do *camping* perto da represa. À esquerda dela estavam os sanitários, que pareciam muito mais novos e limpos em 1991. Nuvens pairavam baixas e, um pouco abaixo na água, uma equipe de recuperação forense em um barco estava guinchando um saco com um cadáver para fora da água.

– O corpo de uma jovem foi descoberto durante uma patrulha de rotina de um dos responsáveis pela manutenção que verifica a represa regularmente – disse Penny. – A corporação Shadow Sands está sob pressão há meses para cercar o lado norte da represa. Esse é o terceiro corpo encontrado em três anos: uma jovem foi encontrada dois anos atrás e, no verão passado, Peter Fishwick, de apenas 9 anos, se afogou enquanto acampava aqui com a família.

– Olha. É antes de terem colocado a cerca à beira da água – disse Kate.

A câmera cortou nesse momento para Penny Layton à frente de um *pub* do interior enquanto corria na direção de uma Silvia Baker mais jovem entrando em uma Land Rover. Silvia usava um casaco bordô com forro de pele da mesma cor. Seu cabelo castanho estava preso em um coque elegante. A porta estava sendo segurada para ela pelo mesmo homem robusto que havia ameaçado Kate e Tristan com a espingarda.

Silvia pareceu incomodada quando Penny colocou o microfone embaixo do seu nariz.

– Silvia Baker, a senhora pode comentar sobre o corpo encontrado na represa?

– Lamento profundamente que essa jovem tenha se afogado – ela disse.

– A polícia ainda não confirmou a causa da morte – disse Penny.

– Sim. Claro, mas imagino que...

– Esse é o terceiro corpo encontrado na represa em três anos...

– Estamos cooperando conforme necessário, com as autoridades, em todos os graus. Não posso revelar mais.

– A Aliança pelo Direito de Acesso à Natureza tem pressionado repetidas vezes para que o norte da represa fosse cercado. A corporação vai assumir a responsabilidade pela morte dessa menina se for determinada como afogamento?

As narinas de Silvia se alargaram.

– Lutamos há muitos anos para que o *camping* fosse transferido para um local mais seguro, mas é um direito público que o público parece insistir em usar. E se insistem em usar, as pessoas têm que assumir a responsabilidade pela própria segurança. Há placas muito claras afirmando que é proibido entrar na água...

– Ela está perdendo a calma agora – disse Tristan.

– As pessoas devem assumir a responsabilidade pela própria segurança! – Silvia exclamou no vídeo.

– Então, está dizendo que é culpa delas? É culpa de Peter Fishwick ter se afogado? Ele tinha 9 anos.

O motorista de cabelo pintado de preto guiou Silvia para o banco de trás do carro, depois colocou a mão na lente da câmera.

O vídeo parou abruptamente.

– Espera – disse Kate, pegando o computador e pesquisando no Google. – Lá vamos nós, Peter Fishwick... A morte dele foi *mesmo* determinada depois como afogamento acidental. Coitadinho.

– Tem outro vídeo aqui de dois anos depois – disse Tristan, apontando para os resultados de pesquisa do YouTube. Chamava-se "julgamento da represa shadow sands 6/7/1993". Kate clicou no link.

O vídeo começava na frente do tribunal de primeira instância de Exeter. Silvia Baker estava saindo do tribunal e descendo os degraus para seu carro. O mesmo homem de cabelo tingido de preto abriu a porta do carro para ela. A câmera a alcançou quando ela se sentou na traseira do carro. Ela estendeu a mão, empurrou a lente e bateu a porta.

O motorista então correu para dentro, e o carro saiu com um chiado de borracha, e passou por um grupo de manifestantes que seguravam cartazes feitos à mão que diziam: TORNEM SHADOW SANDS SEGURA! PROTEJAM NOSSO DIREITO DE IR E VIR! DIREITO DE ACESSO À NATUREZA!

Penny Layton foi retratada do lado de fora do tribunal à frente dos manifestantes.

– Depois de um longo processo judicial, a corporação Shadow Sands perdeu seu último recurso e foi condenada a erguer uma cerca de três quilômetros em torno do lado norte da represa – ela disse. – Acredita-se que os custos jurídicos e de construção girem em torno de três milhões de libras. Hoje, a BBC *Spotlight* recebeu acesso ao projeto da cerca reforçada ao longo do lado norte da represa. Os irmãos Baker estavam contribuindo para a construção da cerca!

A câmera cortou para Penny Layton ao lado de dois homens e uma mulher. Eles pareciam na casa dos 20 anos e usavam calças jeans, botas pesadas e coletes fosforescentes tão limpos que chegava a ser estranho.

– Lorde Baker, posso começar com o senhor? – perguntou Penny Layton para o primeiro rapaz. Ele era alto e magro com o cabelo escuro penteado para o lado.

– Por favor, me chame de Thomas – ele disse constrangido. Ele falava muito bem.

– Thomas. Nos últimos cinco anos, três pessoas se afogaram na represa. Por que demorou tanto tempo para a cerca ser construída?

– Há tempos fazemos campanha para que esse lado da represa seja fechado para o público – disse Thomas. – Quase nunca é usado, mas há um pequeno número de pessoas que insiste que deve permanecer aberto pelo direito de ir e vir... – ele disse. Ele era um jovem sério, que olhava para o chão, constrangido sob o olhar da câmera.

– Penny. Se eu puder intervir... – disse o jovem ao lado dele. Ele era muito bonito com o cabelo loiro meio arrumadinho. – Sou o Baker mais novo, Stephen. O reserva da herança, por assim dizer... Vamos erguer a cerca mais forte para tornar essa região segura para o público. A Aliança pelo Direito de Acesso à Natureza tem se comportado de maneira terrível. Nossa família tem sido alvo de ameaças odiosas e todo tipo de coisas desagradáveis. Pensei que andarilhos e caminhantes fossem boas pessoas, mas são praticamente terroristas.

– Devemos nos concentrar no lado positivo – disse Dana Baker, inclinando-se sobre o microfone para impedir que seu irmão falasse mais. Ela era baixa e loira, com o cabelo curto. – Ficamos muito angustiados com o fato de que a Aliança pelo Direito de Acesso à Natureza arrastou esse caso no tribunal por tanto tempo. Esses acidentes poderiam ter sido evitados, mas hoje é um passo positivo rumo a um lugar mais seguro para o usufruto público.

A reportagem cortava para uma série de vídeos que exibiam diversos manifestantes com cartazes e camisetas da Aliança pelo Direito de Acesso à Natureza. No primeiro, os manifestantes estavam gritando e berrando na direção dos cavalos em uma caça na região. O segundo os mostrava protestando diante do tribunal de Exeter e, no último vídeo, um grupo de manifestantes estava no *camping*, lançando uma jangada de madeira na água, empilhada com algum tipo de material. Eles comemoraram e aplaudiram enquanto acendiam o material e a jangada em chamadas era levada pela corrente na direção da turbina hidrelétrica, desaparecendo na comporta secundária.

– Entramos em contato com a Aliança pelo Direito de Acesso à Natureza, mas não estavam disponíveis para comentar – disse Penny layton.

Kate e Tristan ficaram em silêncio por um momento.

– Precisamos descobrir os nomes das duas mulheres cujos corpos foram encontrados na represa – disse Kate. – A primeira mulher teria sido encontrada em 1989, o menino se afogou no verão de 1990 e, pelo vídeo, parece que o corpo da mulher foi retirado da represa em 3 de março de 1991.

– Também temos Magdalena, que desapareceu perto da represa – disse Tristan. – Foi a quatrocentos metros da água, então não está diretamente relacionado à represa. Além dela, Simon Kendal foi encontrado por você no fim de agosto, Ulrich Mazur desapareceu no caminho da balada Hedley House para casa em outubro de 2008, Sally-Ann Cobbs em novembro de 2009.

– Sete pessoas, com quatro corpos, ou três. Tenho a impressão de que o menino de 9 anos é algo diferente. Um afogamento acidental. Precisamos descobrir – disse Kate.

– Eles estão relacionados? Ou estamos querendo que haja uma relação? – perguntou Tristan.

– Estatisticamente, pode haver acidentes perto de uma represa, ainda mais na neblina – concordou Kate. – Pessoas andando ao longo da estrada podem se perder, cair e se afogar, mas, se a represa tem barcos regulares de manutenção, por que não encontram os corpos? A menos que tenham pesos amarrados, os corpos vão flutuar... – Seu telefone tocou na mesa, e ela estendeu a mão e olhou a tela. Ergueu os olhos para Tristan. – É Kirstie, a menina do bar que disse ter sido sequestrada.

CAPÍTULO 29

Kate havia combinado de encontrar Kirstie Newett na sexta à noite em uma Starbucks em Frome Crawford, uma cidadezinha nos arredores de Exeter. Quando Kate chegou, Kirstie já estava lá, em uma mesa tranquila no canto. Ela se destacava dos estudantes que mexiam em seus laptops. Kate sabia, pela conversa com Rachel no Wild Oak, que Kirstie tinha por volta de 25 anos, mas parecia mais velha. Usava legging preta, tênis brancos encardidos e um casaco azul-claro com um capuz forrado de pele. O cabelo loiro estava penteado para trás da testa grande, alta e brilhante e tinha alguns centímetros de raízes pretas.

– Obrigada por me encontrar – disse Kate quando se sentaram com suas bebidas. – O que fez você decidir falar comigo?

– Rachel do Wild Oak me ligou. Ela contou o que está pegando... – disse Kirstie. – E dei uma pesquisada em você. Vi as coisas sobre você na internet. Como todo mundo se voltou contra você quando descobriu que seu chefe da polícia era o assassino em série. Você teve uma vida dura.

– Ainda estou melhor do que a maioria das pessoas – disse Kate.

– Ninguém acreditou no que aconteceu comigo. Achei que, se eu conversasse com você, isso poderia me fazer sentir que não sou louca.

Kate assentiu.

– Você é uma detetive particular de verdade?

– Faço isso por fora. Se importa se eu tomar notas?

– Não; quero dizer, não, não me importo... – disse Kirstie. Ela ficava fazendo contato visual e depois desviava os olhos. Também ficava balançando a perna com nervosismo. Kate se perguntou se ela estava sob o efeito de alguma droga, mas as pupilas de Kirstie não estavam dilatadas, e ela não cheirava a álcool. Ela exalava um cheiro bolorento de odor corporal e cigarro.

– Podemos começar pela data em que aconteceu, se você conseguir se lembrar? – perguntou Kate.

– Eu tinha saído numa noite na Hedley House. Era fim de setembro de 2009 – disse Kirstie. – Estava trabalhando no Wild Oak e fazia unhas por fora, sabe, em casa. Tinha feito uns trabalhos de merda por uns anos, e economizado o suficiente para comprar meu kit de manicure. Precisa de uma lâmpada UV e todos os custos de esmalte, além dos acessórios. Era muita coisa. Estava recebendo seguro-desemprego na mesma época, pensando que poderia cuidar das unhas por fora e construir uma clientela, mas uma vaca me dedurou para a previdência. Cortaram meus benefícios. Foi bem quando isso aconteceu que fui para a Hedley. Era fim de noite, e eu estava bêbada.

– Você estava com alguém?

Kirstie fez que não.

– As meninas do trabalho falaram que iriam, e pensei que as veria por lá, e até vi... Mas no fim da noite, todas estavam saindo com uns caras ou tinham voltado para casa. Eu tinha uma nota de cinco no bolso, e precisava de cigarro. Estava morando em Ashdean na época, e decidi voltar a pé.

– Você já tinha feito isso antes?

– Uma ou duas vezes; muita gente fazia isso no verão quando era quente. Era divertido porque sempre tinha uma galera voltando para Ashdean, mas estava muito frio para setembro. Eu estava voltando pela estrada; alguns carros passaram, mas nenhum parou. Então caiu essa névoa. Eu estava andando na estrada para que o trânsito vindo na minha direção pudesse me ver, como é para fazer, mas eu tinha que subir no acostamento porque a névoa ficou muito densa e os carros passavam devagar. Até que um dos carros parou.

– Onde?

– Não sei. Algum ponto de parada.

– Você já tinha passado pela represa Shadow Sands?

– Acho que sim. Eu estava chapada, e nessa hora estava, tipo, muito nevoento. Eu tinha caído algumas vezes, quase fui parar numa vala. E então surgiu o carro, estacionando perto da estrada.

– Que tipo de carro era?

– Era um *hatch* de cor clara. As luzes estavam acesas lá dentro, e tinha um velho no volante. Ele abriu a janela, e pareceu muito simpático.

Era da região, tinha sotaque local de verdade, e perguntou se eu estava louca, andando! Eu estava congelando... só estava usando uma saia minúscula e um top. Sem casaco. Lembro que o carro estava quentinho quando ele abriu a janela... saiu o ar quente para cima de mim.

– Como ele era exatamente?

– Ele usava uma boina, com muitos fios grisalhos saindo debaixo dela, como se o cabelo dele estivesse crescendo e ele precisasse de um corte. Também tinha um narigão, feito um gnomo. Barba desgrenhada e bigode. Óculos grossos que deixavam seus olhos grandes. Seus olhos tinham uma cor estranha, um roxo azulado...

Ela se ajeitou na cadeira e baixou os olhos para a mesa, mexendo no copo de café.

– Você está bem? Precisa de um tempo? – perguntou Kate. Kirstie olhou ao redor pela Starbucks. As pessoas estavam começando a sair; uma meia dúzia de estudantes continuou trabalhando em seus laptops, conectados em fones de ouvido.

– Não. Estou bem.

– O que aconteceu depois?

– Ele me perguntou aonde eu estava indo e se gostaria de uma carona. Parecia fraco, velho e simpático. Dei um endereço falso para ele, pensando que era muito esperta e que ele me deixaria a algumas ruas do meu apartamento, entrei ao lado dele e fechei a porta. Ele travou as portas. Ficou em silêncio por um minuto ou coisa assim. E sempre vou me lembrar de como ele se virou para mim, sua voz mudou, e ele disse: "*Quer tocar as estrelas?*". Ele se inclinou de repente e veio para cima de mim e enfiou um frasco embaixo do meu nariz. Segurou minha nuca e me fez cheirar.

– O que você acha que era? *Poppers*?

– Não. Alguma coisa mais forte. PCP, pó de anjo. Eu já estava bêbada, e aquilo me fez sentir que estava voando. Foi tudo para os ares, e devo ter desmaiado. Acordei depois num quarto.

– Onde?

– Sei lá... Estava um breu – ela disse. Sua perna agora se agitava mais rápido e suas mãos tremiam.

– Está tudo bem – disse Kate, pegando as mãos dela nas suas. Kirstie puxou as mãos para se soltar. Uma das mangas se ergueu, e Kate viu cicatrizes cruzando seu punho. Kirstie puxou a manga para baixo.

– Já esteve num lugar tão escuro que é a mesma coisa quando você está de olhos abertos ou fechados? Só um breu. Nada.

Kate se lembrou de uma excursão à França quando visitaram uma caverna e o guia do *tour* desligou as luzes por alguns segundos. Ela se lembrou do medo naquele período curto de escuridão completa.

– Sim.

– Tinha um quarto com uma cama, e então tinha uma pia no canto, e descobri que tinha água. Bebi da torneira. Tinha um corredor, e alguns outros cômodos, acho. Nunca vi. Eu só ficava tateando.

– Quanto tempo você ficou lá?

– Não sei. Dias. Tinha um elevador no fim do corredor.

– Como sabe que era um elevador?

– Dava para ouvir aquele barulho que o elevador faz, e então um dia eu estava tateando meu caminho e o elevador começou a descer, e então as portas se abriram...

Kirstie precisou parar por um momento e tomar fôlego.

– Um homem saiu do elevador no escuro – ela disse.

– Tem certeza de que era um homem?

– Ele tinha cheiro de homem.

– Um cheiro ruim? – perguntou Kate.

Kirstie fez que sim.

– Suado, suor velho.

– Ele te machucou?

– No começo não. Fugi. Caí e me machuquei e depois... ele me caçou.

– Caçou?

– Ele me vigiava, me seguia. Às vezes eu sentia que ele me tocava... deixei que me tocasse... pensei que isso poderia impedir que ele me machucasse.

– Quanto tempo isso durou?

– Pareceram horas. Depois ele me fazia cheirar as drogas de novo, a substância química, quando acordava, ele não estava mais lá.

– Quantas vezes ele fez isso?

– Não sei, três ou quatro...

– Isso foi ao longo de alguns dias, ou horas? – perguntou Kate, pensando que esse cara mantinha suas vítimas por alguns dias.

– Não sei, pareceram dias.

– Como você fugiu?

– Não fugi. Fiquei muito doente com febre e alucinações, e foi então que ele me estrangulou. Não me lembro de tudo, mas ele me encurralou num canto, me pegou pela garganta e apertou, e desmaiei. Não sei se ele achou que eu estava morta, mas acordei depois num carro. Era noite, e o carro estava todo embaçado por dentro, e eu estava enrolada numa coberta. Consegui sair do carro. Lembro que tinha uma placa do *camping* de Shadow Sands. Tinha um barulho estrondoso da usina. Ele estava do lado de fora, e me perseguiu até a água...

– Como o homem era?

– Não sei. Minha garganta estava tão inchada. Eu tinha estourado vasos sanguíneos nos olhos. Estava turvo. Ele era um vulto, nem alto nem baixo. Só corri para a água e então comecei a nadar.

– Você foi do carro até a água? Tinha alguma árvore entre você e a água?

– Tinha uma cerca, e tinha um buraco nela.

– Ele seguiu você até a água?

– Sim, mas continuei nadando para longe, e daí ouvi o som de um motor de barco. A água estava muito gelada, mas o ar estava quentinho, e fazia uma fumaça ou névoa sair da superfície da água. Era muito bonito... Parece bobagem, mas me deu vontade de sobreviver. Me fez querer ver o sol nascer e sentir o calor no meu rosto de novo, então continuei nadando para o outro lado. Conseguia ouvir o barco chegando mais perto, mas a névoa estava ficando mais densa e me escondeu.

"Fiquei surpresa quando cheguei à margem do outro lado da represa. Tinha um lugar onde os galhos das árvores eram baixos e encostavam na água. Agachei e me segurei em um e fiquei lá. Não sei por quanto tempo fiquei ali. Ouvia a lancha rodar de um lado para o outro e então caiu um silêncio. Saí da água e atravessei a mata e, quando cheguei à estrada, fiz sinal para um carro... Foi um erro. Quase tão grave quanto entrar em no carro no meio de um nevoeiro."

– Por quê?

– O motorista era um policial. Estava à paisana.

– Você consegue se lembrar do nome dele? – perguntou Kate.

– Sim. Arron Ko.

Kate ficou paralisada com o copo de café na mão.

– Tem certeza de que era esse o nome dele?

– Sim. Era asiático. Eu me lembro do nome estranho. Ele mostrou o distintivo quando chegamos ao hospital, e os médicos pareciam saber quem o policial era. Ele achou um médico que me atendeu na mesma hora. Fiquei chocada quando me olhei no espelho. Estava com uns hematomas horríveis em volta do pescoço. Meus olhos estavam quase totalmente vermelhos porque eu tinha estourado vasos sanguíneos. Tive uma infecção renal. O médico me ouviu, foi gentil e fez alguns testes e, então, fui levada para uma ala e me deram um leito, e peguei no sono.

Nesse momento, Kirstie começou a chorar e secou os olhos com alguns guardanapos.

– Não sei por quanto tempo fiquei dormindo, mas, quando acordei no dia seguinte, uma enfermeira me levou para um banho e me deu roupas limpas, e depois me colocaram numa ambulância e falaram que eu estava sendo internada. Eu tinha sido diagnosticada pelo médico como delirante... Tentei fugir, gritei e berrei o máximo que consegui. Minha garganta estava toda cagada. Então me amarraram, e me deram uma injeção.

– Você viu o policial de novo?

– Não. Acordei num hospital psiquiátrico. Uma unidade de segurança perto de Birmingham. Eles me encheram de remédios, e perdi a cabeça.

– Por quanto tempo você ficou na unidade de segurança?

– Quase quatro meses. Quando voltei, tinha perdido o apartamento, e me botaram numa pousada até conseguirem me arranjar uma moradia social.

Kate não soube o que dizer por um momento. Estava chocada por Kirstie ter citado Arron Ko.

– Houve algum relatório policial oficial preenchido com as suas alegações?

– Não sei.

– Você voltou à polícia e prestou queixa?

Kirstie se recostou.

– Você ouviu o que acabei de contar? Um cara me encarcerou, me drogou e depois ninguém acreditou em mim. Foi a porra de um policial corrupto que fez isso comigo. Perdi tudo. Acha que vou voltar para a delegacia e prestar uma bosta de uma queixa?

– Desculpa, foi uma pergunta idiota – disse Kate.

Kirstie balançou a cabeça e olhou para mesa.

– Você acredita em mim? – ela questionou, erguendo os olhos para Kate, com ar de desafio.

– Sim, acredito.

Kirstie assentiu.

– Que bom. Porque é tudo verdade... Aquela garota, Magdalena. Ela desapareceu faz cinco dias, não foi?

– Sim.

– Quando o policial me levou para o hospital, descobri que tinham se passado dez dias desde que o homem tinha me drogado na neblina. Ele me manteve por dez dias. Você está procurando por ela?

Kate não estava preparada para o assunto se voltar tão rapidamente para ela.

– Não sabia que você tinha sido mantida em cativeiro por tanto tempo.

Kirstie estendeu o braço e pegou a mão de Kate.

– Promete que vai encontrar essa Magdalena? Fui ignorada por muitos homens, pela polícia, pelos serviços sociais, pelos médicos... Pensei em botar um fim nisso tudo muitas vezes. Talvez não tenha feito isso ainda porque tinha que conversar com você e contar minha história.

Kate assentiu.

– Então, você promete? – perguntou Kirstie.

– Prometo – disse Kate, torcendo para poder cumprir a promessa.

CAPÍTULO 30

Depois que Kate saiu do escritório para encontrar Kirstie, Tristan recebeu uma mensagem de texto de Sarah:

VOU FICAR NO APARTAMENTO DO GARY ATÉ O CASAMENTO.

Não havia "oi" nem "tchau" nem nenhum *emoticon* sorridente. Ele achava preocupante que não tivessem se reconciliado, mas seria bom para os dois terem um pouco de espaço. Deixou o escritório e voltou para o apartamento, colocou a roupa de corrida e saiu para correr ao longo da orla, passando pelo fliperama e chegando ao outro lado de Ashdean.

A corrida esfriou sua cabeça, e ele voltou para casa e tomou uma ducha. Tristan se vestiu e fez espaguete com torrada, depois passou pela sala e desfrutou do silêncio enquanto comia. Depois, pegou o laptop e começou a procurar os nomes das duas jovens que foram encontradas flutuando na represa em 1989 e 1991. Vasculhou, e encontrou as duas: Fiona Harvey e Becky Chard. As duas meninas eram de origem pobre; Fiona era descrita no jornal como desempregada, e crescera em um orfanato. Becky também estava desempregada na época de seu desaparecimento, e tinha sido criada apenas por um dos pais.

Em seguida, fez uma lista de todas as vítimas, desaparecidas e encontradas, começando por Magdalena e retrocedendo no tempo.

Ainda estava trabalhando na lista quando Kate ligou para dizer que tinha terminado o encontro com Kirstie e estava voltando para Ashdean de carro. Ele perguntou se ela queria passar para comer alguma coisa, acrescentando que Sarah não estaria em casa.

Quando Kate chegou à casa de Tristan, ele fez um chá com torradas.

– Para que todas essas caixas? – ela perguntou ao se sentar no sofá com seu prato.

– É a bebida para o casamento de Sarah comprada em *Duty Free*... Ah. Merda. Isso te incomoda?

Tristan viu como Kate olhava para as caixas de vodca e uísque, quase com desejo.

– Tem um chá gelado? – ela perguntou.

– Acho que tenho uma garrafa de chá gelado – disse. Ele correu para a cozinha e achou um copo, um pouco de gelo e encheu o copo. Finalizou com uma fatia de limão, exatamente como a tinha visto fazer em casa. Ela pareceu aliviada e grata quando ele a presenteou com o copo.

– Salvou minha vida – ela disse, dando um gole grande. Kate comeu parte da torrada e, entre uma mordida e outra, recontou a história de Kirstie.

– Arron Ko? Nossa... – disse Tristan. – Acha que ela se enganou?

– Quantos altos funcionários asiáticos da polícia deve haver em Devon e Cornualha? Pode ter mais agora, mas isso foi alguns anos atrás – disse Kate.

– Quer dizer que não podemos confiar em Henry Ko?

– Não.

– E esse cara manteve Kirstie por dez dias no escuro? – disse Tristan.

Kate fez que sim e tomou mais chá gelado.

– Faz cinco dias que Magdalena desapareceu – ela disse.

– Acha que ela está falando a verdade?

– Já interroguei muitos criminosos e muitas vítimas de crime. Se ela estava mentindo, é uma boa mentirosa.

– Mas lembra do que Rachel do *pub* disse: ela *é* uma boa mentirosa.

– Mas isso é diferente de mentir sobre ter um carro novo... Tem mais chá gelado? – perguntou Kate. Tristan pegou o copo dela e o encheu. Quando voltou para a sala, ela estava olhando para a lista que ele havia feito.

Magdalena Rossi – (professora) desapareceu em 14/10/2012

Simon Kendal – (estudante) corpo encontrado na represa em 30/08/2012

Sally-Ann Cobbs – (faxineira) desapareceu no fim de novembro de 2009

Ulrich Mazur – (faz-tudo) desapareceu entre 20 e 31 de outubro de 2008

Fiona Harvey – (desempregada) corpo encontrado na represa em 3/3/1991

Peter Fishwick – (9 anos de idade) se afogou na represa, durante o dia, pai tentou reanimação em agosto de 1990

Becky Chard – (desempregada) corpo encontrado na represa em 11/11/1989

Ela pegou o copo de chá gelado dele e bebeu metade em um gole só e fechou os olhos por um momento, depois respirou fundo. Suas mãos estavam tremendo.

– Está tudo bem? – ele perguntou. Kate abriu os olhos.

– Sim. Acho que só estou cansada, esgotada... – Ela olhou para a lista de novo. – Peter Fishwick deveria ser excluído. Sua morte foi um acidente terrível. Ele se afogou na frente dos pais... – Tristan riscou Peter Fishwick da lista. – A morte de Simon foi rápida demais para quem quer que estivesse fazendo isso de sequestrar as pessoas, se é o que está acontecendo. Encontrei o corpo dele dois dias depois do seu desaparecimento. Ele estava morto fazia só pouco mais de um dia, então não segue o mesmo padrão.

– Qual é o padrão?

Kate segurou o copo nas duas mãos e respirou fundo.

– Pessoas de baixa renda e desempregadas com poucos ou nenhum parente. Ninguém para sentir a falta deles...

– Mas esse padrão não funciona para Magdalena. Ela é professora, bem de vida. E, se quem está fazendo isso procura um certo tipo de pessoa, ele precisaria conhecer a pessoa primeiro. Magdalena é nova em Ashdean e no Reino Unido. Pensei no fazendeiro, Barry Lewis, aquele que publicou a pegada no Facebook. Dei uma pesquisada, e ele só está no Reino Unido faz uns dezoito meses. Tinha uma fazenda em Auckland.

Kate assentiu. Fez menção de tomar mais um gole da bebida, mas o copo estava vazio.

– Senta – disse Tristan –, vou encher seu copo.

Ele pegou o copo e atravessou para a cozinha. Não queria fazer muito caso dos tremores de Kate, mas era algo que o preocupava. Será que ela estava passando por algum tipo de abstinência? Será que havia tido uma recaída? Ele preparou outra bebida e levou de volta.

– Desculpa, mas acabou o gelo – ele disse. Kate estava sentada no sofá com a cabeça inclinada para trás, esfregando os olhos.

– Acho que só estou cansada, pouco açúcar no sangue – ela disse. – Teria sido um golpe de sorte se fosse o fazendeiro. Já poderíamos ter resolvido o caso, encontrado Magdalena e... sei lá... seguido em frente.

Seguido em frente para onde?, pensou Tristan. Quando ela conversou com Kirstie, isso tinha sido uma grande descoberta. Ela tinha citado o nome de Arron Ko e implicado o envolvimento de um alto funcionário da polícia nisso tudo.

– Fiz mais uma pesquisa enquanto você estava com Kirstie – ele arriscou.

– Que bom, o que encontrou? – perguntou Kate, dando mais um gole grande de chá gelado.

– Pesquisei a Aliança pelo Direito de Acesso à Natureza e, até onde pude ver, o grupo foi dissolvido. Mas o cara que a dirigia, Ted Clough, *também* trabalhava na represa Shadow Sands, controlando os barcos de manutenção. Ele foi demitido alguns anos atrás. Tentou processar a empresa por rescisão ilegal, e perdeu a causa. Acho que deveríamos tentar conversar com ele, pois pode ter visto alguma coisa durante o tempo em que trabalhava na represa.

Kate fez que sim e esfregou os olhos. Tristan achou que ela estava muito pálida.

– Posso mandar mensagem para ele. O cara está no Facebook.

– Sim. Vale a pena tentar – ela disse. Colocou o copo na mesa e recolheu suas coisas.

– Kate. Você está bem?

– Sim. Acho que só preciso dormir um pouco – ela disse. – Pode mandar mensagem para esse cara, e vou te ligar amanhã cedo. Vou estar bem de novo depois de um cochilo. Bom trabalho – ela disse, e saiu.

***

Kate saiu da casa de Tristan e dirigiu ao longo da orla. O vento soprava forte do mar, e ela precisou ligar os limpadores de para-brisas para combater os borrifos da água.

Para chegar em casa, costumava seguir ao longo do calçadão da orla, que então entrava na estrada principal para fora da cidade. Ao chegar ao fim do calçadão, ela se surpreendeu dando seta para a direita. A estrada virava e dava a volta para a rua principal, e ela diminuiu a velocidade ao passar pelos bares e baladas de estudantes. Era sexta à noite, e os barzinhos e boates estavam iluminados, as luzes coloridas refletindo na maresia nos cantos de seu para-brisa. A batida da música chegava ao carro, e ela viu grupos de estudantes rindo subindo e descendo a rua principal, vestidos para uma noitada de diversão.

A lista de nomes tinha desencadeado algo em Kate. Fez com que ela se perguntasse o que diabos estava fazendo. Kate se lembrou da promessa que tinha feito a Kirstie, de que encontraria Magdalena. Por que tinha feito essa promessa? Será que ela estava ficando fraca da cabeça? Como policial, ela *nunca* teria feito uma promessa como aquela.

Kate chegou a um semáforo, estava verde, mas um grupo de meninas jovens estava esperando para atravessar. Ela parou e observou enquanto saltitavam pela faixa na frente do carro, cambaleando de salto alto. Uma das meninas tinha o cabelo escuro comprido, repartido no centro. Outra tinha o cabelo loiro curto, e a outra, ruivo. Kate invejou como estavam despreocupadas.

A menina morena se virou para olhar para Kate enquanto atravessava e acenou para agradecer. Kate respondeu com a cabeça e sorriu.

Um carro atrás dela buzinou, e ela voltou a seguir em frente. Não deveria ter passado na casa de Tristan. Estava exausta depois de conversar com Kirstie. A lista e todas aquelas caixas de bebida alcóolica tinham sido um gatilho.

Quem você pensa que é?, uma voz disse em sua cabeça. *Seu tempo já era. Você não é mais policial. Não teve coragem de se arriscar como detetive particular dois anos atrás quando era o momento certo... Jake está crescido. Perdeu essa chance. Um alto funcionário da polícia acabou de ser citado por uma vítima. Você se lembra de como foi na última vez em que tentou prender um policial corrupto...*

É o feriado do meio do semestre.

Você não precisa acordar cedo amanhã, Kate. Nem no dia seguinte nem no outro.

Vai tomar uma bebida de verdade. Você merece um pouco de prazer na vida.

Tentou ser uma boa mãe. Tentou trabalhar muito e ser bem-sucedida, mas não deu lá muito certo.

Pelo menos você tentou.

Vai, toma logo um copo.

E, antes que se desse conta, Kate estava entrando no pequeno estacionamento perto do Oak Cask, um dos *pubs* mais antigos no alto da rua principal.

Havia uma porta interna de vidro de segurança rachado através da entrada principal. O bar do lado de dentro era bem mixuruca com um carpete pegajoso e mesas de madeira desbotadas. Estava um pouco cheio, sobretudo por moradores locais e beberrões inveterados, e Kate foi até o balcão. Era como se seu corpo estivesse no piloto automático. O Oak Cask não era popular entre os estudantes, então havia espaço no balcão. Ela se sentou.

– Posso ajudar? – perguntou a garçonete, uma jovem com piercing no nariz e um cabelo verde curto que mais lembrava um matagal. Kate abriu a boca e respirou fundo. – Perguntei se posso ajudar? – ela repetiu, agora impaciente. Um homem mais velho na outra ponta do balcão estava assobiando e estendendo uma nota de dez.

– Uísque puro. Duplo, por favor, com bastante gelo e uma fatia de limão – Kate se ouviu dizer.

O pequeno copo de líquido cor de caramelo estava na frente dela no balcão antes que ela pudesse parar para pensar. O gelo tilintou. O velho assobiou outra vez.

– Vem cá, gatinha, anda logo com isso – ele disse para a garçonete.

Kate expirou longamente, colocou as mãos em volta do copo cheio de uísque e o ergueu.

CAPÍTULO 31

Magdalena dormiu. Sentia como se estivesse embaixo d'água, onde era quentinho e ela estava escondida, enquanto a tempestade, a realidade de seu cativeiro, atacava a superfície acima dela.

Ela sonhava com sua casa na Itália, a vilinha perto do lago de Como, onde sua família unida morava. O que sua mãe e seu pai estariam fazendo? Sua irmã caçula?

Ficava revivendo a última noite antes de virem para a Inglaterra e a discussão entre sua mãe e sua avó em frente da mala aberta. Sua *nonna* insistia que ela levasse um rolo de madeira pesado e um varal de madeira para secar massa. Os melhores cozinheiros italianos não usavam máquina de macarrão; usavam um rolo de macarrão.

Magdalena revia a memória se desenrolar, como se passasse em uma tela à frente dela.

Sua mãe ficava tirando o rolo, dizendo que Magdalena tinha um certo espaço e um limite de peso para a mala. Sua *nonna* o colocava de volta. Magdalena não queria revelar que comprava massa seca quando estava na Inglaterra.

Suas coisas estavam separadas sobre a colcha com estampa floral, perto da mala, e prontas para serem arrumadas: roupas, galochas para andar na praia, livros, computador, pacotes de seus chocolates Baci favoritos. Tinham um formato parecido com os Hershey's Kisses – *baci* significa *beijos* em italiano –, mas o italiano era melhor, recheado de avelãs e, em cada chocolate embalado em papel-alumínio azul e prata, havia sempre um pedacinho de papel com um "bilhete de amor" impresso pela fábrica de chocolate.

Enquanto assistia a suas memórias na tela, Magdalena sentiu a dor latejante na cabeça, onde havia batido na quina da cama. Havia um corte em sua testa na altura do contorno do couro cabeludo. Ela também escutou o som da respiração. A dor latejante e a respiração estavam separadas das memórias que se desenrolavam em seu sonho. O latejar era como um martelo sendo usado para pregar um prego, mas continuava bem abaixo da superfície, vendo sua mãe e sua *nonna* discutirem sobre a mala, gesticulando e mexendo as mãos. O rolo entrava e saía da mala e entrava outra vez. A irmã caçula de Magdalena, Chiara, se sentou perto dela na ponta da cama, as perninhas balançando com sandálias brancas nos pés. Chiara tinha 6 anos e levou os dedinhos sobre a colcha até a embalagem de chocolates e a puxou junto ao corpo. Ela escorregou pela beirada da cama para o carpete, fora do campo de visão. Magdalena se moveu para a ponta da cama e olhou para Chiara sentada no carpete, abrindo a embalagem. O saco se rompeu de repente, espalhando os chocolates por todo o chão.

Sua mãe e sua *nonna* viram a bagunça e começaram a catar os chocolates. Não havia som; Magdalena não conseguia ouvir a voz delas, apenas o som da respiração pesada.

Chiara estava sentada no carpete. Puxou o papel-alumínio de um dos chocolates e o estendeu para Magdalena. Ela conseguia ver o papelzinho aninhado no papel-alumínio sob o chocolatinho. Ela o tirou. Em pequenas letras pretas estava escrito:

QUER TOCAR AS ESTRELAS?

Magdalena foi arrancada do sonho, de volta à consciência. Ela se ouviu respirar fundo, como se tomasse ar. Estava de volta à escuridão fria, deitada na cama. Sua cabeça estava dolorida. O raspar de um pé a fez parar de respirar. Conseguia sentir uma presença na escuridão.

Havia uma respiração irregular acima dela. Ele estava no cômodo, em pé à sua frente.

Ela apertou bem os olhos. Fechou as pernas e curvou os ombros. Tentando fechar o corpo.

Ele continuou respirando.

– Por favor, não me machuca – ela disse. Sua voz soava tão fraca e delicada.

A respiração chegou mais perto, na altura da cama.

– Quer tocar as estrelas? – veio a voz. Era culta, suave. Tranquila. Ele segurou sua cabeça pela parte de trás.

– Não, não – ela disse e tentou se enrolar em uma bola, mas um cheiro químico forte surgiu sob seu nariz e o vidro de um frasco pequeno. Levou apenas uma pequena inalada e ela sentiu a droga bater.

Era mais aterrorizante no escuro do que tinha sido quando o homem havia colocado o frasco embaixo do nariz dela no carro.

Era como se seu corpo começasse a viajar em alta velocidade, e ela não conseguisse se mover. Ela o sentiu subir em cima dela e, enquanto sua mente girava e o sangue latejava em seus ouvidos, um par de mãos frias e suadas começou a desabotoar sua calça jeans.

CAPÍTULO 32

O celular de Kate tocou em sua bolsa, exatamente quando o copo de uísque estava prestes a tocar seus lábios. O som a tirou de seu transe. Ela colocou o copo no balcão e tirou o celular da bolsa.

Era Tristan.

– Pode falar agora? – ele perguntou.

– Sim – ela disse, ainda encarando o copo de uísque.

– Aquele velho, Ted Clough, respondeu minha mensagem no Facebook. Disse que pode conversar com a gente...

– É?

– Quer nos encontrar agora. Disse que está doente e que é noctívago. Sei que está tarde, mas ele disse que tem informações bem condenatórias sobre a família Baker.

Kate respirou fundo e empurrou o copo de uísque.

– Quer se encontrar com ele agora? – ela disse.

– Estou enfiado numa casa vazia, e estou enlouquecendo, então sim, mas sei que você está cansada.

– Não. Também seria bom me distrair – disse Kate. – Já passo aí para buscar você.

Ela saiu do *pub*, assustada por como havia chegado perto de sair dos trilhos.

***

Ted Clough morava a uma distância curta de Ashdean, ao longo da estrada costeira a oeste, perto de uma fazendinha na zona rural. Uma neblina densa começou a descer enquanto Kate e Tristan se aproximavam, e a estrada rural era cercada por uma floresta impenetrável.

Ao entrarem em uma curva fechada, Kate precisou pisar nos freios quando o turbilhão de névoa se abriu e a figura de um velho de cabelo desgrenhado surgiu no acostamento de grama. Ele usava um casacão e uma boina e estava segurando um cilindro de oxigênio, e uma mangueira de oxigênio estava envolta em seu rosto e embaixo de seu nariz. Kate baixou a janela.

– Olá! Você é o sr. Clough?

– Sim. Por favor, pode me chamar de Ted – ele disse com a respiração rasa.

– Oi. Fui eu que mandei mensagem pelo Facebook – disse Tristan, inclinando-se. Ted passou a língua pelos dentes amarelados e ofegou sem ar. Kate não conseguia calcular a idade dele, talvez na casa dos 60 anos.

– Passem pelo portão – ele disse, apontando. – Estou de carro. É só me seguir.

– Obrigada – disse Kate. O carro deu um tranco e uma chacoalhada enquanto saíam da estrada e atravessavam o portão para entrar em uma trilha arborizada ao redor de onde a névoa pairava em bolsões. O portão emitiu um som agudo sinistro enquanto era fechado atrás deles.

– Ele parece nas últimas – disse Tristan, espiando através da janela enquanto Ted caminhava devagar com seu cilindro até um carrinho vermelho manchado de lama e entrava.

Ele deu partida, e os dois o seguiram pela longa estrada sinuosa até que uma casinha com uma luz acesa na janela do andar de baixo surgiu no campo de visão. Eles estacionaram perto da porta dos fundos, que dava para um cômodo para deixar as botas e uma pequena cozinha atulhada de coisas, iluminada por uma luz fraca no teto. Havia gatos em todas as superfícies – a geladeira, a mesa da cozinha, as cadeiras – e vários potes meio cheios de ração de gato acinzentada pontilhavam o chão.

– Querem um chá? – perguntou Ted.

– Por favor – disse Kate. Ela ainda queria uma bebida de verdade, mas a fissura estava diminuindo.

Ted colocou o cilindro de oxigênio no chão. A mangueira era comprida o suficiente para permitir que ele se movesse entre a geladeira e a chaleira. Tristan lançou um olhar para Kate quando ele abriu a geladeira e viram que não havia nada lá dentro além de leite e latas de ração de gato.

– Obrigada por nos receber em um horário tão estranho – disse Kate.

– Não consigo dormir à noite. O tempo é tudo e nada para mim – ele disse, parando para recuperar o fôlego enquanto tirava uma garrafa de leite da geladeira.

– Tem certeza de que não quer ajuda? – perguntou Kate.

– Sou muito minucioso com meu chá e, se me resta tão pouco tempo de vida, quero que todas as xícaras sejam perfeitas – disse. Ele os viu o encarando. – Câncer de pulmão. Me deram um mês, talvez menos.

– Sinto muito – disse Kate.

Tristan assentiu.

– Sinto muito.

– Não quero a pena de vocês. Quero contar coisas – ele disse. Kate quis insistir mais, mas eles deixaram que ele fizesse o chá.

Quando ficou pronto, seguiram Ted até um corredor apertado e cercado por livros. Relógios tiquetaqueavam no silêncio. Estava úmido, e tudo parecia coberto por uma camada de poeira. Havia mais estantes e gabinetes de arquivos no escritório dele. Ted tirou um gato de uma poltrona perto da escrivaninha. Ele estalou os dedos para o sofá, de onde dois outros gatos sarnentos saltaram, deixando quantidades copiosas de pelos para trás. Kate e Tristan se sentaram.

– Por onde querem que eu comece? – ele disse depois de recuperar o fôlego.

– Encontramos você na internet porque fazia parte da Aliança pelo Direito de Acesso à Natureza – disse Kate.

– Sim. Sou da região. O projeto da represa, dos anos 1950, foi polêmico. Seis vilas foram inundadas, vilas que existiam há centenas de anos. A família Baker mandou retirar pessoas à força de suas casas. O direito de ir e vir desapareceu da noite para o dia e, ao redor da represa, esse direito precisou ser retraçado. Eu me envolvi anos depois, quando os Baker tentaram proibir as pessoas de andar a um quilômetro da represa. É uma charneca antiga que as pessoas frequentam há séculos. Era uma grilagem de terras, pura e simplesmente. Já tínhamos perdido muita coisa para a represa, então precisávamos lutar.

– Mas você também trabalhou para os Baker na usina? Não era um conflito de interesses? – perguntou Kate.

– Não quando a Aliança pelo Direito de Acesso à Natureza era uma campanha pacífica. Foi só nos últimos anos que ficou violenta, e foi então que renunciei.

– Você foi demitido do seu emprego na represa?

Ted se recostou, tomou um gole de chá e recuperou o fôlego.

– Sim. – Ele alternou o olhar entre Kate e Tristan e, pela primeira vez, pareceu tenso.

– Qual era sua função?

– Manutenção da hidrovia. Saíamos em um barco e cuidávamos para que a água estivesse livre de obstáculos. Árvores grandes, ovelhas e vacas mortas.

– Corpos?

Ele fez uma inspiração rasa e tossiu.

– Fui demitido depois que me recusei a mentir sobre um cadáver que encontramos na água.

– Quem pediu para você mentir?

– Ah, hum, foi o gerente, Robbie Huber. Mas ele já morreu agora... – falou com um tom de nervosismo.

– Velhice?

– Não. Acidente de carro. Mas daqui a pouco volto a esse ponto. Eu estava no barco numa manhã, no começo de março, quando encontramos o corpo de uma jovem. Era um dia bonito. Uma daquelas manhãs em que está tudo tranquilo e dá para ver o reflexo dos narcisos na beira da represa na água. Por pouco não passamos por cima dela. Estava inchada de gases. Nunca tinha visto algo tão chocante. Já viu como um corpo fica inchado pela deterioração? Pensei que fosse um bicho. O corpo estava nu. As pernas estavam parcialmente enroladas em pedaços de pano, tecido. Os braços estavam amarrados com corda, e as pernas também. Quase dava para distinguir os cortes. Havia cortes e rasgos em todo o rosto, na barriga e nos seios.

Kate e Tristan trocaram um olhar.

– Vocês passaram por cima do corpo no barco?

– Não. Estava lá, flutuando na nossa frente, feito um balão boiando na água.

– Você falou começo de março de 1991? – perguntou Tristan.

– Sim. Eu estava trabalhando na equipe de manutenção com outro cara, Ivan Coomes, que morreu depois.

– Morreu?

– De velho. Ataque cardíaco. Ivan era meu superior. Nós dois fomos obrigados a reportar que encontramos aquele corpo na foz da represa, três quilômetros para cima. Onde o rio Fowey entra na represa. Tem uma comporta secundária, que pode ser aberta e fechada. Falaram para a gente dizer que encontramos o corpo lá.

– Quem mandou vocês dizerem isso? – perguntou Kate.

– Um homem chamado... Dylan Robertson – disse Ted, ajeitando-se tenso na cadeira com a menção do nome.

– Qual era o cargo dele na represa? – perguntou Tristan.

– Ele está em todo lugar e faz tudo o que Silvia Baker pede. Também trabalha como motorista dela.

– Já cruzamos com ele – disse Kate. Ela explicou rapidamente como ele os ameaçara com uma espingarda.

– Ele teria usado essa espingarda contra vocês, não tenho dúvida – disse Ted.

– Dylan pediu para dizerem que o corpo foi encontrado perto da comporta secundária. Onde vocês o encontraram?

– A algumas centenas de metros das comportas secundárias. Silvia Baker é a chefe da família. É ela quem mexe os pauzinhos. Dylan é os olhos dela por toda parte. Disse que tínhamos que mentir porque a represa estava passando por problemas. Os Baker estavam em negociações com um investidor estrangeiro sobre uma compra. Um cadáver suspeito na água, tão perto das turbinas, teria fechado tudo e arruinado o negócio. Se disséssemos que tinha sido perto das comportas secundárias, daí viria do rio Fowey, e significaria que o corpo poderia ter sido carregado rio abaixo. O rio Fowey vem lá de Cotswolds. Rebocamos o corpo pela represa e o levamos até o outro lado das comportas secundárias. Era nojento. O corpo estava tão decomposto, e o jeito como estava amarrado... A morte foi determinada como acidental... fatalidade. Afogamento.

– Chegaram a identificar o corpo?

– Sim. Demorou algumas semanas para identificarem a moça, pelos registros dentários. Só vi por acaso, um pedacinho do jornal regional onde citaram o nome dela... Tenho o recorte aqui.

Ele foi até uma gaveta e tirou um velho caderno, tendo que parar para recuperar o fôlego. Procurou no caderno e encontrou o pedacinho de recorte de jornal, datado de 16 de maio de 1991. Ele o entregou para Kate.

```
Outro corpo encontrado dois meses
atrás na represa Shadow Sands, perto
de Ashdean, foi identificado como Fiona
Harvey, uma jovem da região.

A polícia disse que a morte estava
sendo tratada como inexplicada, mas
não havia motivos para crer em nenhuma
circunstância suspeita.
```

– Ver a mentira na imprensa me abalou – disse Ted. – Me fez questionar o mundo. Ninguém no trabalho queria falar sobre o assunto. Tentei comentar com Dylan, mas ele me mandou ficar quieto, senão perderia meu emprego e ele me mataria... Fiquei quieto, o que fez me sentir culpado.

– Você se lembra do policial que trabalhou no caso? – perguntou Kate.

– Arron Ko.

Tristan e Kate trocaram um olhar.

– Arron Ko. O chefe de polícia? – disse Kate. Ela revirou a bolsa, achou o celular e abriu o artigo sobre a aposentadoria de Arron Ko. Ergueu a foto.

– Sim. É ele.

– O filho dele, Henry, é inspetor-chefe agora. Está investigando a morte de Simon Kendal. O corpo que encontrei em agosto.

Ted começou a rir, o que se transformou numa tosse.

– Tomem cuidado. Dá para ver como isso funcionou ao longo dos anos. A família Baker mantém tudo dentro do próprio círculo – disse Ted.

– Acha que Arron Ko foi corrompido pela família?

– Claro! Ele é amigo de Silvia Baker. Se conhecem há anos.

– Ah, que ótimo – disse Kate. – E o outro corpo *extraoficial* que foi encontrado?

– Só fiquei sabendo quando encontramos a jovem em 1991. Em 1989, o barco estava verificando a represa, e pensaram que tinham ficado presos em uma linha velha de pescaria. Parecia que estavam carregando um peso enorme. Era o corpo de outra jovem. Enrolado num lençol, parecia.

– Onde se prendeu? – perguntou Tristan.

– Robbie, o cara que estava no barco, disse que se prendeu no meio da represa, mas insistiram que ele dissesse que tinha sido puxado perto das comportas secundárias. Identificaram o corpo alguns meses depois pelos registros dentários.

Tristan tirou o papel com sua lista.

– Becky Chard, encontrada em 11 de novembro de 1989?

Ted fez que sim.

– Quando os corpos foram encontrados, a polícia vasculhou a represa? Mandou mergulhadores ou usou alguma tecnologia de varredura? – perguntou Kate.

– Não. Eu teria ficado sabendo... Robbie ouviu o mesmo que nós. *Fique quieto, e diga para a polícia que o corpo foi encontrado perto dos portões secundários. Não mencione que estava num lençol.* Robbie obedeceu na primeira vez, mas, quando espalharam que o segundo corpo também estava amarrado, ele surtou. Disse que não queria ser acusado de mentir. Foi até a polícia. Contou tudo. Eles ouviram e pediram para voltar alguns dias depois e fazer um depoimento oficial. Todo mundo achou que a casa ia cair para o Dylan. E eu estava pronto para falar com a polícia também... – Ele se debruçou e ajustou o cilindro de oxigênio. Respirou fundo. – Dois dias depois, Robbie se envolveu em uma batida de carro. Perdeu o controle e bateu numa árvore. Morreu na hora.

– Jesus – disse Kate.

– Os freios dele falharam... A gente ficou cagado de medo no trabalho. E todo mundo ficou preocupado com o ganha-pão. Tínhamos filhos e contas para pagar. A coisa toda foi enterrada.

– Por que você foi demitido?

– Não foi nada nobre, como contar a verdade. Meu joelho ficou esmagado entre dois barcos de manutenção. Fui incentivado por um médico a pedir uma indenização. Não estava pedindo muito, mas os Baker não gostaram, então me demitiram.

– Quando foi isso?

– Doze anos atrás, logo antes da virada do milênio.

– Por que está nos contando agora?

– Meus pulmões foram para o saco. Não me resta mais muito tempo de vida. Minha esposa está morta. Meus dois filhos moram na Austrália, e talvez precise descarregar essa culpa. Não tenho mais nenhuma prova além do que estou contando para vocês, o que vi com meus próprios olhos.

– A família inteira dirige a usina? – perguntou Kate.

– Eles não botam a mão na massa, mas são eles que mandam. Dana, a sobrinha de Silvia, dirige a galeria de arte no centro de visitantes. Parece a mais normal e simpática. Thomas é o Lorde Baker atual, embora não use o título na vida profissional. Mora na propriedade perto de Silvia na Mansão Carlton. A mansão Shadow Sands original foi demolida nos anos 1950 para evitar imposto sobre herança. Ele é casado, sem filhos. Stephen Baker é a ovelha negra. Ele se afastou da família. Foi morar nos Estados Unidos uns anos atrás e conheceu e se casou com uma menina americana que Silvia não aprovava. Eles têm um monte de filhos. Ele dirige uma loja de utensílios de cozinha chiques em Frome Crawford. Antes de se desentender com a família, gerenciava a Hedley House.

– Hedley House? – disse Kate.

– Sim. É uma mansão antiga na propriedade Shadow Sands. Foi convertida em boate alguns anos atrás, depois ficou caro demais para continuar aberta. Os familiares disseram, já faz um tempo que queriam transformar em apartamentos.

Kate e Tristan resumiram então seu lado da história e a teoria sobre como as mortes, os desaparecimentos e as histórias de Kirstie e Magdalena se encaixavam.

– Que bom que não devo ficar muito mais tempo neste mundo – disse Ted, segurando a lista de prováveis vítimas. Ele parecia exausto e muito assustado. Estava tossindo quase sem parar. Kate olhou o relógio, e era quase uma da madrugada.

– A família Baker toda mora por aqui? – ela perguntou.

– Sim. Todos têm casarões. Dana vive em Exeter. Silvia e Dylan moram na Mansão Allways... ele tem seus próprios aposentos... Thomas e a mulher moram no mesmo terreno. Stephen e a família moram em cima da loja deles em Frome Crawford.

Ele observou a lista por um bom tempo, as mãos trêmulas. Já estava pálido quando eles chegaram, mas agora seu rosto mais parecia gesso. Ele balançou a cabeça.

– Vocês mostraram... isso... para... muita gente? – ele perguntou, começando a tossir.

– Não – disse Kate. – Você é o primeiro.

Ted teve um acesso de tosse doloroso, e eles esperaram sem jeito até ele terminar.

– Por favor... Já basta. Preciso dormir um pouco – ele disse.

***

Quando Kate e Tristan saíram da garagem de Ted e entraram na estrada costeira, a Lua estava cheia, dando a eles uma bela visão do mar. Eles pararam por um momento para admirar o luar refletindo na água calma.

– Você acha que é a família Baker que está fazendo isso? – perguntou Tristan.

– Sei que a ligação com a Hedley House me deixou em estado de alerta. E o fato de que Arron Ko pode estar envolvido, o que por sua vez significa que Henry Ko pode estar no meio disso, também – disse Kate.

– Quem quer que seja precisa de um porão ou uma adega, e aqueles casarões podem ter isso – disse Tristan.

– Acha que Ted mudou quando mostrei a lista?

– Ele pareceu com medo, mas é um homem moribundo com segredos. Eu também teria medo.

– Medo do quê? – perguntou Kate.

– Faz anos que ele tem medo das repercussões; é o motivo por que não falou nada até agora. A família Baker é poderosa. O chefe da polícia está envolvido. Não tem nada mais aterrorizante do que quando a polícia foi corrompida e está agindo contra você.

– Quero conversar com ele de novo – disse Kate. – Vamos ligar para ele amanhã.

Tristan fez que sim, e saíram com o carro de volta para Ashdean.

***

Depois que Kate e Tristan saíram da casa de Ted, ele teve que correr para o banheiro no andar de cima, onde teve um longo e doloroso acesso de tosse, que acabou com ele pendurado no vaso e cuspindo sangue.

Ele se recostou no chão do banheiro depois que passou. Sua gata favorita, uma siamesa cinza chamada Liberty, apareceu no batente e serpenteou por suas pernas, ronronando. Ted olhou para os olhos verdes vivos de Liberty. Ela parecia capaz de olhar dentro da alma dele e consolá-lo. Houve um som caloroso de ronronado quando outros quatro gatos subiram as escadas e entraram no banheiro, serpenteando por suas pernas, aninhando os focinhos na palma da mão dele para consolá-lo, passando seus corpos quentes e peludos nele. Ted sabia que morreria sozinho, mas foi dominado por um medo súbito por seus gatos. Ele sabia que a família Baker poderia ser implacável, e tinha deixado instruções no testamento para que seus gatos fossem realojados, mas e se aqueles desgraçados se vingassem dos seus gatos? Eles eram os únicos companheiros que haviam lhe restado.

– Por que conversei com eles? Por que fiz isso? Desculpa, desculpa. Eles não vão machucar vocês. Não vou deixar ninguém machucar vocês – Ted choramingou, enfiando o rosto no pescoço macio da gata. Ele se levantou do chão do banheiro e foi até o telefone no corredor.

Com as mãos pesadas e trêmulas, pegou o aparelho e discou um número. A voz que atendeu não tinha perdido a capacidade de deixá-lo gelado de medo.

– Só vou contar, quero contar... Recebi uma visita hoje de dois investigadores particulares... – Ele tossiu e arfou. – Estavam me perguntando sobre os afogamentos na represa. Tentei despistá-los, mas acho que estão perto de descobrir quem é... – ele disse.

CAPÍTULO 33

Kate conseguiu dormir por algumas horas e acordou pouco depois das oito. Desceu até a praia e nadou por um longo tempo. Quando voltou a entrar na cozinha, a campainha da frente tocou. Era Tristan, com um sanduíche de ovo do boteco perto da casa dele.

– Desculpa, cheguei muito cedo? – ele perguntou.

– Não, pode entrar – ela respondeu. Ele caminhou até a cozinha.

– Você está bem? – Tristan perguntou, vendo o rosto preocupado dela. Ele se sentou à mesa da cozinha, e ela passou pratos para ele.

– Se Ted Clough e Kirstie Newett forem confiáveis, e acho que acredito neles sim, essa investigação está ficando perigosa – ela comentou, ligando o fogão a gás e enchendo a chaleira.

– Também significa que estamos chegando perto – disse Tristan, tirando o papel engordurado de um sanduíche de ovo branco e farinhento e dando uma mordida.

– Tris, não espero que você se envolva nessa comigo. Você é jovem, e tem toda a vida pela frente, e não sei o que estamos fazendo. Não sou mais policial. Não somos detetives, não estamos trabalhando com ninguém...

– Você se esquece de que uma pessoa da nossa universidade está desaparecida. E podemos encontrá-la.

– Sim, mas se Arron Ko e outros policiais estiverem envolvidos, policiais corruptos, bom, você sabe o que aconteceu comigo da última vez em que descobri que um policial também era um criminoso... – Kate ergueu o suéter para mostrar a longa cicatriz roxa e feia em sua barriga. – Peter Conway fez isso. Um policial desesperado para guardar seu segredo...

Tristan tinha parado de mastigar. Engoliu com dificuldade. Kate voltou a baixar o suéter.

– Desculpa ser tão explícita, mas é importante. Arron Ko é um oficial de alta patente aposentado... Morro de medo de que ele possa estar envolvido nisso.

– Kate. Cheguei até aqui. Não vou amarelar. E não é a coisa certa a se fazer, ainda mais considerando que a polícia que está investigando o caso não quer que ele seja solucionado? E se conseguirmos descobrir o que aconteceu com Magdalena? E pensar em todos aqueles adolescentes que não tinham famílias para lamentar ou procurar por eles.

– Não podemos simplesmente bater na porta da família Baker... E não podemos invadir a delegacia e exigir ver os arquivos digitais de Henry Ko. Sei lá...

– Que tal Vania Campbell? – disse Tristan. – Ela foi inspetora-chefe do distrito por quinze anos. Pode estar disposta a conversar com a gente.

Kate parou com a mão na chaleira.

A inspetora-chefe Varia Campbell fora a detetive responsável pelo caso do imitador de Nine Elms, e tinha ficado grata a Kate e Tristan quando ajudaram a solucionar o caso. Na época, Varia havia dito que devia uma a eles e que, se precisassem de ajuda, poderiam ligar para ela.

– Quando Varia disse para ligarmos se um dia precisássemos de ajuda, ela provavelmente estava se referindo a uma multa de trânsito ou algo assim – disse Kate.

– Ela foi promovida a superintendente quando se transferiu para a Polícia Metropolitana de Londres. Com certeza tem acesso a coisas – disse Tristan. – Talvez ela consiga nos dizer algo sobre Arron Ko. Ela pode gostar da oportunidade de resolver um caso de alta repercussão.

Kate gostou do entusiasmo dele. Era contagiante.

– Talvez ela nem atenda minha ligação – ela disse.

– Se não atender, vou ligar. E, no fim das contas, é só uma ligação. Não temos nada a perder – disse Tristan. – E não somos qualquer pessoa. Resolvemos aquele caso quando ela não conseguiu resolver. Isso deve valer alguma coisa.

Eles terminaram o café da manhã e Kate tomou um banho rápido. Quando voltou a descer, colocaram o telefone no viva-voz e fizeram a ligação. Varia estava no escritório quando atendeu.

– A que devo o prazer? – ela disse.

– Você tem alguns minutos? Temos uma história para contar – disse Kate, indo direto ao ponto, sabendo que o tempo de Varia era limitado.

Eles contaram toda a história o mais concisa e rapidamente possível. Houve um longo silêncio quando terminaram.

– Isso é tudo muito perturbador, mas, como você sabe, agora sou uma oficial da Polícia Metropolitana de Londres. Devon e Cornualha não são mais minha jurisdição – disse Varia.

– Você se importa se perguntarmos por que deixou Devon e Cornualha? – disse Kate.

– O chefe de polícia Arron Ko se aposentou. Ele resistiu, mas tinha chegado à idade máxima para um oficial em serviço. Ao mesmo tempo, me ofereceram um pacote generoso de transferência e promoção a superintendente. Eu sabia que tinha feito por merecer, independentemente dos motivos que Arron teve para mexer seus pauzinhos...

– O filho dele, Henry, assumiu seu cargo como inspetor-chefe?

– Sim. Mas vou dizer de novo, eu merecia uma promoção e, como uma mulher negra, essas oportunidades são raras.

– Você conhecia bem Arron Ko?

– Ele era o chefão. Chegamos a conversar algumas vezes. Nunca lidei diretamente com ele, mas é muito influente, como qualquer chefe de polícia.

– Por que acha que ele escolheu você? – perguntou Kate.

– Não sei. Eu não era a única inspetora-chefe que trabalhava em Exeter, mas era a melhor.

– Ele não queria que você humilhasse o filho dele.

– *Uhum* e, se é para ser cínica, ele pôde promover uma mulher negra, o que não faria mal nenhum a ele aos olhos do alto comando – disse Varia.

– Certo, então o que você sabe sobre a represa Shadow Sands? – perguntou Kate.

– Eu sabia que a família Baker, que era uma grande acionista do projeto, é conflituosa. Mas tem muito dinheiro envolvido em Devon e Cornualha. Muita gente rica conflituosa. Como você sabe, o distrito cobre uma área enorme. Tem uma grande faixa costeira, o que cria seus próprios problemas. Tráfico de drogas ocupava muito meu tempo.

– Você chegou a ser alertada a não fazer buscas na represa em Shadow Sands? – perguntou Tristan.

– Não. E não tive por quê. Trabalhei aí de 1998 a 2012. Não houve nenhum relato de vítimas de homicídio encontradas na represa.

– Temos as datas dos corpos que foram encontrados na represa em 1989 e 1991, ambos confirmados pela nossa testemunha, Ted Clough. Ele contradiz os relatórios oficiais dizendo que as mortes foram acidentais. E se registrarmos o depoimento? – perguntou Kate.

– Nesse caso, a polícia precisaria agir, Kate. Você sabe disso, como ex-policial. Se conseguir fazer com que Ted Clough fale oficialmente, tudo que precisaria é entregar um depoimento assinado por ele a um policial do seu distrito. Isso seria suficiente para a polícia investigar a morte – disse Varia.

– Seria o suficiente para a polícia fazer uma busca na represa? – perguntou Tristan.

– Você listou as inconsistências dos desaparecimentos na área. Mas a represa é um projeto governamental, uma usina. Você precisaria de evidências convincentes para abrir um caso.

– Acha que Henry Ko chegou de paraquedas para fazer o trabalho sujo de Arron Ko? – perguntou Tristan.

– Não tenho como provar isso, Tristan. O nepotismo está aí em todos os aspectos da vida. Henry Ko foi promovido ao cargo de detetive assim que saiu da Academia de Polícia de Hendon. Foi mandado para North London, mas entrou em conflito com o inspetor-chefe. Depois veio aqui para West End Central e foi promovido a detetive-inspetor por alguns anos.

– Tem alguma coisa na ficha dele? – perguntou Kate.

– Eu precisaria dar uma olhada, mas os policiais com quem conversei achavam que ele era um agente bem sem graça. Um pouco *meh*, para usar uma expressão. Depois, ele foi para Devon e Cornualha e assumiu meu antigo cargo. Você se lembra como é, Kate. Precisa resistir à corrupção, mas não faltam meios de molhar as mãos. Tem que trabalhar com os ricos e poderosos sem se comprometer. Vai ver é o que aconteceu com a represa Shadow Sands. O projeto vale muito, tanto para a família como para o governo, que é dono de uma grande parte.

– Se conseguirmos registrar Ted Clough dizendo que a causa da morte dessas duas jovens estava incorreta, isso poderia levar à exploração de outros aspectos de nossa investigação. Se fizermos isso, você pode ajudar? – perguntou Kate.

– Não sou uma oficial no seu distrito.

– Mas você pode conversar. Se formos à polícia com um depoimento de Ted Clough e houver um policial corrupto tentando acobertar essa história, isso não vai a lugar algum.

Houve uma pausa do outro lado da linha.

– Certo, falem comigo quando tiverem o depoimento. Vou dar um empurrãozinho para o caso chegar mais acima, mas só estou prometendo um empurrãozinho, Kate. Nada além disso.

CAPÍTULO 34

Kate ligou para Ted Clough logo depois da ligação com Varia e perguntou se ele estaria disposto a deixar sua história registrada. Houve uma longa pausa chiada e, por um momento, Kate pensou que ele havia desligado o telefone.

– Hoje estou muito ocupado – ele disse.

– Ted. Sei que é muita coisa pedir isso – disse Kate. – Mas, se você registrar o depoimento e disser que os corpos de Fiona Harvey e Becky Chard foram encontrados no centro da água e amarrados, a polícia terá que reabrir os casos. Eles teriam motivos para interrogar Dylan, o motorista de Silvia Baker, e fazer uma busca na represa.

Houve outra pausa, Ted arfou, e houve o som de um cachorro latindo ao fundo.

– Hoje tenho minhas consultas médicas – ele disse. – Não posso perdê-las.

– Certo. E depois? – disse Kate. – Ted. Acho que Magdalena Rossi está sendo mantida em cativeiro em algum lugar. Faz seis dias desde que ela desapareceu. Quando falei com Kirstie Newett, ela me falou que foi mantida em cativeiro por dez dias antes de ele tentar matá-la... Ted, por favor. Faça a coisa certa... – Houve outra pausa chiada. Kate olhou para Tristan, que estava sentado perto dela no sofá. Ela estava tentando manter a calma, mas a hesitação dele a estava enlouquecendo. Ele não tinha dito que estaria morto em menos de um mês? Poderia fazer muito bem se usasse esse restinho de sua vida para falar a verdade.

– A polícia está envolvida em acobertar isso – Ted disse por fim. – De que adianta conversar com eles?

– Tenho um contato na Polícia Metropolitana de Londres que foi detetive-inspetora na polícia de Devon e Cornualha. Ela é honesta e escrupulosa, e vai garantir que seu depoimento chegue ao topo para que seja investigado – disse Kate. Tristan lançou um olhar preocupado para ela. Aquilo não era exatamente verdade, mas o tempo estava passando.

– Ted, por favor. Tem quatro moças e dois rapazes que desapareceram ou sofreram uma morte brutal, e Kirstie Newett ficou traumatizada pelo sofrimento. Se não detivermos essa pessoa, isso não vai parar. Mais mortes, mais vítimas.

– Sim! Sim, tá... – ele disse, sofrendo mais um acesso de tosse tão alto que Kate teve que afastar o celular da orelha. – Fim de tarde... – ele disse depois de se recuperar. Às seis. Pode ser às seis da tarde.

Ele desligou.

– Ele parece muito assustado, mas disse que vai topar – contou Kate.

– Precisamos garantir que o oficial que pegue esse depoimento não seja parte do grupo de Henry e Arron Ko – disse Tristan.

Kate ligou para Varia de novo e explicou que Ted estava disposto a falar oficialmente.

– Varia vai pedir para uma colega, inspetora-chefe Della Street, ir à casa de Ted hoje à noite. Ela trabalha sobretudo com a unidade de polícia marítima – disse Kate ao sair de novo do telefone. – Perguntei se podemos estar lá também e ela disse que tudo bem.

– Acha que ele vai querer a gente lá?

– Não ligo se ele quer ou não. Ele vai fazer esse maldito depoimento, nem que eu tenha que obrigar.

– Ele está morrendo – disse Tristan.

– Mais um motivo – ela disse. Kate se levantou e olhou o relógio. Era apenas dez da manhã. – Temos oito horas. Não podemos desperdiçar esse tempo – ela disse, pensando em Magdalena. – Vou fazer mais uma tentativa e ligar para Alan Hexham. Seria útil conseguir os arquivos de autópsia de Fiona Harvey e Becky Chard. Se as duas foram mantidas em cativeiro, como Kirstie, e depois jogadas na represa, seus corpos teriam mostrado evidências de desnutrição.

– Quer ir até o necrotério de Exeter e ver se consegue falar com ele? – perguntou Tristan.

– Não. Vou economizar tempo se ligar para ele. Também quero dar uma verificada em Dana Baker e Stephen Baker. Dana dirige o centro de visitantes da represa, e Stephen tem uma loja de utensílios de cozinha, o que significa que podem ser fáceis de encontrar – disse Kate. – Dana passa a jornada de trabalhando olhando para a maldita represa, e Deus sabe em que mais ela está envolvida como acionista.

– E Stephen?

– Se ele é a ovelha negra da família, pode estar disposto a soltar a língua. Também quero descobrir mais sobre o motorista de Silvia Baker, se é que é isso que ele é. Segundo Ted, é mais que isso... Mas ele tem uma espingarda e não tem medo de usá-la, então acho melhor agir com um pouco mais de cuidado.

– E Thomas Baker?

– Ainda não sei. Precisamos descobrir mais sobre os movimentos dele.

– Não vai parecer que estamos perseguindo as pessoas?

– Não se Dana e Stephen trabalham em lugares públicos. Quando eu era policial, gostava de usar o elemento de surpresa. Não temos nenhum poder para fazer com que falem conosco ou respondam a nossas perguntas, mas, se entrarmos lá e os deixarmos constrangidos, pode ser interessante ver como reagem – explicou Kate.

CAPÍTULO 35

– Parece um navio gigante atracado à beira d'água – disse Tristan enquanto entravam no estacionamento do centro de visitantes Shadow Sands. O enorme edifício de vidro e aço era construído na forma de um barco, quatro andares com as proas curvadas. Era cercado por jardins bem cuidados, e várias estátuas estavam espalhadas pelo lugar, algumas extravagantemente modernas e outras esculpidas em bronze. O restante do terreno ao redor da represa parecia desolado e malcuidado, quase sinistro, mas essa área tinha um ar movimentado e receptivo.

O estacionamento estava meio cheio. Havia seis ônibus estacionados no fundo, e um grupo de turistas japoneses entrava no ônibus perto da entrada. Quando Kate e Tristan saíram do carro, ouviram um ronco baixo das turbinas. Foram até a parede oposta do estacionamento e conseguiram ver a ponte e a queda d'água vertiginosa correndo embaixo da parede da barragem.

Uma névoa leve subia das águas caudalosas, lançando um arco-íris no ar. Conseguiam ver onde o rio seguia em direção às colinas antes de desaparecer atrás de um rochedo.

Kate e Tristan se juntaram à fila de japonesas atordoadas, todas usando viseiras de palha, pagaram a taxa de entrada e passaram pela catraca. A galeria abria para uma área grande e arejada cheia de esculturas, gravuras e uma exposição de vidros e cristais. Nos intervalos ao longo da parede, havia janelonas redondas com vista para a represa, o que aumentava a sensação de estar em um barco. A água parecia completamente diferente, pacífica.

Kate perguntou para um guarda onde poderiam encontrar Dana Baker, e eles foram guiados através da galeria e do café até o escritório nos fundos. O café tinha uma janela comprida com vista para a água e uma grande casa de barcos branca, de onde um barco tinha acabado de sair.

Eles chegaram ao escritório, e Kate estava prestes a bater na porta, quando escutaram gritos vindos de dentro. Tristan ergueu uma sobrancelha, e eles se aproximaram.

– Você não pode continuar fazendo coisas de graça só porque ele é seu irmão – disse uma voz masculina com um forte sotaque da periferia de Londres. – Ele é podre de rico. Se quiser que a gente sedie um evento, ele pode pagar. Não somos uma porra de uma instituição de caridade!

– Tecnicamente, somos *sim* uma instituição de caridade – disse uma mulher, com a voz mais refinada.

– Não seja espertinha, Dana.

– Um de nós precisa ser. É uma obrigação familiar. Faço isso todo ano, e eles são o tipo de convidados que doam muito. Vai acontecer, queira você ou não!

– Família. Vocês são uma máfia. Estão sempre se defendendo.

A porta se abriu de repente, e Kate e Tristan deram um passo para trás. Um homem bonito na casa dos cinquenta com o cabelo grisalho curto, óculos e um terno elegante passou por eles e saiu a passos largos na direção do café.

O escritório era pequeno, e a parte da frente se estreitava em uma ponta que compunha a proa do prédio em formato de navio. A luz entrava por uma janela de cada lado. Uma mulher ajeitava a mesa com nervosismo, vestindo o que Kate via como alta-costura: um vestido de estilo *pinafore* preto largo com tamancos de sola grossa. Seu cabelo cor de ameixa estava penteado em um coque brilhante imaculado. Ela usava óculos de armação branca grossa, e muitas joias volumosas. Era Dana Baker, completamente diferente da jovem desalinhada, loira e sardenta do vídeo no YouTube.

– Olá, entrem, por favor – ela disse, recuperando a compostura.

Kate estava prestes a começar um discurso preparado sobre a investigação da morte de Simon Kendal quando Dana acrescentou:

– Posso pedir um café para vocês, depois de uma viagem tão longa?

Kate percebeu que Dana havia pensado que eles eram outras pessoas, alguém que ela estava esperando. Ela lançou um olhar sutil para Tristan entrar na sua.

– Um café seria ótimo – disse Kate.

– Sim. Leite e açúcar, por favor – disse Tristan, fechando a porta atrás deles.

– Por favor. Sentem-se – disse Dana, apontando para um sofá grande rosa-choque embaixo da janela que dava para a rua. Tristan olhou de relance para Kate, como se dissesse: *Não vamos contar quem somos?* Kate assentiu para Tristan. Dana fez uma ligação para pedir o café.

– Não pudemos deixar de ouvir. Você levou um sermão e tanto – disse Kate quando Dana saiu do telefone.

– Sim. Os perigos de misturar negócios e prazer. Trabalhar com o namorado. Pensei que você tinha conversado com Harrison... Sobre o pacote de financiamento? – Ela estreitou os olhos. – Você é Callie Prince? – ela disse, olhando para a agenda. – Do Conselho de Artes?

Houve uma longa pausa. Kate sabia que eles teriam que falar a verdade.

– Não. Sou Kate Marshall, uma investigadora particular. Esse é meu parceiro, Tristan Harper. Estamos investigando a morte de Simon Kendal. – Ela viu Dana ficar tensa.

– Não me falaram que a polícia estava a caminho. Vocês costumam ligar com antecedência.

– Trabalhamos como investigadores particulares... Por que a polícia ligaria com antecedência?

Dana se recostou na cadeira, o rosto duro como pedra.

– Bem desonesto da parte de vocês fingir que eram do Conselho de Artes – ela disse, ignorando a pergunta.

– Você presumiu, e não a corrigi – disse Kate.

– Não tenho nada a declarar.

– Não perguntei nada; quer dizer, perguntei por que a polícia ligaria antes de vir? – Kate ergueu uma sobrancelha.

– Conhecemos vários agentes do alto escalão da polícia socialmente; minha família conhece – ela disse. – Agora, devo pedir que saiam, estou esperando...

– Você tem uma excelente vista da represa – disse Kate, apontando para a janela enorme com vista para a água. – Deve ver muita coisa.

– Como o quê?

– A recuperação do corpo de Simon Kendal depois que ele se afogou? A polícia chegando depois?

– O rapaz estava acampando, não estava?

– Sim.

– E a polícia desconfia do amigo?

– Sim – disse Kate.

– O que você acha? – perguntou Dana. Sua pergunta parecia sincera.

– Temos nossas dúvidas... estamos questionando como Simon foi parar na água, e ele era um excelente nadador.

– Ai, Deus, vocês não são daquele grupo terrível de direito de passagem?

– Não. Dylan, o funcionário da sua tia. Qual é a função dele dentro da empresa?

Dana pareceu surpresa com a mudança de assunto.

– Dylan está com minha tia há muitos anos. Ele é o motorista dela. Ele a protege. Ele a protegeu ao longo dos anos daqueles lunáticos da Aliança. Uma das passagens disputadas passa perto da casa dela. Sabia que um deles invadiu o terreno e a ameaçou com uma faca?

– Ela foi ferida?

– Não. Dylan atirou nele.

– Ele matou o intruso? – perguntou Tristan.

– Sim, em legítima defesa, o que é legal. Esse homem teria matado minha tia se Dylan não a tivesse defendido.

– Dylan nos ameaçou com uma espingarda há três dias quando estávamos no *camping* – disse Kate.

– Como eu disse, ele protege muito tia Silvia. E a espingarda dele é registrada legalmente.

– É ilegal ameaçar alguém que está cuidando da própria vida em uma área pública – disse Kate.

– Olha. Se vocês estão aqui...

– E a Hedley House? – disse Kate, disparando perguntas contra ela. – Dylan trabalhava lá?

– Na boate? Sim, era encarregado da segurança.

– Ele era um leão de chácara na boate?

– Acho que sim. Era comum ter problemas com o pessoal da região.

– Arron Ko é um amigo da família?

– Sim, ele e minha tia são amigos desde que eram jovens. Não entendo como essas perguntas estão...

– Henry Ko. Ele também é amigo da família?

– Ele é filho do Arron, claro. Não preciso responder a essas perguntas, e nós estávamos longe quando Simon Kendal se afogou.

– Nós?

– Eu e Harrisson estávamos na minha casa de campo – disse Dana.

Houve uma batida na porta, e Harrison a abriu. Ele estava com uma morena que usava um casaco axadrezado grosso.

– Dana, essa é Callie Prince... Temos uma reunião marcada.

– Estou com pouquíssimo tempo – disse Callie.

– Esses dois já estão saindo – disse Dana. Ela parecia abalada pelas perguntas.

Kate e Tristan voltaram para o estacionamento.

– O que você acha? – perguntou Kate.

– Não sei – disse Tristan. – Acho gente rica difícil de decifrar. Ela parece um pouco limitada.

– Isso não quer dizer muita coisa – disse Kate. – Queria questioná-la sobre as outras pessoas que desapareceram, mas não quero colocar em risco o depoimento de Ted. Mas Dylan se tornou muito interessante. Ele parece estar envolvido em tudo relacionado à proteção da família Baker.

CAPÍTULO 36

Kate e Tristan dirigiram até a Hubble Cook Shop de Stephen Baker em uma pequena vila chamada Frome Crawford, a alguns quilômetros de Ashdean. Ficava na rua principal entre lojas abastadas como um açougue à moda antiga, uma padaria artesanal e uma farmácia decadente.

Eles pararam no pequeno estacionamento em frente e atravessaram a rua. Apesar da garoa e da pouca luz, a loja de utensílios de cozinha tinha um expositor com panelas prateadas chiques na calçada.

A vitrine estava decorada com uma temática de Halloween e um cenário realista de uma fazenda no prado do meio-oeste, com um celeiro e um silo de milho. Um moinho fino de madeira girava lentamente ao fundo, e havia fileiras de milho de verdade. Aninhados entre eles ficavam pratos Le Creuset laranja, decorados de modo a parecer abóboras, bem como um trator feito de equipamentos de cozinha com rodas de frigideira e um motor de máquina de pão. Um garotinho com o cabelo loiro-branco em um corte tigelinha apareceu atrás da vitrine, usando um pulôver vermelho e calça jeans e segurando um ursinho de pelúcia.

– Credo. Parece uma cena de *Colheita maldita* – disse Tristan. Uma mulher com o cabelo loiro comprido saiu correndo pela porta da loja.

– Truman? Truman! – ela gritou, olhando de um lado para o outro da rua. Ela tinha sotaque americano e usava roupas justas de ioga e tênis. Sua silhueta era invejável.

– É ele que você está procurando? – perguntou Kate, apontando para o menino que olhava para eles com o ar estupefato detrás da vitrine.

– Sim. Graças a Deus! – ela exclamou e voltou correndo para dentro. Kate e Tristan a seguiram para dentro da loja atulhada e aconchegante. Panelas e frigideiras de cobre, porcelanas e utensílios de cozinha que pareciam caros estavam empilhados em expositores de cores vívidas. O garotinho tinha tirado um milho de plástico da espiga da vitrine e estava tentando comê-lo. A mulher entrou na vitrine. – Truman, filho, não faz isso. Vem brincar com seus irmãos – ela disse, pegando-o nos braços. Truman se virou para olhar para Kate e Tristan, observando-os com o ar solene enquanto a mulher o carregava para a frente da loja.

Kate e Tristan atravessaram os corredores atulhados. O caixa ficava nos fundos, em uma mesa de madeira larga cercada por caixas empilhadas.

Um homem que parecia ter quarenta e poucos anos estava sentado atrás da mesa, lendo uma cópia do *Guardian* com os pés descalços apoiados no canto. Sua barba loiro-avermelhada era rala sobre as bochechas e o cabelo loiro ficava na altura dos ombros. Ele usava calça jeans e uma camiseta preta do Metallica.

– Posso ajudar? – ele perguntou, sorrindo para eles. Kate conseguia ver a semelhança familiar com Dana.

– Oi. Você é Stephen Baker? – perguntou Kate.

– Sim. Sou eu – ele disse, alternando o olhar entre eles. A mulher levou o garotinho por uma porta atrás do caixa. Eles a ouviram erguer a voz.

– Olha essa bagunça! Estou falando com você, Banksy! – ela disse. Houve um estrondo e um berro.

– Estão procurando alguma coisa em particular? – perguntou Stephen, parecendo não se incomodar com a comoção atrás dele. Kate começou a falar, mas outro menino e uma menina, ambos loiros e mais velhos do que a primeira criança, saíram correndo pela porta, aos berros. A mulher os seguiu até a entrada da loja.

– Banksy! Tallulah! Mamãe está brava!

– Não corram! – disse Stephen sem muita vontade e com um sorriso no rosto. – Desculpa, o que vocês desejam? – ele perguntou, voltando a atenção para eles.

– Somos detetives particulares, investigando a morte de Simon Kendal na represa Shadow Sands.

Seu rosto se fechou.

– Nossa. Sim. Fiquei sabendo disso – disse Stephen, puxando o cabelo para trás em um rabo de cavalo e o prendendo com um elástico. – Coitado.

– Sou Kate Marshall, e esse é meu assistente, Tristan Harper. Podemos conversar com você?

– Por quê?

– Sabemos que você tem ações na empresa, e queríamos perguntar sobre a represa.

– É grande e molhada, isso é tudo que sei. Faz alguns anos que larguei a empresa da família – ele disse.

– Você também dirigiu a boate Hedley House, e acreditamos que alguns jovens que frequentavam a boate agora estão na base de dados de pessoas desaparecidas – disse Kate.

Stephen pareceu preocupado com essa segunda informação.

– Desaparecidas?

– Sim. Uma moça e um rapaz que desapareceram depois de uma noitada na Hedley House.

– Olha. Querem beber alguma coisa? Minha sala é lá nos fundos.

– Obrigada – disse Kate. Houve um estrondo gigantesco na frente da loja, e a mulher repreendeu os filhos de novo.

– Jassy. Vou entrar aqui no escritório – disse Stephen. – Venham por aqui – ele acrescentou, guiando-os pela porta dos fundos.

O pequeno escritório de Stephen estava cheio de móveis velhos de madeira e uma pilha de Legos no meio do chão. Ele tirou alguns brinquedos de um sofá capenga e apontou para se sentarem.

– Chá ou café? Tenho essa máquina – acrescentou, apontando para uma cafeteira de cápsula no canto do escritório.

– Café – disse Kate.

– Para mim também, obrigado – disse Tristan.

Eles se sentaram no sofá.

– Acabamos de conversar com sua irmã, Dana, no centro de visitantes.

– Vocês conheceram o bonitão do Harrison? – perguntou Stephen, colocando as cápsulas novas na máquina.

– Sim.

– Dana gosta de um cara mais bruto. Ela adora um pobretão de Londres. Ray Winstone visitou a galeria uma vez, e ela ficou *toda* molhadinha.

Houve um silêncio. Kate não sabia como responder a isso. Ele terminou de fazer o café e deu uma xicarazinha para eles.

– Encontrei o corpo de Simon Kendal – disse Kate.

– Porra – disse Stephen, levando uma mão ao peito com um remorso exagerado. – Deve ter sido horrível para você. – Ele se recostou na beira da escrivaninha.

– Eu estava mergulhando com meu filho.

– Não sei que graça vocês veem em mergulhar na represa. É só lama e tristeza.

– O mar estava agitado naquele dia. E ele queria ver os edifícios afundados.

– Vocês viram?

– Sim – Kate disse e deu um gole de café. – A igreja. A água estava bem baixa.

– Sim. Foi um verão seco... Enfim, caralho. Em que posso ajudar?

– Dylan. O funcionário da sua tia. Ele está envolvido nos barcos de manutenção.

– Está? – perguntou Stephen, parecendo confuso de verdade.

– Sim. Ele também era leão de chácara, na Hedley House.

– Ah, caralho. Você está falando dos barcos da represa... Pensei que estava se referindo à manutenção dos barcos. Nossa família tem um iate e mais alguns veleiros que usamos em Norfolk Broads.

– Dylan é propenso à violência? Ele dava trabalho como leão de chácara? – perguntou Kate. Ela não conseguia decifrar se Stephen estava sendo ingênuo ou evasivo.

– Não. Você sabe como são essas baladas barra-pesada do interior. Vou ser sincero. A Hedley House era uma *mina de ouro*, mas estava longe de ser um ótimo lugar para trabalhar. Sempre tinha encrenca. A gente precisava de um cara durão como Dylan para manter a ordem.

– Duas pessoas desapareceram depois de uma noite na boate. Um rapaz chamado Ulrich Mazur em 2008 e uma moça chama Sally-Ann Cobbs em 2009. Os dois desaparecimentos foram comunicados à polícia. A polícia chegou a ir até a boate?

– Uau, não. Não me lembro disso. Desaparecidos? Credo.

– Sim, saíram da boate a pé no fim da noite para voltar andando para casa, e simplesmente sumiram.

– Que horror – ele disse, abanando a cabeça e coçando a barba rala no queixo. – Talvez tenhamos recebido um pedido das câmeras do circuito fechado, mas só tínhamos câmeras do lado de dentro. – Olha, é um prazer conversar, mas o que isso tudo tem a ver comigo? Não posso deixar a coitada da Jassy com três crianças e a loja para cuidar – ele disse com um riso nervoso.

– Uma teoria é que eles saíram bêbados da boate a pé e poderiam ter caído na represa – disse Kate, improvisando. – A polícia chegou a fazer um pedido formal para realizar uma busca na represa?

– Não tenho como saber isso. Como disse, não me lembro da polícia falar com a gente na Hedley House sobre pessoas desaparecidas. Não tenho nenhum envolvimento com a usina nem com a represa. Minha família não aprovou meu casamento com Jassy. Meu irmão, Thomas, o lorde da mansão, é o homem com quem vocês devem conversar sobre esse assunto – disse Stephen. Houve outro estrondo do lado de fora e um grito de uma das crianças. Um telefone atrás da porta começou a tocar.

– Você tem o número do seu irmão, Thomas? – pediu Kate.

– Não. Não dou o número dele para desconhecidos. A pedido dele.

Jassy apareceu à porta do escritório e sorriu para Kate e Tristan.

– Desculpa interromper. Stevie, pode cuidar das crianças? Estou numa ligação com a DHL sobre aquelas caixas – ela disse.

– Sim, se isso é tudo? – disse Stephen. Ele não esperou que Kate ou Tristan respondessem e fez sinal para eles saírem. Eles deixaram o escritório, e Stephen correu para a frente da loja, onde as crianças ainda estavam fazendo barulho. Jassy estava ao telefone no caixa, discutindo que uma entrega de caixas tinha sido enviada para o endereço errado.

– Não, não a central telefônica; é Hubble na rua principal de Frome Crawford.

Ela acenou e sorriu para eles enquanto passavam. Kate e Tristan não viram Stephen ao sair da loja. Ele estava com as crianças em outro corredor. Quando voltaram para a rua principal, o céu estava cheio de nuvens escuras.

– O que achou disso tudo? – perguntou Tristan.

– Não sei. Ele pareceu nervoso em alguns momentos, mas somos duas pessoas da rua fazendo perguntas.

– Não é estranho que ele tenha dado tanta atenção para a gente? A gente nem estava fingindo querer comprar uma panela cara.

Kate sorriu.

– Sei não.

Ela olhou o relógio. Eram duas da tarde.

– Vamos comer alguma coisa e depois ir para a casa de Ted Clough.

CAPÍTULO 37

Ted Clough chegou em casa depois de uma longa manhã de consultas médicas em que medicamentos foram receitados e ele soube que seu prognóstico tinha se agravado. Duas semanas. Ele tinha duas semanas de vida. Não era nenhuma surpresa.

Estava com a conversa com a polícia na cabeça na sala de espera do hospital. Quanto mais pensava na família Baker, e no que eles haviam feito, mais furioso ele ficava. Tinha que falar com a polícia, deixar aquilo registrado. Contar tudo. Ele pediria que seu nome fosse mantido de fora enquanto a polícia investigava. Se tudo desse certo, estaria morto e enterrado quando a merda fosse jogada no ventilador. Tinha falado com seu advogado e lhe informado que não demoraria muito agora, e tinha insistido que seus gatos fossem a principal prioridade, de acordo seu testamento. Teriam que ser bem cuidados.

Ted subiu para se lavar e ficar apresentável. Ele vinha desistindo de tomar banhos. Seus joelhos não aguentavam mais que entrasse e saísse da banheira, e ele não queria ficar preso lá. Eles nunca haviam mandado instalar um chuveiro, então usava uma mangueira de ducha, o que deixava o banho bem precário.

Essa era a única vez em que ele tirava o oxigênio, e tinha que ficar fazendo pausas sentado em um grande engradado de plástico no banho. Mexer os braços já o deixava sem ar e causava mais um acesso doloroso de tosse. A luz estava diminuindo lá fora. De onde estava, em cima da caixa no banho, conseguia ver pela janela do banheiro o jardim dos fundos até a floresta. Era um lugar tão remoto que nunca havia se importado em colocar vidro fosco. Dois dos seus gatos estavam empoleirados no batente da janela – um branco pequeno que estava deitado confortavelmente e um macho laranja enorme que não parava de se mexer e se acomodar para caber no ladrilho escorregadio.

Um bando de corvos pretos estava pousado em um cabo de energia que passava pelos fundos da casa. Ted sentiu um calafrio enquanto esperava a pequena jarra de plástico que usava no banho se encher com água morna, e a ergueu com as mãos trêmulas e a entornou sobre a cabeça, esfregando com a mão livre para tirar todo o xampu. Houve o som da porta de um carro se fechando, e o bando de corvos saiu voando do cabo de energia, grasnando. Um momento depois, ele ouviu um barulho no andar debaixo.

– Tem alguém aí? – ele chamou. Houve um silêncio, e então ele ouviu o rangido das tábuas do assoalho enquanto alguém chegava ao pé da escada. – É você, Arthur?

O carteiro às vezes entrava para ver como Ted estava, mas não sem antes bater e chamar pela porta para saber se poderia entrar.

Ele secou o cabelo às pressas e saiu do banho para o carpete desgastado. Ouviu a escada ranger enquanto alguém subia devagar.

– Quem é? – gritou Ted, enquanto se atrapalhava para colocar a argola do tubo de oxigênio por sobre a cabeça. Estava tentando encaixar as duas pequenas entradas de ar embaixo das narinas quando a porta do banheiro se abriu.

– Oi, Ted – disse a voz. Ele ergueu os olhos para o homem e viu que ele estava usando, além de casaco e botas de inverno, luvas pretas grossas.

– O que está fazendo aqui? – perguntou Ted. O homem se moveu rapidamente e arrancou o tubo de oxigênio. – Quê? Não! – Ted desequilibrou para a frente, tropeçando nos pés, e caiu de barriga, perdendo o fôlego.

– Vem, levanta – disse o homem, agarrando Ted pelos cabelos. Ele gritou de dor enquanto o homem o puxava, nu, para fora do banheiro pelos cabelos até o patamar da escada.

Ted tentou gritar, mas não tinha mais ar em seus pulmões. Sentiu uma luva de couro na pele nua de sua perna, e foi erguido no ar.

– Vamos fazer uma viagenzinha – disse o homem.

***

A inspetora-chefe Della Street havia ligado para Kate às duas e meia e concordado em se encontrar com eles na casa de Ted Clough pouco antes das seis da tarde.

Havia duas viaturas policiais estacionadas na porta dos fundos quando Kate e Tristan chegaram no carro de Kate. Estava escuro, e a porta da cozinha estava escancarada. Um grupo de gatos de Ted estava se movendo em círculos sob a luz que saía da cozinha e ronronavam, agitados.

A cozinha parecia igual a antes, mas, quando chegaram ao vestíbulo, Della Street estava agachada perto do corpo de Ted Clough ao pé da escada. Ele estava nu, caído de frente contra a parede. Kate conseguia ver que o pescoço estava quebrado de modo que sua cabeça estava voltada para o lado errado. Ainda tinha o tubo de oxigênio em volta da pele torcida do pescoço.

– Ai, não – disse Tristan. Kate afugentou o gato laranja grande para longe do corpo de Ted quando começou a farejá-lo.

– O que aconteceu? – perguntou Kate.

– Chegamos há cinco minutos e o encontramos – disse Della. Um jovem agente uniformizado desceu a escada.

– Não tem ninguém aqui. Nenhum sinal de arrombamento – ele disse.

– Olha o hematoma na perna direita. É a marca de uma mão, e a pele frouxa atrás do pescoço parece rasgada... – disse Kate. – Acha que alguém o jogou para baixo? – Ela olhou para a depressão ensanguentada no gesso ao pé da escada. No meio da escada, uma toalha de banho pálida e fina estava caída e, alguns degraus mais para baixo, estava o tanque de oxigênio de Ted.

Kate começou a subir a escada quando o rádio de Della soou com uma mensagem de que os agentes estavam a caminho. O banheiro estava uma bagunça – o armário de remédios tinha sido arrancado da parede, e o conteúdo estava espalhado pelo chão. Ela deu uma olhada rápida nos outros cômodos, mas estavam vazios.

Quando Kate voltou a descer, Henry Ko tinha acabado de chegar com três outros policiais, incluindo o detetive-inspetor Merton com seu terno amassado e sua cara igualmente amassada.

– O que é que ela está fazendo na cena do crime? – perguntou Henry ao ver Kate.

– Como você sabia que era uma cena de crime? – perguntou Kate, alternando o olhar entre Henry e Merton. – Della chegou aqui faz só cinco minutos.

CAPÍTULO 38

Kate e Tristan foram levados até uma pequena van de apoio da polícia e receberam ordens de esperar.

O interior era pequeno e sem janelas, com uma pequena área para se sentar e uma mesa.

– Estamos sendo detidos aqui dentro? – perguntou Tristan. Ele estava sentado no banco. Kate andava de um lado para o outro do espaço pequeno. Uma policial estava posicionada do lado de fora da porta da van.

– Estou com essa impressão – disse Kate. Ela abriu a porta. – Precisamos de um pouco de ar fresco – disse para a policial do lado de fora. A van da perícia tinha chegado e estava estacionada na frente da casa de Ted com outras duas viaturas policiais.

– Precisamos que vocês fiquem aí, só para a gente poder dar uma olhada na casa em busca de outras evidências forenses – disse a jovem, acrescentando: – Aceitam um chá?

– Eu aceito – disse Tristan. A policial subiu os degraus, fechou a porta atrás dela e começou a preparar um chá na cozinha minúscula do canto.

Uma hora tinha se passado quando Henry Ko entrou na van de apoio para conversar com eles. Ele pediu para se sentarem e se pôs diante deles no espaço apertado.

– Della acabou de me contar que foi contatada pela superintendente Varia Campbell da Polícia Metropolitana de Londres – ele disse. – Você tinha combinado para que Ted Clough prestasse um depoimento oficial sobre os dois corpos encontrados na represa Shadow Sands em 1989 e 1991... Por que não sei nada a respeito disso?

Kate tomou a decisão de ser franca com Henry e contar o que haviam descoberto. Ela disse que era verdade. Ted Clough tinha informações incriminatórias sobre as mortes na represa e sobre a ocultação de fatos orquestrada pela família Baker. Ele tinha aceitado prestar o depoimento oficial, mas, quando chegaram, o encontraram morto.

– Ele não caiu daquela escada. Não foi um acidente – disse Kate. – A maneira como a cabeça dele acertou a parede, parece que ele foi atirado da escada...

Em seguida, Kate revelou o restante das informações que tinham até então, sobre o desaparecimento de Magdalena, o assassinato de Simon Kendal e os outros jovens desaparecidos, e ele ficou nervoso e agitado quando Kate chegou à parte sobre Kirstie Newett receber uma carona de Arron Ko.

Henry colocou a cabeça entre as mãos.

– Ai, Jesus – ele disse. – Kirstie Newett. Ela vai assombrar minha família para sempre.

Kate olhou para Tristan, que estava igualmente surpreso com a reação de Henry.

– Você conhece Kirstie Newett? – perguntou Kate.

– Não conheço, mas *sei* quem é. Eu e a minha família sabemos.

Henry esfregou o rosto e respirou fundo. Foi até a entrada da van de apoio, onde alguns policiais e a equipe forense estavam andando de um lado para o outro, e fechou a porta.

– Vou contar algumas coisas para vocês. Elas precisam se manter confidenciais. Não posso deixar que saiam por aí espalhando teorias malucas – disse. Ele se sentou na frente deles.

– Não são teorias malucas... – começou Kate.

Ele ergueu a mão.

– Por favor, me deixa falar.

– Tá, fala – ela disse.

– Primeiro, eu concordo. A morte de Ted Clough parece muito suspeita, e estamos tratando dessa forma. Ele era um colecionador de moedas raras de ouro. Fomos chamados duas vezes nos últimos três meses depois de denúncias, feitas por ele, de intrusos na propriedade. Ele tinha o equivalente a quase vinte mil em moedas de ouro no escritório, ali nas gavetas. Sem fechadura. Faz séculos que falamos para colocar a coleção no cofre de algum banco... Chegamos à cena tão rápido porque estávamos na região e ouvimos Della no rádio. Enquanto você esperava aqui, descobrimos que todas as moedas de ouro dele realmente sumiram. Achamos que ele assustou um ou mais invasores, que o mataram.

– Ele tinha informações incriminatórias que daria para a gente.

– E com certeza vou investigar isso, Kate – ele disse. Parecia muito sincero, mas ela não estava disposta a engolir esse papo-furado.

– E Kirstie Newett? Ela citou seu pai para mim sem que eu falasse nada.

O rosto de Henry se turvou de novo. Ele se levantou e foi até um dos computadores da van.

– Tenho acesso ao HOLMES na van de apoio. Vou mostrar isso para você só para explicar – ele disse.

Ele acessou um arquivo da polícia, depois apertou "Imprimir". Caiu um silêncio enquanto esperava que as páginas saíssem da impressora. Tristan olhou com nervosismo para Kate. Henry voltou para a mesa.

– Vou mostrar isso em sigilo absoluto – ele disse, entregando várias folhas de um relatório policial com "kirstie newett" escrito no topo. Kate as leu, seu coração se apertando.

– Kirstie não mencionou que meu pai pediu uma medida cautelar contra ela em 2010, pouco depois de ela ter recebido alta de um centro de alta segurança em Birmingham? – ele disse baixo.

– Não – disse Kate, lendo os relatórios policiais e os passando para Tristan. Ela leu que, por seis vezes, Arron Ko havia chamado a polícia quando Kirstie tinha sido encontrada no jardim de sua casa perto de Exeter e, depois, em duas ocasiões em que ela havia invadido a casa da família. A mais recente fora no Natal de 2011, quando havia quebrado um espelho e cortado os pulsos no banheiro da família. Kate se lembrou das cicatrizes que tinha visto no punho de Kirstie.

– Faz muitos anos que ela persegue meu pai. Já ameaçou minha mãe e meu irmão... Você já teve um *stalker*, Kate? – perguntou Henry.

– Sim.

– Então sabe como pode ser aterrorizante. Foi só por causa do nosso raciocínio rápido e do nosso conhecimento em primeiros socorros que impedimos que ela sangrasse até a morte no banheiro. Não queria que ela morresse na nossa casa e que tivéssemos que viver com esse fantasma – disse Henry.

– Isso não explica como começou a obsessão de Kirstie pelo seu pai – disse Tristan. Henry assentiu.

– Meu pai era a imagem da polícia, vivia nas reportagens e nas chamadas do *Crimewatch*. Ele também foi às escolas por muitos anos.

Ele foi à escola de Kirstie quando ela tinha 16 anos. Achamos que foi onde ela o viu pela primeira vez.

– E Simon Kendal? – disse Kate. – Por que você correu para declarar a morte dele como acidental e depois voltou atrás?

– Eu não declarei a morte dele como acidental. Estava seguindo a orientação do médico-legista.

– Por que outro médico-legista foi chamado? Alex Hexham deveria ter feito a autópsia – perguntou Kate.

– Exato. Alex Hexham não foi chamado para fazer a autópsia. O governo é dono de 50% da represa Shadow Sands e da usina hidrelétrica, e a usina fornece eletricidade para milhões de pessoas. Não é raro o governo mandar alguém para investigar uma morte suspeita, alguém que talvez tenha um nível de segurança mais alto.

Kate abanou a cabeça.

– Aí já é difícil de acreditar – ela disse.

– Será? E se Simon Kendal fosse um terrorista planejando sabotar a usina?

– Ele era um estudante da região.

– Sabemos disso *agora* – disse Henry. – Sei que faz tempo que você era policial, Kate. Mas achamos melhor ter uma reação exagerada a algo que se revela inofensivo.

– Então, agora que você sabe que Simon Kendal era apenas um estudante, não acha a morte dele suspeita?

– Acho – disse Henry. – E temos uma arma do crime. Encontramos uma estaca de barraca na lama no lado da represa. A estaca tinha as impressões de Geraint e foi usada para apunhalar Simon. Sabemos que havia buracos na cerca perto da represa. Com essa informação, temos um argumento mais forte contra Geraint Jones. Daria a Simon e Geraint um caminho livre para entrar na água sem terem que pular a cerca.

Kate se recostou no banco minúsculo e áspero da van. Tudo que ela havia investigado até agora tinha caído por terra. Será que estavam perdendo tempo? Brincando de detetives? Enquanto policiais como Henry conseguiam pesquisar os detalhes de testemunhas em arquivos policiais na rede HOLMES? Kate sempre se orgulhou de ter todas as informações. Agora percebia que não tinha nenhuma.

– E Magdalena Rossi? – perguntou Kate. – Vocês recuperaram a *scooter* da vala.

– Sim, e aquela vala segue por uns vinte metros até uma galeria pluvial, onde encontramos um dos brincos dela – disse Henry. – É possível que ela tenha saído da estrada na neblina enquanto dirigia a *scooter* e caído na vala. A galeria pluvial leva a água dos campos até o mar. Se você se lembra, teve uma tempestade enorme naquela noite. Estamos trabalhando com a teoria de que o corpo foi levado pela enchente. Já alertamos a guarda-costeira de que o corpo dela pode ter sido levado para o mar, mas, como você sabe, a linha costeira nessa região é volátil, com correntes e marés fortes. A *scooter* de Magdalena foi encontrada presa na embocadura da galeria pluvial, o que nos leva a crer que ela pode ter sido arrastada para o mar e que talvez nunca recuperemos o corpo. Temos esperança de recuperar... Vocês têm que entender que estou compartilhando essas informações com vocês em sigilo, no mais absoluto sigilo.

A mente de Kate estava revirando isso tudo, tentando encontrar mais alguma pergunta ou fato que refutasse o que Henry estava dizendo. Ainda havia tantas perguntas sobre os rapazes e as moças que haviam desaparecido – os corpos que Ted havia encontrado na represa, amarrados, e sobre os quais ele havia sido obrigado a mentir.

– Ainda acho que vocês deveriam fazer uma busca na represa Shadow Sands. – Kate conseguia ouvir o tremor na própria voz.

– Alegando o quê? – disse Henry.

– Alegando que corpos foram despejados lá e disfarçados como acidentes; pode ser que tenha mais corpos no fundo – disse Kate.

– Não posso justificar o fechamento de uma hidrelétrica e o desvio de recursos de uma unidade marítima com base no palpite de uma... – Ele perdeu a voz.

– Com base no palpite de quem?

– No palpite de uma detetive amadora que, se posso ser franco com você, já teve suas confusões no passado.

– Agora você está sendo grosseiro – disse Tristan.

– Não. Estou sendo franco. Estou sendo direto – disse Henry. – E acho que você precisa disso, antes que faça papel de tonta.

Houve uma batida na porta da van da polícia, e o inspetor Merton subiu os degraus.

– Desculpa, chefe. A perícia quase acabou. Parece que o invasor entrou por uma porta dos fundos. Tem cacos de vidro, uma digital parcial de polegar e pegadas do lado de dentro... Você também tem, *er*, visita.

Kate e Tristan seguiram Henry para fora da van.

Um homem alto e magro que parecia estar na casa dos 50 anos estava conversando com um dos policiais de uniforme perto do cordão da polícia na porta dos fundos da casa. Ele usava um terno caro de risca de giz, um casaco preto comprido e sapatos pretos engraxados. Era muito pálido com o cabelo grisalho e a sombra azulada de uma barba por fazer no rosto.

– Sim, Lorde Baker, mas não posso deixar ninguém entrar antes do fim da perícia – dizia o policial.

– Claro, eu entendo – ele disse. – Ah, Henry – ele acrescentou ao vê-lo com Kate e Tristan.

– Thomas – disse Henry.

– Acabei de ficar sabendo pela imobiliária – disse Thomas, observando Kate e Tristan.

– Sim. Estamos tentando encaixar as peças. Parece um roubo – disse Henry. Kate estava confusa com a presença de Thomas Baker ali e devia estar olhando feio para ele, porque ele se voltou para ela e Tristan.

– Já nos conhecemos? – ele perguntou. – Sou Thomas Baker.

– Por que você está aqui? – ela disparou, ignorando a mão estendida. Os olhos dele se estreitaram.

– Você não poderia se apresentar? – ele retrucou.

– Kate Marshall. Esse é meu assistente, Tristan Harper.

– Assistente em quê? – ele perguntou com o tom imperioso.

– Sou detetive particular, e estamos investigando a morte de Simon Kendal na represa...

– Kate não tem qualquer relação comigo ou com a polícia – acrescentou Henry. Kate podia ver que eles tinham a atenção dos outros agentes uniformizados.

– Por que está aqui na cena do crime? – repetiu Kate. Thomas se ajeitou, incomodado. Ele a encarou por um longo momento. Parecia estar considerando sua resposta.

– A casa de Ted Clough é parte do terreno de Shadow Sands. Ele era meu inquilino – respondeu com frieza. – Como proprietário do terreno, tenho interesse em qualquer crime cometido na minha propriedade e no bem-estar dos meus inquilinos. Essa explicação é suficiente para você, srta. Marshall?

Kate sentiu suas bochechas corarem sob o olhar de todos ao redor. Havia algo na maneira como ele falava, e na forma como todos estavam reagindo, que a fazia pensar que estava sendo repreendida por um professor.

– Você não gosta de ser interrogado, não é? – ela disse, mantendo-se firme e se obrigando a olhar nos olhos dele. Thomas olhou para Henry, e seu rosto se abriu em um sorriso maldoso de viés.

– Não por uma detetive amadora e seu, como era, escudeiro? – ele disse, rindo baixo.

Henry e os outros policiais ao redor riram, constrangidos.

– Ted Clough estava prestes a dar depoimento e dizer que, quando era empregado na represa, recebeu ordens diretas de mentir sobre dois corpos encontrados na água...

Thomas parou de rir.

– Em 1989 e 1991, os corpos de duas mulheres foram encontrados com braços e pernas amarrados. Falaram para ele ocultar informações, e disseram para ele mentir sobre o local onde os corpos foram encontrados...

Thomas ergueu a mão e se aproximou de Kate, baixando a voz.

– Um dos meus inquilinos idosos foi atacado violentamente a poucos passos de nós e aqui está você, gritando a plenos pulmões, sobre assuntos sérios e, se forem verdade, bastante delicados. Gostaria que moderasse a maneira como fala. E sugiro que faça um depoimento formal para Henry, o inspetor-chefe aqui...

– Ela já me deu as informações – disse Henry.

– Que bom. Então posso deixar isso com você, Henry. Confio que vai investigar essas alegações de maneira enérgica e, claro, no que eu puder ajudar, vou cooperar em toda e qualquer instância – disse Thomas. Um homem da equipe forense apareceu pela porta dos fundos e disse a Thomas Baker que ele poderia entrar na casa. – Se me dão licença – ele disse, passando por baixo da faixa policial e desaparecendo dentro da casa. Henry foi atrás.

– Faça com que sejam escoltados para fora do terreno – ele ordenou ao inspetor Merton.

***

Kate e Tristan dirigiram de volta até a estrada principal, seguidos de perto pelo inspetor Merton no carro dele. Ele parou atrás deles no portão e observou até Kate sair para a rodovia.

Havia um silêncio horrível no carro.

– Está bravo comigo? – Kate perguntou finalmente.

– Não. Só estou confuso. Irritado pelo jeito como ele falou com você... eu deveria ter aberto a boca e falado alguma coisa – disse Tristan. – Cuzão metido a besta.

– Obrigada – disse Kate.

– Henry me fez questionar tudo até agora... Kirstie... Geraint... As outras vítimas – comentou Tristan.

– E Ted? Por que ele não nos contou que a casa dele ficava no bendito terreno de Shadow Sands e que ele alugava da família Baker?

– Nunca vamos saber. Ele morreu – respondeu Tristan.

– Um roubo faz sentido. Mas também é conveniente para caramba... E Magdalena? Acha *mesmo* que ela saiu da estrada e caiu numa galeria pluvial?

Tristan esfregou os olhos.

– Ela dirigia que nem uma louca, Kate... Eu via o jeito como ela fazia as curvas naquela *scooter*. Sempre tem histórias de carros saindo da estrada e indo parar em valas.

– Merda! – disse Kate, batendo a mão no volante. – Baseamos toda a nossa teoria no que Kirstie me falou.

– Você acha que Henry pode ter falsificado os relatórios da polícia? – perguntou Tristan.

Kate abanou a cabeça.

– Eu vi quando ele fez *login* na HOLMES, a base de dados central da polícia. Aqueles registros podem ter sido falsificados, mas é um risco enorme... E eu olhei. Tinha vários registros no arquivo, por vários policiais em datas diferentes, todos relatando incidentes de perseguição sobre Kirstie. Qualquer farsa envolveria um número enorme de policiais de patentes e locais variados.

– O que vamos fazer agora? – perguntou Tristan.

– Não sei – disse Kate.

Ela não sabia mais em que nem em quem acreditar.

CAPÍTULO 39

Magdalena tinha despertado das drogas, sentindo-se dolorida e machucada. Quando sentiu a viscosidade nojenta entre as pernas, algo havia estalado na sua cabeça.

Não. Não vou deixar isso acontecer comigo de novo, disse uma voz na cabeça dela.

– Ele não vai fazer isso com você de novo, está me ouvindo? – ela disse. – Você vai sobreviver.

Magdalena falou em italiano, e depois em inglês para garantir. Ela iria sobreviver. Tinha que derrotar aquele homem e sobreviver a essa situação.

Fazia dias que não comia nada, suas roupas estavam largas, e ela vivia tendo que erguer a calça jeans, mas tinha acesso à água potável. Isso a manteria viva e lúcida. Ela se lembrou de um documentário a que tinha assistido sobre os fuzileiros navais dos Estados Unidos. Um deles tinha sido entrevistado e tinha dito que o medo era seu companheiro constante nas missões. Ele dissera que o medo cria uma quantidade enorme de adrenalina e energia, que pode ser aproveitada e usada a seu favor. Também dissera que, sempre que estava em um ambiente perigoso, tinha que usar tudo que estivesse à mão, por menor e mais insignificante que fosse.

Magdalena se levantou da cama e começou a explorar a masmorra. Era hora de lutar, não de se acovardar na escuridão. Tateou pela extensão do corredor, das portas do elevador até o cômodo com a cama e a pia. A base da cama era um quadrado de concreto, o colchão era encaixado nele e feito de espuma fina com um lençol fino costurado. A pia era de porcelana pesada, e assim como a torneira estava parafusada com firmeza. Ela passou as mãos em cada centímetro de sua prisão, mapeando as paredes com os dedos. Tateou em busca de algum ladrilho solto, notando resíduos viscosos em certos lugares, mas todos os ladrilhos pareciam rebocados com firmeza. O piso era liso e frio. Parecia de concreto.

Quando chegou ao pequeno cômodo no corredor com o vaso, criou forças e tateou ao redor. O vaso sanitário era feito de porcelana pesada e não tinha assento. Ela tateou o cano atrás dele, que estava rebocado na parede com firmeza. *Eca, que gosmento.*

Um cano fino subia da bacia até uma cisterna obsoleta acima do vaso. A corrente comprida que ficaria presa ao mecanismo de descarga tinha sido removida.

Magdalena subiu na bacia do vaso com cuidado, equilibrando-se com um pé de cada lado, e ergueu os braços para a cisterna. Tinha uma tampa de porcelana que era pesada demais para levantar. Quando ela a deslizou para o lado, a tampa ultrapassou a beirada e caiu, tombando no piso de concreto com um estrondo ensurdecedor. Magdalena escorregou, e seu pé esquerdo mergulhou na bacia, seguido pelo direito.

– Ótimo. Que nojo – ela disse. Ela conseguiu se manter em pé e, apalpando as paredes, saiu da bacia, chacoalhando os pés molhados, grata por ter dado a descarga.

Voltando a subir na bacia do vaso, ela ergueu os braços e apalpou dentro da cisterna. A válvula de boia estava bem fixada, e ela não conseguiu apalmar mais nada que estivesse solto, nenhum outro mecanismo. A água era muito fria e suas mãos logo ficaram dormentes e não prestavam para nada. Ela desceu, se sentou na beira da bacia do vaso e secou as mãos na calça jeans, esfregando para esquentá-las um pouco. As dores de fome tinham voltado. Elas vinham em ondas e, dessa vez, seu estômago se contraiu e ela se curvou de dor. Rangeu os dentes e esperou até passarem, o que aconteceu depois de alguns minutos.

Seu pé descalço tocou na beira da tampa da cisterna, e ela conseguiu sentir que a porcelana grossa havia se despedaçado ao cair no chão. Ela se ajoelhou e apalpou as peças com cuidado. Para sua emoção, havia um pedaço de canto com uma ponta afiada e perfurante. Tinha um lado liso, que se encaixava perfeitamente na sua mão.

Era uma arma.

CAPÍTULO 40

– Aproveita para dormir um pouco – Kate disse para Tristan quando o deixou na casa dele. Ela conseguia ver as olheiras escuras embaixo de seus olhos.

– Você também. As coisas vão parecer melhores de manhã – disse, apoiando-se na porta aberta. Ele não parecia convencido. – Quer que eu leve café de manhãzinha? Ovo frito e bacon no pão?

– Sim, alguma coisa para me fazer levantar amanhã – disse Kate.

– Quer entrar para comer alguma coisa? – perguntou Tristan.

– Estou bem, obrigada.

Kate percebeu que ele estava preocupado com ela e se sentia agradecida por isso, mas tudo que queria era voltar para casa e ficar um tempo sozinha.

Sua casa estava gelada quando abriu a porta da frente. Ela entrou e acendeu um fogo enorme na lareira, fez um queijo quente com chá gelado e comeu na sala escura, olhando fundo para as chamas.

As coisas pareciam estar se desfazendo – o seu domínio sobre os fatos desse caso e sua confiança em si mesma. Ela queria conversar com Kirstie. Queria acreditar que Magdalena fora arrastada para o mar. Sabia também que deveria ir à reunião do AA mais tarde, mas ficou apenas sentada na frente do fogo; suas pernas e seu rosto estavam ficando quentes pelas chamas, mas ela não conseguia afastar o frio dentro de si.

Seu telefone tocou com uma mensagem de texto, e ela o tirou do bolso da calça jeans. Era Jake, perguntando se ela estava livre para conversar por Skype. Ela respondeu que estaria pronta em dez minutos. Rodeou a sala correndo, arrumando pratos velhos e papéis e acendendo as luzes. Foi até o banheiro, escovou o cabelo e jogou água fria no rosto, torcendo para que Jake fosse confirmar que viria para uma visita no feriado da semana seguinte.

Kate tinha acabado de se sentar em sua poltrona favorita perto da janela com o laptop quando ele ligou.

Quando atendeu a ligação, a tela de vídeo se abriu e Jake estava sentado no sofá perto da mãe de Kate, Glenda. Eles já tinham jantado, pois a mãe ainda estava usando o avental escrito I ♥ YORK CATHEDRAL na frente. Jake estava com uma camiseta preta e o cabelo estava na altura do ombro.

– Oi, mãe – disse Jake, erguendo uma mão.

– Oi, filho – respondeu Kate.

– Catherine, só estamos esperando seu pai. Vem, Michael. Estamos esperando você – ela disse, olhando para trás da câmera.

– Está tudo bem? – perguntou Kate. Sua mãe às vezes mostrava o rosto nas conversas por Skype com Jake, mas quase nunca participava da ligação a menos que houvesse algum assunto sério para tratar, e o pai de Kate só participava se fosse muito sério.

– Como está o tempo aí, Catherine? – disfarçou sua mãe.

– Frio. Como era de se imaginar – ela disse.

O pai de Kate, com uma juba grisalha e os óculos em uma corrente dourada em volta do pescoço, entrou devagar na tela e sentou o corpo pesado ao lado de Glenda. Estava usando uma blusa vermelha viva com uma estampa de losangos amarelos.

– Oi, Catherine, meu bem – ele disse, pegando os óculos da corrente e os colocando. Ele espiou a tela. – Você está bonita. – Ele sempre falava isso. Kate considerou que ela poderia ter levado um tiro na cara à queima-roupa que seu pai ainda comentaria que ela estava bonita.

– Sim, ainda estou nadando, todo dia – ela disse.

– Vi que está com a lareira acesa!

– Sim.

– Quando foi a última vez que mandou limpar a chaminé? – ele perguntou.

– Hm, ano passado, acho.

Ele estalou a língua.

– É melhor mandar limpar de novo, Catherine. Você não quer um incêndio na chaminé, seria péssimo.

– Michael, não estamos aqui para falar da lareira da Kate – disse Glenda. Jake olhou de canto de olho para Glenda e Michael. Glenda assentiu.

– Mãe, preciso conversar com você sobre essa semana, o feriado – disse Jake. *Lá vamos nós*, pensou Kate. *Ele vai furar comigo*. Ela deu um gole de chá gelado. – Queria ir amanhã, se não for muito em cima, e adoraria ficar por uns dois dias.

– Claro, tudo bem – disse Kate, pensando que havia interpretado mal a situação. Embora quisesse que ele ficasse a semana inteira. Ainda mais agora que tudo estava um caos, um pouco de normalidade faria bem a ela.

– Mãe. Tem uma coisa que quero fazer. Preciso fazer... – disse Jake, limpando a garganta. – Sabe que estou vendo um terapeuta, depois do que aconteceu no verão?

– Sim.

– Ele é ótimo, e está me ajudando com outras coisas.

– Que outras coisas? – perguntou Kate, um pouco mais cortante do que pretendia.

– Coisas a ver com... – Jake parecia muito pouco à vontade, e estava olhando para o chão. Seu cabelo caiu sobre o rosto.

– Jake, olha para a sua mãe enquanto fala, e não se esconda atrás do cabelo – disse Glenda.

– Vó! Estou tentando falar – ele disse, arrumando o cabelo atrás das orelhas.

Jake respirou fundo.

– Roland... é o nome do meu terapeuta. Ele me pediu para falar sobre meu pai nas minhas sessões... sei quem ele é, e sei o que ele fez, mas vou lá fazer uma visita.

– Fazer uma visita para quem? – perguntou Kate, confusa por um momento.

– Meu pai. Peter Conway – disse Jake.

Kate se esqueceu de respirar. O som das ondas na praia lá embaixo ribombou em seus ouvidos. Na tela, Jake continuou falando, mas ela não conseguia escutar, só conseguia ver a boca dele se mexendo.

Kate inspirou o ar de repente, e a voz de Jake voltou em alto e bom som.

– Pensei muito nisso, e tenho 16 anos. Posso legalmente fazer uma visita se eu quiser...

Os três rostos no sofá olharam para ela com expectativa.

– Ela não vai querer ver você – disse Kate, finalmente. Sua voz era baixa, e era difícil falar. Sua boca estava seca. Ela limpou a garganta. – Me falaram que ele não queria ver ninguém.

– Peter já aceitou ver Jake – disse Glenda, sorrindo sem jeito. – Entramos em contato com o hospital, onde ele está, *er... er...*

Kate sentiu um acesso súbito de raiva. Depois de tudo pelo que sua família havia passado, a mãe ainda passava panos quentes nas coisas.

– Hospedado? Mãe. É isso que você ia dizer? Ele está detido indefinidamente, em um hospital psiquiátrico de segurança máxima a mando do governo. Ele é um assassino em série.

– Kate, por favor. Estou tão descontente com isso quanto você, mas Jake tem o direito de ver o pai.

– Para de chamar aquele cara de pai! – gritou Kate, se levantando. – Ele não é nada. Não é ninguém! Não é nada mais do que uma parte acidental de...

– Mãe. MÃE! – exclamou Jake. Kate ainda estava fumegando; seu coração batia forte. – Mãe. Você precisa respeitar minha decisão. Preciso ir e falar com ele. Preciso. Você tem que entender isso. Não quero ser melhor amigo dele...

– Como assim, melhor amigo? Você mal vai chegar perto de ter uma relação civilizada com ele. Ele não quer nem saber – disse Kate. – Ele é um monstro, e digo isso como alguém que acredita na capacidade das pessoas de se recuperarem. Ele tentou me matar, Jake. Duas vezes. E na segunda você estava lá, e ele foi bem violento com você também. Ele queria que você assistisse!

– Eu sei, mãe.

– O que você quer? Não tem nenhuma lealdade por mim? – perguntou Kate.

– Espere, Catherine. Entendo como você deve estar se sentindo – disse Michael. – Mas chega de falar de lealdade. Jake mal virou adulto, e ele não sente nada além de amor por você, apesar dos seus problemas no passado... pelos quais não estamos te culpando.

– Peter Conway tem passe livre durante essa discussão, não tem? Mas meus problemas do passado ainda são jogados na minha cara?

Michael ergueu as mãos.

– Kate. Sabemos que está arrependida. Temos orgulho de como você está colocando... de como colocou sua vida nos eixos. O garoto só quer se sentar e conversar com Conway. Só por uma hora. Jake tem o direito de ter curiosidade sobre o pai biológico. Não tem nenhuma ilusão sobre quem Peter é, nem sobre o que ele fez.

– *Colocando* minha vida nos eixos? – repetiu Kate.

– Eu me expressei mal. Desculpa.

– Pai. Estou sóbria há dez anos. Tenho uma carreira respeitável. Nenhuma dívida. Mas sempre tenho que estar arrependida, não é? Nunca vou ser perdoada... Só me resta rastejar e pedir desculpas até o fim dos tempos. E aquele monstro do Peter Conway, que cometeu horrores incontáveis, pode impor as condições desse encontro com Jake. Por que vocês estão todos se curvando perante ele? Mas que merda de privilégio masculino!

Kate podia sentir que estava perdendo a cabeça. Queria jogar o computador pela janela na praia lá embaixo. Ela amava Jake, mas por que ele queria ver Peter Conway durante o tempo precioso que tinham juntos no feriado? Passara anos tentando compensar o fato de ter sido uma mãe ruim quando ele era pequeno, ao passo que Peter Conway, que não tinha feito nada além de causar tristeza e mágoa, estava sendo agraciado com uma visita.

– Mãe! Não precisa pedir desculpas, mãe. Nunca – disse Jake, inclinando-se para perto da câmera. Kate sentiu que estava começando a chorar. Ela secou uma lágrima. – Você é minha mãe e eu te amo. E sei que você me ama. Sei que Peter nunca vai ser um pai de verdade para mim.

Kate se sentou.

– É só que sinto sua falta, Jake. Tenho toda essa culpa por não ter sido presente. Fiquei longe de você por tanto tempo, e agora você está prestes a virar um adulto, e vai partir e ter sua própria vida... E é isso que você deve fazer, mas sinto como se nunca tivesse tido a chance de ser sua mãe.

Caiu um silêncio constrangedor. Eles estavam longe de ser uma família efusiva.

– Mãe. Só preciso me encontrar e conversar com ele – disse Jake, quase suplicante. – Faz anos que escuto as pessoas falarem sobre ele e cochicharem pelas minhas costas que meu pai é um assassino em série... Ele foi transformado em um vilão lendário, uma celebridade. Tenho que seguir a vida com esse peso nas costas. Não quero ter medo dele. Quero apenas conversar com ele, e torná-lo real. Ele é só uma pessoa.

Houve um longo silêncio. Kate ainda odiava a ideia de Jake visitar Peter, mas ficou impressionada pelo que ele tinha falado. Seu lábio inferior começou a tremer.

– Ah, Catherine – disse Glenda. – Todos te amamos. Saiba disso.

– Tenho que pegar um lenço – disse Kate, sentindo as lágrimas e o catarro em seu rosto. Ela correu e pegou um pedaço de guardanapo na cozinha, assou o nariz e tentou se recompor. Respirou fundo algumas vezes e ouviu Jake e seus pais conversando no computador.

– Certo. Voltei – ela disse, sentando-se de novo. – Então. Qual é seu plano para ver Peter?

Um olhar constrangido foi trocado entre Jake, Glenda e Michael.

– Mãe, queria ir para a sua casa amanhã, e a visita com Peter está marcada para segunda. É no Hospital Great Barwell, claro.

– Por que você vem até aqui se vai ter que dirigir esse caminho todo de volta? – perguntou Kate.

Houve outro silêncio constrangedor.

– Peter Conway só aceitou me ver, mãe, se você também for.

CAPÍTULO 41

O homem entrou no elevador. Era um elevador velho de serviço, cinza e funcional. Era operado por uma chave, que enfiou no buraco da fechadura na parede esquerda do elevador e girou para a direita. As portas se fecharam, cortando as luzes lá fora, e o elevador começou sua saída ruidosa.

Os óculos de visão noturna eram pequenos e compactos e se ativaram com um zumbido mecânico quando o homem os colocou. Ele viu o interior do elevador em preto e branco com um matiz verde.

Abrindo o pequeno revólver na mão, checou as balas abrigadas na câmara. Ele a girou e a colocou de volta no lugar. *Seis tiros*. Tinha que usá-los com sabedoria, e era fácil entrar em pânico se as coisas saíssem do controle. Precisava manter a calma.

Ele a mantivera por uma semana, e tinha se divertido com ela, se divertido muito, mas a garota estava enfraquecendo. Havia mantido algumas por mais tempo, e elas tinham ficado completamente malucas, se autoflagelando. Uma menina tinha morrido de repente, privando-o de qualquer tipo de clímax. Outra tinha sujado a cela toda com fezes. O que o repugnou. Era melhor que escolhesse a morte delas enquanto ainda estivessem sãs o bastante para ter medo.

Sua parte favorita era o começo, quando apenas as observava, seguindo-as na escuridão, deliciando-se com o medo delas. Gostava de deixar obstáculos para tropeçarem. Adorava a raiva delas por caírem, por perderem o controle. O momento em que começavam a perder as forças mentais, mas em que ainda tinham esperanças. Gostava de bater, cutucar e espetar as meninas na escuridão.

Havia sequestrado alguns homens no passado, mas não eram tão divertidos. Reagiam mais prontamente. Ele usava uma faca para os homens; cortar os tendões dos joelhos não era fatal, mas os impedia de se movimentar muito de um lado para o outro.

Quanto ao sexo, preferia com as mulheres, mas era igualmente excitante violar os homens.

Preferia usar uma arma curta para acabar com eles. Uma espingarda atravessava a carne e causava muito estrago. Havia atirado em um dos rapazes na cabeça, mas faziam uma sujeira terrível, os cérebros.

O elevador desceu devagar pelos dois andares até o calabouço subterrâneo. Tecnicamente, era apenas um andar, mas ficava a dois andares de profundidade, soterrado sob camadas de terra e completamente à prova de som do mundo exterior. Apesar da profundidade, ele havia deixado um gravador no andar principal para testar o som na primeira vez em que havia disparado uma arma no porão. O barulho tinha sido ensurdecedor, e ecoara pelo espaço confinado, mas o gravador não havia registrado mais do que um leve estalo lá em cima, que ele tinha certeza que não havia saído do edifício. O isolamento acústico era muito bom.

O elevador parou, trepidante. Ele virou a chave de volta à posição inicial, e as portas se abriram.

Não estava preparado para vê-la em frente às portas do elevador, banhada pela luz verde captada pelos óculos de visão noturna. Sob a sépia esverdeada, ela agora parecia magra e fraca. As bochechas estavam fundas e o cabelo comprido oleoso.

– Aí está você... – ela disse, olhando bem na cara dele. Ele vacilou por um momento, erguendo os óculos de visão noturna, ficando tão cego quanto ela por um momento. Será que havia alguma luz escapando de algum lugar; será que a jovem o estava vendo? Os óculos soltaram um zumbido eletrônico quando ele os ergueu. Estava completamente escuro. – Consigo ver você com os ouvidos – ela rosnou. Na escuridão, ele a ouviu dar um grito. Ele voltou a colocar os óculos de visão noturna, mas ela estava vindo para cima dele com alguma coisa na mão. Ela trombou nele, derrubando a arma, e ele sentiu algo cortar a carne de seu ombro.

A arma escorregou pelo chão, para longe do elevador. Eles caíram juntos dentro do elevador e se lançaram ao chão. Ela o apunhalou, aos berros, rasgando sua camisa; ele sentiu algo afiado cortar perigosamente perto do seu mamilo direito.

Caralho, como ela fez isso?, ele pensou. Ela o acertou de novo na lateral da cabeça.

Ele gritou, e ela o acertou de novo nas costelas até ele conseguir reagir, acertando um chute na barriga dela. Os óculos de visão noturna tinham sido derrubados para o lado da cabeça, e ele os ajeitou. Ele deu outro chute nela, que rolou para fora do elevador, gemendo.

Em pânico, ele enfiou a chave no elevador e girou para a direita. Ele a observou enquanto as portas do elevador se fechavam. Quando o elevador ganhou vida ruidosamente e voltou a subir, ele se recostou na parede. Estava tremendo e esbaforido. *Nossa.* Avaliou o estrago. A camisa estava rasgada na altura do ombro e duas vezes no peito, e ele estava sangrando. Como isso pôde acontecer? Ela estava semimorta de fome.

Ele podia sentir que estava chorando, o que só o enfurecia mais. Só começou a voltar a respirar normalmente quando chegou ao andar superior e as portas se abriram.

Ele saiu para a luz fraca e se sentou no chão, apertando os ferimentos. Era provável que seu ombro precisasse de pontos. Como é que explicaria isso?

– Merda! – ele gritou.

Então se deu conta.

Não, não, não. NÃO!

A arma. Ele tinha deixado a arma cair.

CAPÍTULO 42

Magdalena tateou a arma toda, girando-a entre as mãos. Era de verdade. Ela nunca tinha visto uma arma antes, e essa arma tinha um peso sólido. Não era de plástico. Ela tinha ouvido algo escorregar pelo chão quando o atacou, e tinha imaginado que fosse uma faca. Sentiu um calafrio ao pensar que ele havia descido com uma arma.

Ele desceu aqui com a trava de segurança ativada ou não?

A polícia na cidade dela andava armada, mas ela nunca tinha visto policial nenhum sacar uma arma. *Que vida protegida ela havia levado*, ela pensou. Quer dizer, até agora.

Magdalena passou os dedos pela lateral da arma, e encontrou o que pensou ser a trava de segurança e a virou.

Ela apontou a arma para o alto e para longe, e fez uma pequena pressão no gatilho. Não saiu do lugar, e ela sentiu uma resistência como se estivesse travado.

Ele desceu aqui sem a trava de segurança; queria atirar em mim.

Ela revirou isso em sua mente. Por que estava chocada? Ele a havia estuprado, duas vezes até onde ela sabia, e tinha estado ali, observando-a na escuridão. Algumas vezes em que ele havia chegado perto, ela o tinha ouvido fungar em cima dela.

Estremeceu. Ele estava cansado dela e iria matá-la. Será que faria isso rápido? Ela duvidava, e isso dependia de quantas balas ele havia carregado na arma.

Foram necessárias algumas tentativas, mas conseguiu abrir a câmara. Mantendo a arma inclinada para a frente, tateou dentro dela. Havia seis balas encaixadas dentro da câmara circular.

Sua mente estava a mil. Ele voltaria, e tentaria pegar a arma ou matá-la antes que ela pudesse usar a arma contra ele. Ela estava ficando louca por não conseguir enxergar nada.

Alguns meses antes, ela tinha assistido a uma peça na universidade sobre a vida nas trincheiras durante a Primeira Guerra Mundial. Os atores tinham usado uma arma de verdade, com balas de festim, mas, quando a arma foi disparada, o barulho tinha sido muito alto, e o clarão da arma de fogo no teatro escuro tinha feito a plateia gritar de susto.

Se disparasse a arma aqui embaixo na escuridão, poderia haver um clarão de luz, que mostraria o ambiente para ela.

Caralho, agora sim uma ideia, ela pensou. Seria tempo suficiente para ver o ambiente ao redor dela, no piscar de um disparo? *Tenho seis balas.* Era uma sensação tão bárbara ter certo poder, depois de horas e dias sem fim no escuro sentindo-se impotente. Ela quase não queria usar aquelas seis balas. Não conseguia vê-las, mas, na sua mente, eram de prata. Seis balas de prata. Seis chances prateadas de se proteger.

As paredes eram feitas de gesso, e a porta do elevador no fim do corredor era feita de aço pesado. Sua melhor opção era atirar a arma no corredor à esquerda na parede de gesso; a bala não ricochetearia na direção dela.

Com a mão trêmula, ela ergueu a arma, mirando à esquerda. Ela desativou a trava de segurança, abriu bem os olhos e apertou o gatilho.

BANG.

Foi terrivelmente alto, e o coice foi forte, mas ela se obrigou a manter os olhos abertos. No meio segundo de luz forte, ela viu o corredor iluminado. Ela tinha ficado tanto tempo na escuridão que a imagem ficou temporariamente gravada em suas retinas. Ficou piscando, tentando capturar o maior número possível de informações antes que a imagem se desfizesse. Era um corredor vazio. A porta do banheiro pequeno ficava à direita, e estava pintada de um tom horrível verde-ervilha. A parede à direita estava coberta pelo que parecia uma grande mancha de sangue. *Ai, Deus.* Ela estremeceu em pensar que havia passado os dedos e colocado o ouvido nela tantas vezes. Tinha havido outras vítimas, que haviam morrido aqui.

Não havia tempo para se assustar. Tinha visto outra coisa naquele meio segundo de clarão, no teto sobre as portas do elevador. Havia um alçapão no teto sobre o elevador.

Ela tinha cinco balas. Magdalena deu meia-volta, e disparou uma bala contra a parede de trás do cômodo com a cama e a pia.

BANG.

No lampejo da descarga, ela viu os contornos do quarto, e sentiu repulsa. Os ladrilhos eram claros e manchados de respingos de sangue, e o colchão estava sujo por manchas de enormes de sangue, brotando em formas nuançadas. O quarto, em sua mente, era branco. Ela sempre tinha imaginado a cama, na cabeça dela, como limpa. Será que isso fazia dela uma otimista? Ela sempre tinha pensado em si mesma como pessimista, uma menina do copo meio vazio. *Talvez ser confinada em uma masmorra por um estuprador ensandecido tenha ajudado você a ver o lado positivo das coisas*, ela pensou com ironia.

Não havia alçapão no teto nem porta escondida.

Ela tossiu ao inspirar a poeira dos ladrilhos estourados. Ela voltou a ativar a trava da arma, a guardou na cintura da calça jeans, e tateou o caminho de volta para o corredor na direção das portas do elevador.

Ele voltaria; ela não sabia quando, mas ele se daria conta de que ela estava com a arma. Torcia para que o tivesse cortado feio o bastante para que ele precisasse de pontos. Isso lhe daria tempo.

Ela encontrou o elevador no fim do corredor, e ergueu os braços. Não chegavam ao teto e, pelo clarão da arma, ela tinha visto que o teto no corredor era bem alto.

Como alcançaria o alçapão?

CAPÍTULO 43

Ele parou ao ouvir o estrondo alto do primeiro disparo ecoar pelo poço do elevador. Ele estava pronto, com a mão na chave, prestes a voltar a descer. Sua mão pairou sobre a chave. Ela já tinha encontrado a arma, e a tinha disparado. Será que tinha se matado? Não. Ela era combativa demais para estourar os próprios miolos.

Ele tirou a chave, saiu do elevador, e foi até a caixa de ferramentas que deixava perto da porta principal. Tirou um pedaço de corda, o frasco de pó de anjo e um pé de cabra. Testou a ponta curva e afiada do instrumento. Sorriu.

– Vagabunda do caralho. Você vai pagar por isso – ele disse.

Ele voltou para o elevador e inseriu a chave. Era melhor descer logo de uma vez. Ela ainda estava no escuro. Ele ainda conseguiria dominá-la se estivesse preparado. Acertaria a vagabunda na cabeça e daria para ela uma dose fatal de pó de anjo. Não, furaria a espinha dela. Para paralisá-la e lhe dar uma morte lenta e dolorosa. Ele baixou os olhos para a chave. Estava manchada de sangue.

– Merda, merda, merda – sussurrou, furioso. Sangue escorria pelo seu braço por sob a manga. Colocou o pé de cabra no bolso de trás da calça jeans e foi até a sacola e a revirou em busca de lenços.

Ele se atrapalhou para abrir um pacote de lenços e apertou os ferimentos. Rasgou a manga da camisa, conseguindo tirá-la onde ela o havia cortado, e usou a parte de baixo do material para estancar a ferida.

A parte da frente da camisa estava ensopada de sangue, e ele abriu os botões. Os dois cortes no seu peito eram menos fundos, mas ele teria que passar no médico.

Limpou as mãos trêmulas e ajustou os óculos de visão noturna acima da cabeça.

Bang!

Ele se assustou, de novo, com o som de outro tiro, e o pé de cabra caiu com um estrondo.

Quatro balas. O que ela estava fazendo? Será que estava tentando arrombar o elevador?

Uma imagem daquele filme *O chamado* se acendeu em sua mente, quando a menina esquelética medonha com o cabelo comprido, molhado e ensebado saía do poço, cotovelos e pernas retorcidos e angulados. Será que ela subiria pelo poço vazio do elevador?

– Sai dessa, caralho! – ele gritou consigo mesmo. Ele se agachou para pegar o pé de cabra, e mais sangue pingou no chão. A parte da frente da camisa agora estava saturada com duas manchas crescentes de sangue. Ele se sentia fraco.

Ele hesitou, depois tirou a chave do painel do elevador, saiu e inseriu a chave na fechadura da parede do lado de fora. Ele a girou, e as portas do elevador se trancaram.

Agora ela não tinha como sair, mesmo se subisse pelo poço. E, se entrasse no poço do elevador, mandaria o elevador descer às pressas e esmagaria o corpo sinistro e anguloso dela.

Ele olhou para as mãos manchadas de sangue. Ainda estavam tremendo.

– Parem! Parem! – ele disse para as mãos.

Precisava pensar no que fazer agora.

Precisava se acalmar. Precisava ver um médico. Ele a deixaria esperando, deixaria que ficasse mais fraca e voltaria com uma espingarda. Atiraria nela assim que saísse do elevador e dane-se a sujeira.

Só se sentiria seguro quando o cérebro dela estivesse espalhado pelas paredes.

CAPÍTULO 44

Kate e Jake chegaram ao Hospital Psiquiátrico Great Barwell às nove da manhã de segunda e se dirigiram ao portão principal. O hospital era uma vasta área de edifícios vitorianos de tijolos vermelhos, que pareciam pequenos comparados à grande extensão do terreno com jardins. Ficava perto de uma rua de casas residenciais. Um lado da rua era igual a qualquer outra rua de classe média, mas, do outro, a calçada era ladeada por uma cerca de seis metros de altura, encimada por arame farpado.

Por muitos anos, Peter Conway havia definido a vida de Kate. Tinha sido seu chefe na Polícia Metropolitana de Londres, e a havia acolhido sob suas asas, a promovido e estimulado sua carreira. Tinham sido amantes por um breve período – ela sabia na época que isso era um erro, mesmo quando achava que ele era apenas um policial – e então ela tinha feito a descoberta chocante de que ele era o Canibal de Nine Elms.

O maior triunfo de Kate, capturar Peter, também tinha sido seu maior fracasso. A história chegou aos tabloides. Policial novata dorme com o chefe, revela que esse chefe é um assassino em série e depois, em um desfecho sórdido, dá à luz o filho dele.

Ele era a pessoa que ela culpava por tudo: sua ruína, o fim de sua carreira na força policial, seu alcoolismo e sua relação atribulada com o filho. Ela nutria muita raiva, medo e ódio por ele, e essas emoções haviam transformado Peter Conway, também conhecido como o Canibal de Nine Elms, em uma criatura quase mítica. Um monstro escondido na escuridão para atormentá-la por toda a eternidade.

Na guarita, uma mulher de rosto severo estava sentada atrás de um conjunto de monitores de televisão, estudando imagens granuladas da estrada e da cerca do perímetro. Quando Kate abriu a boca, uma sirene ruidosa começou a tocar. A mulher, que tinha acabado de dar uma mordida em uma empanada, fez que não era nada com a mão enluvada.

– TESTE DE SIRENE! – ela gritou, engolindo o pedaço de empanada. – Podem me mostrar a identidade?

Kate e Jake pegaram seus passaportes e os passaram pela portinhola. A mulher apanhou os documentos e abriu, folheando-os com os dedos que Kate imaginava bem engordurados até encontrar as páginas de fotos deles. O passaporte de Jake expiraria em um mês e, na foto, ele era um menino magrelo e desengonçado de 11 anos, sorrindo para a câmera com uma janelinha no dente da frente. A mulher entreabriu um sorriso. A sirene se reduziu a um lamento baixo e parou.

– Você se tornou um rapaz bonito – ela disse.

– A sirene toca quando alguém foge? – perguntou Jake.

– Nós a testamos às nove da manhã de segunda – respondeu a mulher.

– Estamos aqui para ver Peter Conway – disse Kate. A ficha caiu, e a atitude da mulher mudou em relação a Jake, e ela voltou a ficar com a expressão severa enquanto imprimia seus crachás de visitantes.

– A última vez em que tocou foi quando seu pai fugiu. Ele também matou uma médica aqui – ela disse, passando os crachás pelo balcão. – Atravessem o portão principal, e alguém vai estar esperando por vocês.

Eles subiram a pé até a entrada em silêncio. O hospital abrigava alguns dos criminosos mais perigosos do Reino Unido, mas o terreno era bem cuidado, ordenado e pacífico. A única coisa que revelava sua natureza eram a cerca alta e as torres de vigia que a pontuavam em intervalos, onde guardas armados ficavam sentados em gáveas, vigilantes.

– A médica que ele matou. Ele cortou a garganta dela com uma faca improvisada, não foi? – perguntou Jake, quebrando o silêncio.

– Sim. O nome dela era Meredith. Tinha marido e um filho pequeno – disse Kate. Era melhor contar a verdade.

– Mãe, estou com um pouco de medo – disse Jake.

– Um pouco? – disse Kate. – Estaria preocupada se você não estivesse com medo... Ele vai estar atrás de um vidro grosso. Não pode encostar a mão em você.

Tudo isso parecia loucura. Como ver esse monstro ajudaria Jake a explorar seu passado? Continuaram caminhando em silêncio e chegaram à entrada principal.

Peter Conway tinha feito um acordo: Kate entraria primeiro e o visitaria por uma hora. Depois ele veria Jake. Kate tinha dirigido até a casa dos pais em Whitstable no dia anterior, onde haviam conversado e conversado sobre o passado e as implicações de Jake se encontrar com Peter. Glenda tinha dito algo que ficou na cabeça de Kate.

"Você precisa desmistificar Peter Conway, Catherine, para sua própria sanidade, e do Jake também. Ele é muitas coisas – um monstro, o pai de Jake, o motivo pelo qual nossa família veio abaixo – mas também é só uma pessoa. Ele teve todos nós na palma da mão por tempo demais."

Foi um processo demorado para que Kate e Jake passassem pela segurança: dois leitores de raios X, uma revista corporal e depois mais portas trancadas até chegarem a uma área de recepção, que era grande, arejada e pintada de branco.

Uma divisória de vidro cortava o meio do espaço, encontrando uma parede de vidro perpendicular. O vidro continuava através dela, marcando uma sala de visita. Em cada lado da divisória externa ficavam seguranças sentados diante de mesas com monitores. As telas tinham as imagens da sala de visitas e do corredor à frente dela. Kate e Jake foram recebidos por um homem que se apresentou como dr. Grove. Ele estava usando roupas informais e os deixou à vontade.

– A lei nos impede de gravar suas visitas. Vão precisar deixar todos os aparelhos celulares, computadores, tablets e laptops com os seguranças antes de entrar – ele disse.

Kate e Jake tiraram os celulares do bolso e os entregaram para o guarda diante da mesa.

– Se quiserem finalizar a visita, basta fazer sinal, e um dos guardas aqui vai abrir a porta. Jake, vou levar você para a lanchonete enquanto sua mãe se encontra com Peter.

– Boa sorte, mãe – disse Jake, e ele saiu com o médico. Um dos seguranças foi até a porta de vidro e digitou um número no teclado. A porta estalou e se abriu.

– Lembre-se de fazer sinal se precisar de mim – ele disse com um sorriso.

Kate atravessou a porta e a fechou atrás de si com um clique e um zumbido. Todo o ruído de fundo desapareceu. O guarda lá fora voltou à mesa, conversando com o colega. Sua boca estava se mexendo, mas não havia som. Kate deu as costas e olhou ao redor da sala. Era fortemente iluminada e pintada de verde-claro. Três das paredes não tinham janelas, e a quarta era uma divisória de vidro grosso que ia do chão até o teto e dava para uma sala idêntica. Uma mesa de plástico quadrada e uma cadeira estavam parafusadas no chão, o que era refletido do outro lado do vidro.

Houve um movimento do outro lado, e um homem andando de cabeça baixa estava sendo escoltado com as mãos atrás das costas. Ela levou um momento para constatar que era Peter Conway. Quando trabalharam juntos, tantos anos antes, ele era um homem atlético, de mais de 1,80 de altura, e até pouco tempo atrás, em uma rara imagem dele na cela, parecia um animal enjaulado. Seu corpo largo confinado no espaço reduzido.

O homem que se aproximava da divisória de vidro parecia quase um idoso. Estava magérrimo. Os ombros estavam curvados. Seu rosto e sua boca estavam encovados, e ele tinha rugas fundas no rosto. Preso em um rabo de cavalo, o cabelo grisalho estava rareando. Ele usava óculos grossos de leitura, calça jeans e um pulôver verde-claro. As mãos estavam algemadas atrás das costas, e os dois enfermeiros em volta dele estavam armados com cassetetes, *sprays* de pimenta e armas de eletrochoque no cinto. Ele não estava usando um capuz de malha. Kate tinha lido que Peter tinha que usar um o tempo todo nas áreas comuns. Havia mordido muitos enfermeiros e pacientes ao longo dos anos.

Kate não conseguia ouvir o que os guardas estavam dizendo já que o sistema de som estava mudo. Eles o sentaram diante dela. Peter não ergueu os olhos. Estava pedindo algo para os guardas. Foi então que ela viu que ele não tinha dentes. Apenas gengivas, e era isso o que o deixava tão velho.

De repente, o som se ativou e a voz dele surgiu pelo alto-falante implantado no vidro da divisória.

– Quero agora.

– Você vai colocar quando sairmos – disse um dos enfermeiros. Ele tirou as algemas de Peter. O outro estava ao lado, com a arma de eletrochoque na mão.

– Fique sentado até sairmos, Peter – disse o enfermeiro, guardando as algemas no bolso. Ele colocou uma caixinha de plástico na mesa e, então, os dois recuaram em direção à porta. Ela vibrou e se abriu, e eles saíram, fechando-a atrás deles. Quando a porta zumbiu e se travou, Peter levou a mão à caixa e a ergueu. Ele se virou para o lado e, quando voltou a olhar, estava mais parecido com o homem de quem ela se lembrava.

– Olá, Kate – ele disse, sorrindo com uma fileira de dentes falsos brancos e perfeitos. – Você ganhou peso.

CAPÍTULO 45

Kate e Peter ficaram em silêncio, olhando um para o outro através da divisória de vidro grosso.

Sua mãe tinha perguntado o que ela estava planejando vestir para a visita. Glenda parecia acreditar que ela deveria estar bonita para a ocasião, e Kate achou muito perversa a ideia de se arrumar para ver um homem que havia tentado matá-la. Duas vezes. No fim, Kate tinha decidido vestir o que vestiria para um dia normal de trabalho: uma calça jeans azul chique e uma blusa de lã verde. Não lhe escapou a ironia de que, hoje, ela e Peter estavam usando roupas parecidas.

Kate pensou que sentiria medo ao ver Peter, mas, agora, ela não sabia o que sentir.

– O que aconteceu com seus dentes? – ela perguntou, quebrando o silêncio. Ele sorriu. Era um sorriso medonho de Hollywood.

– Já ouviu a frase: *Vou arrebentar seus dentes*...

– Hum...

– O prisioneiro que fez a ameaça cumpriu a palavra. Quando acabou, só me restaram os molares intactos – ele disse. – Ele também quebrou meu nariz e meu osso zigomático esquerdo.

– Vai ter que me apontar quem é. Gostaria de apertar a mão dele – retrucou Kate.

– Não vai querer tocar na mão dele depois que souber onde ela esteve – disse Peter, ainda sorrindo. – É um pedófilo cruel e violento.

Kate não deixou que ele percebesse sua repulsa. Ficaram em silêncio por um minuto, recusando-se a quebrar o contato visual. De repente, ela suspirou e se recostou.

– E então. Sobre o que vamos conversar nos próximos... – Ela olhou o relógio. – Cinquenta e sete minutos?

– Você foi para algum lugar legal no feriado? – ele perguntou.

– Não. E você?

– Não, mas ouvi dizer que a solitária é muito gostosa nessa época do ano.

Esse era um vislumbre do homem que ela conhecera no passado. Por um momento, ele pareceu normal, fazendo uma piada besta. Reconhecendo o mal-estar entre eles. Ela queria sorrir mas se conteve. Era surreal. Depois de tudo que havia feito contra ela, ele quase a tinha feito rir. Isso a lembrou de como ele era perigoso.

– Por que você quer ver Jake? – perguntou Kate. – Você nunca se importou com o fato de ter um filho.

– Jake quis me ver. Isso irrita você, não?

– O que vai dizer a ele? – ela perguntou, com a voz dura. Peter ergueu a mão, dispensando a curiosidade de Kate. Ela viu como os dedos dele estavam curvados e deformados pela artrite.

– Vou ficar feliz em olhar para ele e ouvir sua voz.

– Ele não se parece com você – disse Kate, mais estridente do que queria.

– Que pena. Eu era bonito para caramba. *Não era?* – Kate ergueu uma sobrancelha. – Sim. Era, goste você ou não. Consegui te comer e, nossa, como estava molhadinha.

Kate se levantou.

– Você não passa de um velho safado miserável que tem que colocar os dentes num copinho antes de dormir. Tenho coisas melhores para fazer com meu tempo – ela disse. Ela bateu na porta de vidro, sentindo o rosto corar de vergonha.

– Kate, Kate... – Ele se levantou. – Me desculpa... volta. Vamos conversar de novo. Pelo Jake. É esse o acordo, não é? Você me vê, eu o vejo.

Havia desespero na voz dele, e Kate, embora todas as fibras de seu ser quisessem sair, sabia que Jake tinha que ver o pai. Ao menos para ver que não passava de um velho patético. Ela respirou fundo e voltou para a cadeira. Os dois se sentaram. Houve um longo silêncio. Peter tirou os óculos e os limpou no pulôver.

– Você disse que tinha coisas melhores para fazer do que me visitar – ele disse, voltando a colocar os óculos. – Como o quê?

– Tenho uma vida, Peter. Não é da sua conta – ela disse, mas não parecia convincente.

– Foi o terapeuta de Jake que sugeriu que ele me encontrasse. Ele está fazendo terapia porque *você* encontrou um cadáver quando estavam passando o verão juntos – disse Peter, chegando mais perto do vidro e apontando para enfatizar o *você*. – Jake também viu o corpo, não viu?

– Sim. Estávamos mergulhando numa represa.

– Como era o corpo?

– Era um rapaz, só alguns anos mais velho do que o Jake.

– Estava muito machucado?

– O corpo estava coberto por lacerações. A polícia pensou a princípio que ele tinha se afogado e sido atropelado por um dos barcos de manutenção que patrulham a represa.

– O que a polícia acha agora?

Kate hesitou.

– Acham que foi o amigo dele.

Peter se recostou.

– Hmm. Mas *você* pensa diferente, não?

– Não se encaixa como um crime passional.

– Eles eram namorados?

– Não. Estou falando passional no sentido de acesso de fúria, violência.

Kate então descreveu as circunstâncias da morte de Simon e a história de Kirstie Newett sobre o sequestro dela, e acabou contando o caso todo para ele, as outras pessoas desaparecidas e Magdalena. Kate conseguia sentir que estava descarregando o peso do caso em cima de Peter, e ele ouviu com atenção.

– "Simple Simon" viu alguma coisa na sua caminhada noturna perto da represa.

– Sim – disse Kate.

Peter fechou os olhos e declamou:

– Tem o versinho: *Simple Simon um padeiro encontrou, caminhando ao passar... Simple Simon ao padeiro perguntou: pode me dar um pão para provar.* – Ele abriu os olhos e a encarou. – Acha que Simon era enrustido? Gay?

– Não.

– Ele não estava caçando sexo à noite perto da represa? Não havia nenhum padeiro cujo pão ele queria provar, e então a barra pesou? – Kate olhou para ele, cética. – Não estou brincando. Você tem que dar um passo para trás e considerar essas hipóteses.

– Não. Simon viu alguém perto da água – disse Kate.

– Por que você não acha que foi Geraint?

– Geraint não tinha acesso a um barco; acho que Simon foi perseguido por alguém em um barco depois de ser apunhalado.

– Será que Geraint viu Simon ser perseguido por essa pessoa do barco?

– Ele poderia ter visto, mas teria dito alguma coisa. Estava em liberdade condicional quando tudo aconteceu. Ele não teria corrido para aproveitar a chance de botar a culpa em alguém?

– E o velho, o sem-teto? Que estava com o canivete de Simon? – perguntou Peter.

– Ele encontrou a faca na lama perto da água. Não acho que tenha visto alguma coisa... sei lá... – Kate esfregou os olhos, sentindo a confusão por tantas informações conflitantes.

– Cadê o sem-teto agora?

– Não sei.

– Simon não tinha inimigos até onde você sabe. Não era rico. O amigo dele não tinha razão nem motivação para matá-lo. Então, logicamente, Simon foi morto porque viu alguma coisa.

– Como pode ter tanta certeza? – perguntou Kate.

– Não tenho nada a perder. Posso olhar isso de maneira objetiva. Se você misturar uma família rica e influente, é um caso e tanto.

– E Magdalena?

– Já deve estar morta. Faz o quê? Oito dias que desapareceu? Você precisa se concentrar em encontrar o corpo. O cara vai precisar se livrar do cadáver. É nesse ponto que os dois fios do caso se cruzam.

Kate baixou os olhos, sentindo-se desolada. Desolada por sua vida pessoal, sua relação com o monstro diante dela, e desolada porque não teve a capacidade de resolver o caso e salvar Magdalena.

– Você era uma boa policial – disse Peter.

– É estranho da sua parte dizer isso.

– Você era.

– Você também, Peter – ela disse, erguendo os olhos para ele. – Pense em todo o bem que poderia ter feito.

Ele revirou os olhos.

– Você sempre foi idealista, Kate. Achava que um policial poderia *fazer o bem*. O mal já está à solta. Isso é coisa de quem acredita em Papai Noel. Tudo que um policial pode fazer é impedir que as pessoas façam coisas "más"... – Seus dedos tortos se ergueram para colocar "más" entre aspas.

– Por que se tornou policial? – ela perguntou. – É uma pergunta sincera, já que estamos falando sobre "bom" e "mau".

Ele estalou a língua na dentadura.

– Gosto de resolver enigmas. Não ligava para a natureza do que era visto como crime. Não sentia nenhuma grande adrenalina quando pegava os bandidos e os prendia. Só gostava de ser mais inteligente do que eles. Resolver o enigma.

– Um caso de assassinato como um enigma – disse Kate.

– Sim. Você se sente superior quando o decifra. E, claro, para mim, o contrário era incrível, sair impune.

– É por isso que você me odeia? Porque capturei você? Porque posso me sentir superior?

– Não odeio você, Kate. Você foi a única que resolveu o enigma e, por isso, tinha que morrer.

Kate sentiu um arrepio ao ouvi-lo falar com tanta naturalidade. Teve um *flashback* da noite chuvosa em seu apartamento, quando resolveu o enigma e descobriu que ele era o Canibal de Nine Elms. Ele sabia. Ele havia aparecido na casa dela e arrombado a porta.

Peter a tinha encurralado no quarto de seu apartamentinho, e estava em cima dela, enfiando uma faca no abdome dela... O rosto ensandecido, sangue escorrendo do corte na cabeça dele, lábios curvados para trás sobre dentes manchados de rosa.

Ela tinha continuado a lutar enquanto o sangue se acumulava em sua barriga. Ela o jogara para trás e o acertara com força na cabeça com uma luminária.

Ela saiu mancando até o celular para chamar a polícia, o tempo todo olhando para a faca cravada na barriga. A dor era insuportável, mas ela sabia que, se a tirasse, teria sangrado até a morte.

Quão perto ele havia chegado de esfaquear o embrião minúsculo que crescia dentro dela? Quão perto a faca tinha chegado de matar Jake?

Houve o som de um zumbido, e Kate ergueu os olhos. Seu encontro havia chegado ao fim. A cicatriz na barriga dela formigou.

– Parece um caso fascinante. Diria que torço para você capturar o homem, mas parte de mim torce para que não o capture. Vai me avisar quando encontrar o corpo de Magdalena? – perguntou Peter. O feitiço se desfez, e o velho Peter, o policial que ela havia conhecido, desapareceu.

Kate começou a responder, mas o som estava cortado entre eles. Ela queria dar uma última mensagem, mas ele não conseguia mais escutar. Kate ergueu os olhos e viu que Jake estava esperando a porta para entrar e ver o pai.

CAPÍTULO 46

Era uma longa viagem de volta do Hospital Great Barwell até Ashdean, e Jake ficou em silêncio no carro durante a primeira parte do percurso. Foi só quando estacionaram em uma lanchonete de estrada que Kate perguntou sobre o que ele tinha conversado com Peter. Eles pediram café e encontraram um canto com cadeiras vazias.

– Ele parecia muito nervoso – disse Jake. – Viu que, quando eu entrei, estava mexendo na boca?

– Os dentes dele são de mentira – disse Kate.

– Ah, achei que pareciam brancos demais mesmo.

Kate sorriu e pegou a mão de Jake.

– Ele te assustou?

– Não.

– Ele falou sobre alguma coisa horrível?

– Mãe, para – ele reclamou, envergonhado, puxando a mão. Tinha uma adolescente bonita do outro lado do café que ficava olhando para a mesa deles. Ele mexeu o café e olhou para a mesa.

– O que ele disse?

– Sei lá. A gente só conversou. Ele queria saber sobre meu iPhone.

– Seu iPhone?

– É. Ele disse que, quando foi preso, não tinha celular; só um telefone embutido no carro, e os celulares ainda eram uma novidade... – Kate se lembrou do tijolão com antena que ela usava em 1995. – Falei sobre iPhones, a App Store, e como uso para fazer as coisas. Voltei e perguntei para os caras da segurança na mesa da frente da sala se poderia pegar o iPhone para mostrar minhas fotos e tal para o Peter, mas não deixaram...

– Que mais?

– Ele perguntou de que músicas eu gostava, porque, como parte da conversa toda sobre iPhone, falei que baixava todas as minhas músicas no iTunes. Ele disse que eu tinha sorte, ele tinha que comprar discos, e que a mãe dele só tocava os que ela gostava. Ele tinha que pedir permissão para comprar um disco. Mesmo se tivesse dinheiro. Disse que algumas vezes ele chegou em casa com um vinil que ela não tinha ouvido, e ela só escutava por meio minuto e, se não gostasse, quebrava o disco no meio.

– Que cruel – disse Kate.

– Sim. Ele adorou a ideia da loja do iTunes. Quer me mandar um voucher de iTunes de Natal... Falei que perguntaria para você e para a vó se tudo bem. – Kate assentiu, tentando não demonstrar seu incômodo. – Ele adora David Bowie.

– Hein? – exclamou Kate.

– Peter. Ele adora David Bowie. É o cara daquele filme *Labirinto*, aquele a que a gente assistia quando eu vinha para ficar. O que tem olhos de cores diferentes, como eu.

– Ora, sei quem é David Bowie. E ele não tem olhos de cores diferentes. Um deles tem a pupila permanentemente dilatada, dando a impressão de que tem uma cor diferente.

– Ah – disse Jake. Ele parecia desapontado que seus olhos não eram iguais. Kate achou estranho que, depois de todos aqueles anos, ela não soubesse que Peter Conway gostava de David Bowie. Ela sabia tantos detalhes íntimos da infância dele e da relação perturbadora que havia tido com a mãe, Enid. Saber as músicas favoritas dele nunca tinha estado no topo da lista dela. – Peter me falou para ouvir um álbum, *The Rise of Ziggy Stardust*... Ou coisa parecida.

– *The Rise and Fall of Ziggy Stardust and the Spiders from Mars* – disse Kate. – Acho que tenho em casa.

Jake já estava com o iPhone na mão, digitando na tela.

– Pronto, já estou baixando – ele disse.

– Que rápido – disse Kate. Ela não sabia o que esperar da visita deles. Havia torcido em segredo para que Jake ficasse repugnado pelo monstro que era seu pai. Ela jamais adivinharia que Peter fosse recomendar coisas para Jake comprar no iTunes.

– Sobre o que conversaram? – perguntou Jake, sorvendo a espuma de *cappuccino* da colher e olhando para ela com curiosidade.

– Nossa visita foi mais difícil... Não falamos sobre música. Mas acabamos falando sobre nossos velhos tempos de polícia – disse Kate, perguntando-se se era errado que não tivessem falado mais sobre Jake... mas, enfim, ela não queria que Peter desenvolvesse uma relação com Jake.

– Sei o que ele fez com você, mãe... Sei como foi cruel com a gente.

– Ele pediu desculpas? Demonstrou remorso?

– Não. Não falamos sobre isso – disse Jake. – Mas não esqueci. Sei o que ele fez com você, e todas aquelas mulheres... Li que parece que Ted Bundy foi um bom pai. A namorada dele teve uma experiência completamente diferente dele. Ela viu um lado dele que ninguém mais viu. Talvez eu tenha tido sorte hoje, e pude encontrar a parte dele que ainda é boa.

Kate se surpreendeu com a maturidade e o discernimento dele.

– Quer se encontrar com ele de novo?

Jake deu de ombros e mexeu o *cappuccino.*

– Ele quer que eu vá de novo. Respondi que talvez seja melhor a gente se escrever primeiro?

– A decisão é sua, Jake. Você sabe que, até fazer 16 anos, ele não tinha permissão de entrar em contato com você, mas, se quiser se corresponder com ele, podem dar seu endereço, ou você pode criar uma caixa postal.

Jake fez que sim.

– E a mãe dele, Enid? É minha avó, não é?

– Ela vai ser liberada da prisão no ano que vem – disse Kate. Ela estava contente por estarem tendo uma conversa tão sensata e segurou o impulso de dizer: *Nunca chame aquela vadia pervertida de avó.* Enid Conway tinha uma relação perturbadora com Peter. Houve boatos de uma relação sexual entre eles. Ela também esteve envolvida no plano de ajudar Peter a fugir do hospital e por isso tinha sido sentenciada a três anos de prisão.

– Se Peter tivesse conseguido escapar e eles tivessem ido morar no exterior, estariam à solta no mundo... – Jake estremeceu. – Acho que prefiro quando ele está atrás de um vidro grosso, cercado por guardas.

Kate concordou e sorriu.

– Vamos falar com sua avó pelo Skype e contar como foi – disse Kate. – Você está bem?

Jake fez que sim. Ela pensou em apertar a mão dele de novo, mas lembrando da loira atraente do outro lado da lanchonete, abriu um sorriso.

Terminaram o café e depois retomaram o percurso para casa. Voltaram ouvindo *The Rise and Fall of Ziggy Stardust and the Spiders from Mars*, e Jake pegou no sono no banco de passageiro, roncando baixo.

Kate se lembrou da conversa com Peter, sobre a mentalidade de um assassino em série, e sua mente voltou à Magdalena.

Ela tinha um pressentimento estranho. Precisava conversar com Kirstie Newett de novo. Mesmo que ela tivesse ficado obcecada por Arron Ko, isso não queria dizer que a história dela não fosse verdadeira. Havia coisas demais que não se encaixavam para Kate.

Se havia alguém sequestrando mulheres, como ele fazia isso? Ela gostava de acreditar que as mulheres hoje em dia eram astutas. Por que alguém tão inteligente como Magdalena teria parado e entrado no carro de um estranho? Se ele estivesse vestido como um idoso, talvez ela estivesse mais inclinada a parar.

Kate ergueu os olhos e viu que chegariam em casa em poucas horas. Ela ajudaria Jake a se instalar, depois queria falar com Tristan.

CAPÍTULO 47

Os braços e as mãos de Magdalena estavam quase dormentes de exaustão enquanto raspava o chão de concreto ao redor do suporte do vaso sanitário. Parecia tão liso e sólido, e impossível de quebrar.

Ela estava usando cacos da tampa quebrada da cisterna para raspar o concreto e o gesso que fixava a privada ao chão. Se ela conseguisse arrancar o vaso sanitário e arrastá-lo para o corredor, poderia usá-lo para subir e alcançar o alçapão.

Magdalena não sabia quanto tempo havia se passado desde que tinha lutado com o homem e encontrado a arma. Estava se sentindo perigosamente fraca. Tinha água, mas fazia muito tempo que não comia. Suas cólicas no estômago vinham em ondas crescentes, fazendo-a se curvar de dor. Precisou de toda a sua força para reunir as reservas de energia e continuar raspando o piso ao redor do vaso. Ficou prestando atenção para tentar ouvir o elevador, com a arma junto dela, escondida na cintura da calça jeans com a trava acionada.

Ela queria dormir, mas tinha medo de pegar no sono caso ele voltasse na escuridão, a encontrasse e pegasse a arma. Quando começou a ouvir a voz de sua *nonna* Maria, soube que estava no limite da sanidade.

Vamos, você é uma menina forte, Magdalena. A menina mais forte que já conheci. Você precisa seguir em frente. Estamos todos esperando você aqui fora, acima da terra... E, quando estivermos todos reunidos, vou fazer seu nhoque favorito com cogumelos colhidos no jardim. Só me promete que não vai dormir, que vai continuar em frente.

A voz a embalou e a fez esquecer dos braços e das mãos dormentes. Magdalena sentiu que estava começando a adormecer, e encostou a cabeça na porcelana fria. O cheiro horrível a despertou outra vez.

Continua, continua. Falta tão pouco, minha querida, tão pouco.

CAPÍTULO 48

Depois de alguns dias de trabalho intenso no caso, Tristan achou estranho acordar no domingo e Kate estar fora da cidade. Ela tinha ligado para dizer que havia levado Jake para encontrar Peter Conway. Eles tinham conversado rapidamente e, como era de se entender, ela estava distraída.

Apesar de tudo que Henry Ko havia falado na cena do crime de Ted Clough, Tristan ainda se sentia incomodado. Não queria desistir de Magdalena. Passou o domingo e a segunda na internet, olhando o site de registro de imóveis, pesquisando edifícios na propriedade de Shadow Sands. Havia vários estabelecimentos comerciais, lojas e escritórios, e muitos inquilinos como Ted, que alugavam propriedades no terreno. Havia também três grandes mansões – Thomas e Silvia moravam em duas delas, e a terceira era a balada Hedley House abandonada. Tristan tinha saído para dançar na Hedley House algumas vezes na adolescência. Ele se lembrava de que o interior era como um enorme salão de festas, um espaço cavernoso com um bar, chapelaria, banheiros e pouca coisa além disso. Tentou encontrar plantas na internet, mas não teve muita sorte.

Estava começando a escurecer na tarde de segunda, e Tristan estava trabalhando na escrivaninha do quarto quando ouviu uma tábua do assoalho ranger no andar de baixo.

– Tem alguém aí? – ele perguntou. Não houve resposta. Ouviu outro rangido e então passos. Ele se levantou e apanhou a grande garrafa vazia de champanhe do seu aniversário de 18 anos que usava como peso de porta. Segurando-a como um bastão de beisebol, saiu para o patamar da escada. Deu uma olhada no banheiro e no quarto de Sarah, mas estavam vazios.

Houve outro rangido no andar de baixo e um sussurro. A imagem do corpo de Ted Clough surgiu em sua mente. Ele o viu caído ao pé da escada, o pescoço quebrado. Parecia uma morte tão violenta e tirara seu sono por várias noites.

Tristan segurou com força a garrafa de champanhe e desceu a escada em silêncio. A porta da sala estava entreaberta, e ele conseguiu ouvir outros rangidos e barulhos vindos lá de dentro.

Ele chutou a porta, entrando na sala com a garrafa de champanhe erguida.

– Credo! Tristan! – exclamou Sarah, levando a mão ao peito e derrubando o papel e a caneta que estava segurando. Ela estava agachada perto de uma caixa aberta de vinho perto da porta da cozinha.

– Jesus! Pensei que alguém estava invadindo – disse Tristan. O coração batia forte no peito, ele colocou a garrafa na mesa da sala de jantar e massageou o dedão do pé que tinha machucado na porta. – Você não me escutou?

– Não.

– Eu estava lá em cima e perguntei se tinha alguém, e você não respondeu.

– Se você estava falando comigo lá de cima, não daria para eu ouvir – ela disse.

– O que você está fazendo aqui, Sarah?

– Como assim, o que estou fazendo aqui? Eu moro aqui.

– Você disse que ficaria no Gary até o casamento. Poderia ter me avisado.

– Já vim aqui umas duas vezes para pegar roupa limpa. Achei que estaria no trabalho – ela disse.

– É semana de leitura na universidade... Feriado do meio do semestre.

– Ah.

Ela pegou o caderno do chão. Tristan viu que ela tinha escrito uma longa lista de números.

– O que é isso?

– O lugar do casamento me ligou. Decidiram que vão nos cobrar a rolha. *Uma libra* por garrafa, o que vai aumentar o valor disso tudo – ela disse, apontando para as caixas empilhadas.

– Que chato.

– Pode me ajudar a puxar essa pilha de caixas? Não me lembro se tem seis ou oito garrafas por caixa. Está escrito no lado virado para a parede.

Tristan foi até a pilha de caixas perto da porta da cozinha e as puxou com cuidado para longe da parede.

– Oito – disse Tristan.

– Oito vezes dezesseis dá 128; que inferno, são 180 libras de rolha só pelos brancos. – O custo desse casamento está saindo do controle. Donna-Louise engordou dois números desde o rodízio da churrascaria Brewers Fayre, e vou ter que bancar as provas extras. Argh! Estou cansada de falar desse maldito casamento! – Sarah baixou o caderno e secou os olhos. Apesar de tudo, Tristan ficou com pena dela.

– Quer uma cerveja? – ele ofereceu.

– Sim, obrigada.

Ele buscou duas cervejas geladas na cozinha e estendeu uma para ela. Sarah deu um longo gole.

– Obrigada. Isso é bom – ela disse, limpando a boca com o dorso da mão.

– Saúde. Nada como uma cerveja gelada – ele disse. Brindaram e beberam de novo.

Caiu um silêncio constrangedor. Tinha começado a chover, e Tristan conseguia ouvir a água bater nas calhas lá fora. Sarah colocou a cerveja na mesa.

– Tristan. Acho que a gente precisa lidar com o bode na sala – ela disse.

– Pensei que não queria falar sobre Donna-Louise e o vestido de madrinha dela?

Sarah soltou uma gargalhada. Seu rosto inteiro se iluminou, e ela pareceu completamente diferente. Feliz e despreocupada. Tristan ficou contente em vê-la rir. Era tão raro.

– Não tem graça – ela disse, rindo de novo, contra sua vontade. – Estou falando sobre você, sobre o que me contou. Sobre ser gay. Desculpa se reagi mal, mas vale para os dois lados. Você não pode esperar que a gente aja normalmente.

– Por que não?

– É muita coisa para absorver...

– Sim, você ficou sabendo de uma coisa. Sou eu que tenho que viver com isso.

Sarah suspirou e deu um gole da cerveja.

– A polícia ligou. Disseram que você foi e prestou depoimento. Contou que eu e Gary não sabíamos que tinha saído naquela noite. Obrigada.

– Sem problema. Por que Gary não veio com você hoje? Vocês vivem grudados.

Houve um silêncio constrangedor.

– Ele viria, mas nunca conheceu uma pessoa gay antes. Estava nervoso.

– Como assim, nunca conheceu uma pessoa gay antes?

– Ele não conheceu, Tris.

– *Eu* sou gay. Conheço Gary há um ano. Fui com vocês dois para a França para comprar toda essa bebida para o casamento, quatro vezes! Ele está dizendo que não me conhece?

– Claro que *conhece* você, Tris. Só não conhece você como gay.

– Sou eu, Sarah. Nada mudou!

– Eu sei, eu sei. Como eu disse, é tudo novo para nós... – disse Sarah. Houve mais um silêncio constrangedor. – E aquela mulher, Magdalena, ainda está desaparecida?

– A polícia acha que ela saiu da estrada dirigindo a *scooter*, caiu numa das valas da A1328 e foi arrastada para o mar, mas Kate e eu discordamos... – Ele não queria mencionar o corpo de Ted Clough. Só faria Sarah ficar preocupada e ter um ataque. Ele já conseguia ver que ela estava sugando os lábios com a menção de Kate. Tristan tomou o resto da cerveja. Estava ficando impossível conversar com Sarah sobre qualquer assunto da vida dele sem que fosse constrangedor. – Precisa de ajuda para transportar as caixas de bebida? – perguntou, mudando de assunto.

– Não. Obrigada. Um amigo de Gary, Sammo, se ofereceu para ajudar. Ele é motorista da Harry Stott, a empresa de entrega. Ele vai fazer por fora, como um favor. Abrir um espaço em um dos caminhões em um domingo e buscar quando passar por aqui.

– Que safadeza.

– Não posso bancar um furgão grande, e os caminhões da Harry Stott estão sempre passando por Ashdean e Exeter. Domingos são os dias mais movimentados – disse Sarah.

Tristan colocou a cerveja na mesa, a cabeça subitamente a mil.

– Os caminhões da Harry Stott vêm de onde para Exeter?

– Acho que usam a rodovia de Portsmouth e Bournemouth. Passam por Ashdean até Exeter. Sammo deve conseguir passar aqui sem dificuldade. A firma tem GPS nos caminhões.

– Então, eles usam a A1328 como rota principal para passar por Exeter? – perguntou Tristan.

– A1328?

– A estrada principal que sai de Ashdean passando pela represa Shadow Sands e pela boate Hedley House até Exeter? – perguntou Tristan, ficando impaciente com Sarah.

– Sim. Sammo diz que a Harry Stott tem um caminhão de distribuição passando por lá de hora em hora no domingo, então deve ter espaço para nossas caixas.

– Você pode me dar o número de Sammo?

– Ele tem uma esposa. Ele é casado.

– Não quero o número dele *nesse sentido* – retrucou Tristan, impaciente com a burrice dela. – Quero perguntar se ele passou pela represa Shadow Sands no domingo passado.

CAPÍTULO 49

Fazia pouco tempo que Kate e Jake estavam em casa quando houve uma batida na porta. Quando a abriu, Tristan estava lá fora.

– Kate. Desculpa aparecer de repente. Pode ser que eu tenha uma pista de alguém que viu Magdalena na A1328 antes de ser sequestrada – ele disse, sem fôlego. Ele deu uma espiada na sala pelo corredor. – Desculpa. Está ocupada?

Kate conseguia ver que Tristan estava muito empolgado.

– Não. Jake está no banho. Como? Quem?... Vamos dar uma saída – ela disse, pegando o casaco.

Eles saíram pela porta da frente e deram a volta pela casa até as dunas de areia no alto da falésia. Havia algumas espreguiçadeiras que protegeriam do vento, mas eles não se sentaram.

Tristan explicou rapidamente sobre as bebidas do casamento de Sarah e o amigo de Gary que trabalhava para a Harry Stott.

– Sarah me deu o número de Sammo, e conversei com ele. Ele não estava dirigindo a rota da A1328 no domingo passado quando Magdalena desapareceu, mas está dando uma perguntada por lá, acho que agora, para ver se algum dos outros motoristas viu alguma coisa... – Ele tirou o celular do bolso e olhou a tela. – Estou com a bateria cheia, então tomara que ligue logo. Também dei uma pesquisada em todos os edifícios e propriedades do terreno de Shadow Sands. Fiz uma lista. – Ele tirou um papel do bolso, e então seu telefone tocou.

– Quem é? – perguntou Kate.

– Número desconhecido – ele disse, mostrando a tela do celular.

– Coloca no viva-voz. E vamos nos sentar, não venta tanto... – Eles se sentaram nas espreguiçadeiras, e Kate puxou a dela para perto da de Tristan. – E não faça nenhuma pergunta sugestiva, se ele souber de alguma coisa.

Tristan assentiu e atendeu o telefone.

– Oi, Tristan? Meu nome é Dennis. Sammo disse que queria conversar comigo? – disse a voz. Ele parecia mais velho, com um leve sotaque de Devon. Tristan o agradeceu por ligar e explicou por que queria falar com ele, tomando cuidado para não sugerir nada.

– Estou aqui com Kate. Ela é minha chefe – acrescentou Tristan.

– Oi – disse Kate.

– Ah, oi. Sammo me falou sobre a mulher desaparecida. Eu vi uma jovem de cabelo escuro numa scooter amarela. Ela parou para ajudar um velho que estava estacionado à beira da estrada – ele disse.

– Consegue se lembrar de quando foi isso? – perguntou Tristan.

– Uma semana atrás, no domingo. Domingo, dia 14 – ele disse. – Não sei, acho que lá pelo fim de tarde.

Kate segurou a cabeça entre as mãos por um momento e depois ergueu os olhos chocados para Tristan. Ele apertou a mão dela.

– Onde exatamente você a viu? – perguntou Kate, tentando manter a voz calma.

– A alguns quilômetros de Ashdean, pouco antes da represa... Lembro porque o velho deixou o estepe rolar para a frente do meu caminhão. Quase atropelei o coitado.

Tristan apertou a mão de Kate com mais força.

– Você viu como era esse velho? – perguntou Kate.

– Ele estava vestido como a maioria dos velhos da região. Calça antiga, um paletó de tweed. Sabe, como se tivesse comprado um terno num brechó uns anos atrás. Usava boina, óculos. Tinha a barba grande e grisalha e o cabelo saindo debaixo da boina.

Quando terminaram a ligação com Dennis, Kate começou a andar de um lado para o outro da areia.

– É igual ao que Kirstie Newett me contou – ela disse. – Kirstie descreveu um velho de cabelo grisalho que a sequestrou, num carro velho de cor clara. Disse que os olhos dele tinham um azul esquisito, quase roxo, como se estivesse usando lentes de contato.

– Pode ser um disfarce – disse Tristan. – Só mudar a cor dos olhos não vai fazer muita diferença. Pode ser que ele esteja usando uma peruca ou deixe a barba crescer, depois raspe de novo.

Kate estava tremendo de euforia e espanto. Pensar que quase tinha sido dissuadida por Henry Ko. Tinha deixado que ele ridicularizasse toda a teoria dela.

– Quer dizer que Kirstie Newett estava falando a verdade: ela foi mesmo sequestrada. E Magdalena foi sequestrada. Ela não foi arrastada pela água na vala durante uma tempestade – disse Kate.

– O que vamos fazer agora? – perguntou Tristan.

Kate parou de andar de um lado para o outro.

– Faz oito dias que Magdalena desapareceu, e a polícia nem está com isso no radar. Ninguém está procurando por ela. – Ela olhou o relógio. Já havia passado das sete da noite. – Fiquei pensando na Hedley House. Ulrich Mazur e Sally-Ann Cobbs saíram da Hedley House e foram sequestrados no caminho de volta para Ashdean. Se a família Baker estiver envolvida nisso tudo de alguma forma, então faz sentido que essas pessoas possam ter sido mantidas em cativeiro em algum lugar na Hedley House e que Magdalena esteja lá. Não sei se há um porão, mas acho que devemos dar uma olhada.

– Quando? – perguntou Tristan.

– Hoje. Agora – disse Kate.

CAPÍTULO 50

Depois do que pareceram horas e horas riscando e raspando o chão, Magdalena sentiu o concreto na base do vaso sanitário rachar, e a privada começou a se soltar do chão.

Ela se levantou e esfregou as mãos para recuperar a sensação delas. Permitiu-se um descanso de poucos minutos e um gole d'água e então começou a balançar o vaso sanitário de um lado para o outro. Ele se afrouxou rapidamente e, com um estalo súbito, se soltou de onde estava preso no chão. O cano que ligava à cisterna no alto da parede se soltou facilmente. Seu coração vibrou de entusiasmo, e ela nem notou que a água tinha se derramado sobre sua calça jeans. Estava pingando de suor pelo esforço.

Magdalena arrastou o vaso sanitário do pequeno cômodo pelo corredor e houve um clangor baixo quando a porcelana encostou nas portas de metal do elevador.

Ela subiu nele e ficou radiante por poder tocar no teto e tatear o gesso áspero. Estava tombando um pouco para a esquerda e percebeu que tinha de se inclinar para o lado para alcançar o alçapão. Reposicionou o vaso e voltou a subir. Assim que passou as mãos no alçapão, conseguiu tatear que ele ficava nivelado ao suporte externo e ao teto. Havia uma pequena abertura onde uma chave ou moeda poderia ser inserida e girada para abrir o alçapão.

– Merda – ela sussurrou. Seus ombros se curvaram. Isso não acabaria nunca? Nada seria fácil? Voltou a descer para o chão, sentindo-se zonza pelo esforço.

Ladrilhos quebrados. Eles racharam quando disparei a segunda bala, ela pensou.

Voltou às pressas para o cômodo com a cama, tateando o caminho com as mãos, tocando as paredes e os batentes e tentando não pensar nas manchas de sangue que tinha visto nos breves momentos do disparo. Encontrou a cama e, sob os pés, estavam os cacos de ladrilho quebrado.

Agachando-se, passou as mãos com cuidado, examinando os cacos. Havia um pedaço longo e grosso de ladrilho com um canto plano que terminava em uma ponta afiada e fina que seria uma boa opção para acrescentar ao seu arsenal. Guardou-o na cintura da calça jeans junto com a arma. Em seguida, encontrou uma lasca plana de ladrilho que tinha a espessura e a largura de uma moeda. Voltou para o corredor às pressas, encontrou o vaso sanitário e subiu nele. Colocou o pedaço de ladrilho no mecanismo de abertura do alçapão. Encaixou-se perfeitamente. Ela conseguiu virá-lo para a direita, e teve que se abaixar para desviar do alçapão pesado quando se abriu.

Ela sentiu uma corrente de ar na mesma hora, mas seus olhos foram ofuscados pela luz. Sentiu o ardor quando suas pupilas se retraíram e teve que manter os olhos semicerrados por alguns minutos. Ficou parada, desfrutando da corrente de ar enquanto seus olhos se acostumavam a ver novamente. O corredor foi coberto por uma luz fraca e cinza – quase não dava para enxergar, mas, depois de dias de escuridão, era o suficiente.

Conseguiu ver que, perto das portas do elevador, havia um pequeno buraco de fechadura na parede. Suas mãos não devem tê-lo notado na escuridão. Ela desceu e foi até ali. Era um buraco pequeno e dourado. *Deve ser assim que ele abre as portas do elevador aqui embaixo.*

Todo tipo de pensamento maluco passou pela cabeça dela: por que ela não tinha pensado nisso antes? Por que não tinha procurado mais o buraco de fechadura? Será que ela poderia ter deixado que ele se aproximasse dela na escuridão e tentado procurar a chave no corpo dele? Não, era ridículo. Passou os dedos no buraco, desejando ter um grampo. Ela não sabia arrombar uma fechadura, mas poderia ao menos tentar.

Baixou os olhos para o corredor; agora que tinha luz, talvez houvesse alguma coisa, qualquer coisa, que tivesse sido esquecida... Ela ergueu os olhos para o alçapão.

Uma luz fraca vinha do alto, e ela conseguia ver que o alçapão dava para o poço do elevador. Havia outra porta do elevador cerca de dez metros acima dela. Seus braços ainda estavam fracos e trêmulos, e ela precisou de toda sua energia para se erguer e subir pelo alçapão.

Havia uma pequena plataforma ao lado do vão do elevador, e ela ficou deitada por um momento, ofegante, tentando recuperar o fôlego. Lá em cima estava o elevador, cabos soltos pendurados embaixo dele.

Ela se levantou e tentou encontrar um apoio nas paredes do vão do elevador, para subir, mas as paredes eram lisas. Não havia nada que ela pudesse usar para escalar.

– *Não, não, não* – ela disse, batendo o punho na lateral da parede. Voltou a se sentar de cócoras, sentindo a exaustão tomar conta dela outra vez.

Ele voltaria, e faria de tudo para matá-la.

Ela tinha que esperar por ele. Usar o alçapão para o surpreender, e matá-lo antes que ele a matasse.

CAPÍTULO 51

Kate pediu para Myra ficar com Jake, e ela e Tristan saíram no carro dela rumo à Hedley House.

Tiveram que fazer o retorno em direção a Ashdean para entrar na A1328. Uma névoa fina começou a vir da costa enquanto dirigiram rumo à represa Shadow Sands, e isso deixou Kate preocupada. A visibilidade já era fraca nessa estrada solitária sem postes de iluminação. Ela ligou os faróis altos. Não havia outros carros e, enquanto a estrada se afastava da falésia, um bosque de árvores surgiu em cada lado, e a neblina foi ficando mais densa.

– Não estou gostando disso – disse Tristan, segurando-se ao painel quando bolsões dispersos de névoa acertaram o para-brisa, obscurecendo a visão deles por alguns segundos. Kate diminuiu um pouco a velocidade, mas estava desesperada para chegarem à Hedley House. E se Magdalena estivesse lá esse tempo todo? Eles haviam passado por lá em várias ocasiões, e estava tão perto. Será que Kate estava perdendo o jeito? Será que estava embaixo do nariz deles esse tempo todo? – Kate, diminui a velocidade – disse Tristan quando chegaram a uma curva na estrada e os bolsões de névoa ficaram mais densos. O carro escorregou ao pegar a curva na quarta marcha, e eles entraram no acostamento, fazendo o carro sacudir e estremecer.

– Desculpa – ela disse, freando e diminuindo a velocidade do carro para a próxima curva. Entraram em um trecho livre, e a visibilidade estava melhor, mas mais à frente a névoa estava atravessando as árvores. Quando chegaram lá, o carro estava envolto por branco, e Kate conseguia ver apenas alguns palmos à frente. Os faróis se refletiam na névoa, fazendo parecer que havia uma parede branca na frente deles. Saíram do trecho enevoado para uma parte clara na estrada, mas, diante deles, havia um cervo. Kate não teve tempo de reagir e, por instinto, deu uma guinada para desviar do lindo animal. O carro saiu da estrada e subiu no acostamento, e eles desceram aos trancos por uma ribanceira íngreme, através de árvores densas por alguns metros até que colidiram com uma árvore.

Kate não soube por quanto tempo ficaram ali até que abriu os olhos e viu os *airbags* murchos. Tristan estava sentado ao lado dela, também zonzo.

– Você está bem? – ela perguntou, examinando-se. Seu rosto e pescoço estavam doloridos, mas ela não estava ferida.

– Sim – ele disse, examinando-se. Ele levou a mão ao rosto. – Pensei que *airbags* fossem uma coisa boa. Parece que levei um tapa na cara.

– Eu também – disse Kate. Ela tentou abrir a porta e viu que estava encostada no tronco de uma árvore. – Não consigo sair pelo meu lado. – Tristan conseguiu abrir a porta dele e saiu. Kate passou por cima da alavanca de câmbio e saiu.

O carro não parecia muito danificado. Eles tinham saído da pista e descido por uma encosta de dez metros, parando em um carvalho enorme com saliências nodosas no tronco. O para-choque dianteiro tinha salvado o carro. Estava preso a uma saliência na árvore e pendia com as duas rodas dianteiras suspensas no ar. A porta do motorista estava amassada, mas o resto do carro parecia em ordem.

– Acha que dá para voltar de ré? – perguntou Tristan. Kate seguiu o olhar dele encosta acima, depois voltou a olhar para os pneus dianteiros suspensos do chão.

– Vamos ver se a gente consegue empurrar o carro para trás da árvore – ela disse. Os dois se moveram à frente do carro e se apoiaram no para-choque.

– O freio de mão está solto? – perguntou Tristan.

– Sim – respondeu Kate enquanto empurravam. – Não adianta, está preso. Cadê meu celular? – ela acrescentou, apalpando os bolsos da jaqueta e da calça jeans. Ela entrou pelo lado do passageiro e pegou o celular no assoalho do motorista. Não havia sinal.

– Também estou sem sinal – disse Tristan, erguendo o celular. Eles subiram pela terra macia da encosta, segurando-se nos arbustos e árvores. Quando chegaram na pista, estava tranquila e sem carros.

O cervo não estava mais no lugar de onde eles tinham saído da estrada, e os bolsões de névoa estavam começando a dispersar.

Os dois foram para o meio da estrada para se afastar das árvores e tentar encontrar um sinal de celular. Nada.

Kate virou para o outro lado e avançou um pouco ao longo da estrada com o celular no ar. A rodovia fazia uma curva abrupta para a direita e, seguindo em frente, ficava o longo trecho reto da pista que passava pela represa e, no fim, contra o céu da noite clara, ficava a Hedley House, no alto de uma colina.

Uma luz brilhava em uma das janelas.

CAPÍTULO 52

Estava um silêncio perturbador enquanto Kate e Tristan caminhavam na direção da Hedley House. Quando viram a luz brilhando na janela, foram para lá, sem questionar ou hesitar.

O rio Fowey apareceu entre as árvores à esquerda e, por cerca de vinte metros, correu ruidosamente. Era um som alegre em meio à escuridão, à névoa e o nervosismo que Kate sentia.

Quando a represa surgiu em seu campo de visão, o rio ficou em silêncio de repente. Ele encontrava a comporta secundária e era tragado pela extensão negra de água parada.

Kate se lembrou de seu mergulho com Jake, quando haviam encontrado Simon Kendal flutuando nas profundezas perto da torre da igreja que estava coberta por crustáceos de água doce.

Kate parou e olhou para trás na direção da comporta secundária onde o rio encontrava a represa.

– O que foi? – perguntou Tristan, parando.

– Dylan Robertson falou para Ted e os outros funcionários da manutenção mentirem sobre os corpos que encontraram na água, dizerem que foram encontrados do outro lado da comporta secundária... Kirstie Newett estava à beira da morte e estava para ser jogada também quando acordou... Ted Clough estava prestes a dar um depoimento oficial e foi encontrado morto. E tudo volta para a família Baker. Por favor, Deus, não deixe que Magdalena já esteja lá, embaixo da água...

Kate conseguia ouvir sua voz embargar de emoção. Estava exausta, mas a adrenalina corria em suas veias.

– Vamos – disse Tristan, puxando-a para a frente. Kate assentiu, e apertaram o passo ainda mais na direção da Hedley House.

O estacionamento era grande e coberto de vegetação, cheio de ervas daninhas na altura da cintura e do ombro. Eles saíram da estrada e atravessaram as ervas daninhas, que farfalhavam ao roçar nos ombros de Kate.

Ela levou a mão ao *spray* de pimenta na bolsa, ficando de olho no edifício, que parecia se tornar mais imenso à medida que se aproximavam. Parecia longe da estrada quando passavam de carro, mas agora o prédio se assomava diante deles.

Um carro se aproximou na estrada. Eles voltaram para trás das ervas daninhas para ficarem escondidos. O carro diminuiu a velocidade, os faróis projetando as sombras compridas e disformes das ervas daninhas no edifício, e entrou no estacionamento.

Kate teve a impressão que estavam a céu aberto, mascarados por apenas alguns matos altos. Ela fez sinal para Tristan não sair do lugar. Poderia ser só alguém usando o estacionamento como uma parada para fazer xixi.

Duas pessoas saíram do carro. Um homem alto e um baixo. Quando os dois se moveram para o porta-malas do carro, Kate os identificou. Eram Thomas Baker, seu corpo alto e comprido e seu rosto longo e ossudo parecendo desgrenhados sob a luz fraca, e, com ele, estava Dylan Robertson, o motorista de Silvia Baker. Ele estava agachado usando um casaco de inverno grosso com a gola levantada. Eles abriram o porta-malas e tiraram duas pás grandes e uma pilha de lençóis. Thomas as carregou até a entrada da Hedley House, e Dylan tirou uma espingarda da traseira do carro, abriu-a para verificar se estava carregada e a fechou com um clique. Ele bateu a porta do carro e seguiu Thomas até a entrada principal.

Thomas estava mexendo em um cadeado, e ele abriu o que parecia uma porta de aço temporária. Eles desapareceram lá dentro.

– O que tem dentro da boate? – perguntou Kate.

– Como assim? É uma balada – disse Tristan.

– Não. Como é a planta lá dentro, você lembra?

– É basicamente uma pista de dança velha e enorme, que ocupa a maior parte do espaço. Tinha um bar numa ponta, com banheiros. Também tinha um escritório de gerente. Lembro que uma menina da escola dizia que foi levada para o escritório por um dos seguranças para transar. Acho que tinha uma cozinha na outra ponta, mas não tenho certeza – respondeu Tristan.

– Quando seguirmos os dois, vamos entrar em uma pista de dança enorme e eles vão conseguir nos ver? – perguntou Kate.

– Não, tinha uma chapelaria passando pelas portas com banheiros, e mais um conjunto de portas que levava para o salão e o bar... Como assim, quando seguirmos os dois? – perguntou Tristan.

– Vem – disse Kate. Ela confirmou que a latinha de *spray* de pimenta estava voltada para o lado certo em sua mão e, então, começou a se dirigir à entrada principal, atravessando as ervas daninhas na altura do ombro. O barulho de seus pés no cascalho e o farfalhar dos juncos que atravessavam pareciam muito altos na escuridão.

Kate diminuiu o passo quando chegaram perto da porta da frente, que tinha sido fechada, mas o cadeado estava destrancado. Eles pararam e tentaram ouvir. Kate não conseguia escutar nada. Então ela viu que havia outro veículo, estacionado na lateral do prédio nas sombras. Eles se aproximaram para olhar mais de perto. Era uma Land Rover manchada de lama. Kate se voltou para Tristan.

– O que vamos fazer? – ela perguntou. Dava para ver que ele estava com medo.

– Chegamos até aqui. Magdalena poder estar lá dentro. Não sei por que todos esses carros estão aqui. Pode haver algo terrível acontecendo com ela... Não podemos simplesmente ir embora. É melhor darmos uma olhada lá dentro e então chamar a polícia – ele sussurrou. Kate concordou.

Eles voltaram para a porta da frente. Kate estendeu a mão. A porta se abriu com facilidade, e eles entraram.

CAPÍTULO 53

A luz do poço do elevador deu uma nova energia para Magdalena, que agora conseguia enxergar sem ter que tropeçar na escuridão.

Ela se sentou e pensou no próximo passo. Eram duas opções. O elevador não funcionaria sem a chave, então ou ela precisava encontrar algo que conseguisse usar como chave, ou tinha que pegar a chave quando o homem voltasse.

Ela vasculhou o corredor, o banheiro e o cômodo com a cama e a pia, torcendo para conseguir encontrar um pedaço de metal ou mesmo um grampo que pudesse usar para improvisar como chave. Sob a luz fraca, enquanto vasculhava, tentou ignorar as manchas e os respingos de sangue que cobriam as paredes e as manchas que haviam saturado os pisos de concreto. Não havia nada. Teria sido um sonho se ela pudesse ter feito a própria chave e saído sozinha dessa prisão.

Magdalena ficaria bem feliz em apenas escapar e sair de fininho na calada da noite, chegar até sua casa, fazer as malas e voltar para a Itália. Ela se lembrava do suplício pelo qual Gabriela havia passado depois do estupro, os questionamentos infinitos a que foi sujeitada pela polícia e depois o processo judicial. Em um momento particularmente difícil, Gabriela confidenciou a Magdalena que se arrependia de ter denunciado seu agressor.

Na época, Magdalena tinha achado aquilo uma loucura – o homem tinha que pagar pelo que fez. Mas agora ela entendia. Magdalena queria viver e, se vivesse, não queria nunca mais falar dessa experiência.

Ela voltou ao elevador, parou ao lado do vaso sanitário na frente das portas e ergueu os olhos para o alçapão. Se conseguisse ficar à espreita lá em cima, por essa ele não estaria esperando. Não tinha mais muitas forças, mas, daquele ponto estratégico, poderia atirar assim que ele saísse do elevador. Miraria no topo da cabeça e estouraria seus miolos. Então pegaria a chave do elevador e fugiria.

O único problema era o vaso sanitário. Ela baixou os olhos para ele. Era grande e pesado e, se estivesse ali quando ele saísse do elevador, logo abaixo do alçapão, ele seria alertado da presença dela. Saberia que ela estava no alçapão.

Magdalena se sentou na beira do vaso. Era feito de porcelana e pesava muito. Tinha precisado de todos os seus esforços para arrastá-lo do banheiro até o corredor. Ela viu algo e se empertigou de emoção. A tampa tinha sido removida, mas havia dois buracos na porcelana onde a tampa ficaria encaixada.

Ela se levantou e correu até o cômodo com a cama. Não queria chamar o lugar de quarto – o que faria parecer que era um lugar em que estava hospedada – mas precisava olhar a cama. Sob a luz fraca do corredor, conseguia ver que o colchão estava em cima da base de concreto. Era fino e completamente imundo, com um lençol de elástico costurado na espuma.

Magdalena apanhou o pedaço afiado de ladrilho de porcelana e começou a rasgar o lençol em tiras compridas.

CAPÍTULO 54

Quando Kate e Tristan entraram na boate, estava uma penumbra e havia um fedor de mofo. Kate conseguia sentir que o carpete embaixo deles estava úmido. À esquerda estava um balcão longo de madeira, coberto de cocô de passarinho e poeira e, nas sombras atrás dele, ficavam fileiras e fileiras de cabides; alguns estavam quebrados e pendiam na parede. À direita ficavam os banheiros masculino e feminino. As portas dos dois tinham sido retiradas. Elas estavam na chapelaria.

Kate e Tristan entraram em silêncio nos banheiros feminino e masculino, respectivamente.

– Nada além de privadas velhas e fedidas e sujeira – sussurrou Tristan ao sair. Kate assentiu. Tinha visto o mesmo nos banheiros femininos. No fim da chapelaria havia três portas duplas com janelas redondas. Estavam fechadas, mas uma luz passava pelo vidro. Kate foi até a porta do meio e espiou. Uma lâmpada forte em uma luminária estava acesa, e ficava no meio da enorme pista de dança vazia. Era uma mistura de lixo, pássaros mortos e cocô de passarinho.

Kate conseguia ver que a luz não chegava aos cantos da pista. Ela abriu a porta, que rangeu baixo, e eles entraram de fininho no espaço enorme.

O lugar já tinha sido ornamentado e elegante no passado, e pedaços das sancas estavam intactos, mas havia buracos grandes no forro de gesso e no telhado, por onde dava para ver o céu da noite.

A pista de dança era feita de madeira, coberta por uma camada de sujeira e pó, e o chão estava úmido. Ao longo dos fundos ficavam as persianas escuras de um bar que tinha sido abandonado havia muito tempo.

Tristan apontou para a direita. No fim do longo salão ficava uma porta dupla, por onde entrava luz. Não conseguiam ver o que havia dentro do cômodo, mas ouviram o murmúrio de vozes. *Eram mais do que duas?*, pensou Kate. Era difícil saber. Ela olhou o salão ao redor; à esquerda deles ficava outra porta dupla, e dava para ver a plaquinha: PORÃO.

Kate estava consciente do fato de que Dylan tinha entrado no salão com uma espingarda. Thomas também tinha trazido duas pás grandes e pesadas. Também poderia haver mais gente nos escritórios armada ou disposta a brigar. Mas não fazia sentido que tantas pessoas estivessem envolvidas, fazia? Mas havia muita coisa em jogo no acobertamento dos desaparecimentos de Magdalena e dos demais.

Kate apontou para a porta. Tristan estava muito pálido, mas concordou com a cabeça. Eles atravessaram o salão às pressas e entraram pelo batente para um pequeno corredor sujo. À direita, o corredor dava para uma cozinha enorme, vazia e cavernosa. Quadrados engordurados nas paredes mostravam de onde os equipamentos de cozinha tinham sido retirados. No centro do piso ficavam os restos de várias fogueiras. Eles voltaram a sair e passaram às pressas pelo longo corredor na outra direção e, no fim, ficavam as portas de metal de um grande elevador. Kate não achava que aconteceria alguma coisa quando apertasse o botão ao lado, mas a janelinha na porta do elevador se acendeu lá dentro.

As sobrancelhas de Tristan se ergueram de espanto. Kate puxou a alavanca, e a porta se abriu sem problemas.

– Espera, o que estamos fazendo? – perguntou Tristan, com a voz baixa.

– Magdalena pode estar lá embaixo – disse Kate. – Vimos Dylan e Thomas entrarem, então devem estar em outra parte do edifício. Precisamos descer e ajudá-la. Estou com essa lata de *spray* de pimenta. Se eu ativar e pressionar, vai soltar um arco enorme.

Tristan olhou para a latinha na mão dela.

– Seria bom termos uma arma – ele disse.

– Não temos.

– Certo, vamos descer – disse Kate. Eles entraram no elevador. Havia apenas um botão e, embaixo dele: porão.

Kate o apertou. Houve um solavanco e um clangor alto enquanto o elevador ganhava vida. O corredor através da janela pequena na porta subiu e saiu do campo de visão enquanto o elevador começava a descer devagar. Era muito ruidoso, com o zumbido de alavancas e o zunido do motor.

Um minuto depois, o elevador parou com um solavanco.

– Não consigo ver nada do outro lado – disse Tristan, espiando pela janela na porta do elevador.

A porta rangeu quando eles a abriram, e Kate e Tristan saíram para a escuridão.

Eles ativaram as lanternas dos celulares.

Era um espaço vazio enorme com um piso de concreto e paredes pretas onde a água pingava em poças. Kate apontou a luz pelo espaço, e Tristan fez o mesmo. Estava completamente vazio exceto por uma pilha de tijolos velhos e cimento em um canto escuro. Feixes de luz vinham de uma janela pequena no teto à direita e, quando Kate se aproximou, conseguiu ver que era um poço de ventilação que dava para o estacionamento acima deles.

Kate olhou para Tristan. Ela tinha certeza de que Magdalena estava sendo mantida no porão da Hedley House. Eles vasculharam o espaço mais uma vez por via das dúvidas e voltaram para o elevador.

– O que vamos fazer? – perguntou Tristan.

– Precisamos sair daqui sem sermos vistos – disse Kate. Ela estendeu o braço para apertar o botão, mas, antes que fizesse isso, as portas se fecharam. O elevador ganhou vida e voltou a subir.

Kate recuou a mão.

– Não toquei no botão, e o elevador está levando a gente de volta para cima – disse Kate, ouvindo o medo na própria voz. Ela respirou fundo e encontrou o *spray* de pimenta no bolso. – Fica atrás de mim. Vou gritar se apertar o *spray* e aí feche os olhos e cubra o nariz.

Tristan se moveu com as costas na parede e parecia apavorado. O elevador parecia se mover tão devagar, mas não havia nada que pudessem fazer além de esperar. Não havia nenhum outro botão na parede, nem mesmo uma parada de emergência.

O elevador parou, trepidante, e a porta se abriu.

Esperando o elevador estavam Thomas Baker, Dana Baker, Stephen Baker e Silvia Baker. Perto de Silvia estava Dylan Robertson, com a espingarda apontada para Kate e Tristan. À direita dele estava Henry Ko com o pai, Arron Ko. Foi um choque ver todos juntos, e aquela era a primeira vez que Kate via Arron Ko. Ele parecia basicamente o mesmo da foto de jornal, mas ali estava vestido de maneira casual com um jeans velho e casaco de lã. Kate ficou aliviada ao ver Henry Ko, embora houvesse algo alegre e desenfreado na forma como todos olhavam dentro do elevador. Como se estivessem à espera de um roedor e, agora que o tinham encurralado, fossem desentocá-lo.

– Saiam da porra do elevador – disse Dylan, olhando para eles detrás do cano da arma.

CAPÍTULO 55

Kate estremeceu e ergueu uma mão para se proteger do brilho da lanterna.

– Vocês não escutaram? – gritou Silvia Baker com a voz aguda, apontando a lanterna para o elevador de serviço. – Vamos lá. Saiam! Estão invadindo uma propriedade privada!

Silvia estava vestida como uma rainha em dia de folga: galochas Wellington confortáveis, saia plissada, jaqueta acolchoada da Barbour e um lenço na cabeça.

– Espera, espera, não são crianças invadindo propriedade de novo – disse Thomas.

– Parecem um pouco velhos para serem crianças que invadiram para acender outra fogueira – disse Stephen. Ele também estava usando roupas casuais e vestia uma lã grossa. – Ei, conheço vocês – ele disse, como se fossem velhos amigos se encontrando em um clube de cavalheiros. – Eles passaram para me ver na loja.

Kate e Tristan saíram do elevador.

– Pode baixar a arma – ela disse para Dylan, que estava olhando feio para eles e se ajeitando sobre os calcanhares. Ela foi encorajada pela presença de Henry e Arron Ko. Ela olhou para Henry, mas ele parecia nervoso. – Inspetor-chefe Ko – ela chamou. – Talvez possa pedir para ele baixar a espingarda?

Henry não parecia contente, e foi Arron quem avançou e colocou a mão na arma.

– Vamos, Dylan, já chega – ele disse, e baixou o cano da espingarda até Dylan relaxar.

– Estou no meu direito legal de atirar em invasores – rosnou Dylan.

– Não quer dizer que precise atirar, Dylan – disse Arron.

– Mas vocês estão invadindo – disse Henry. Houve outro silêncio enquanto olhavam com expectativa para Kate e Tristan. – O que estão fazendo aqui?

– Conversamos com um caminhoneiro – disse Tristan, erguendo a voz. – Ele viu Magdalena Rossi com um velho à beira da estrada no dia em que ela desapareceu. A descrição que ele fez do velho corresponde à descrição dada por Kirstie Newett, o que significa que a história dela sobre ser sequestrada pode ser verdadeira.

Houve um momento de silêncio. Kate observou o rosto dos Baker e dos Ko. Todos pareciam desconcertados. Dylan parecia irritado, como se tivessem lhe negado a oportunidade de disparar sua arma.

– Henry. Quem são eles? Quem são vocês? – perguntou Silvia, sem querer esperar a resposta dele. Ela não os tinha reconhecido.

– Sou Kate Marshall. Sou professora na Universidade de Ashdean, e este é meu assistente de pesquisa, Tristan Harper – disse Kate. Silvia pareceu se animar um pouco com a informação de que eles eram acadêmicos.

– Mas por que estão aqui? Tem alguma coisa a ver com a universidade?

Você é burra ou está se fazendo de tonta?, pensou Kate.

– Não. Achamos que Magdalena Rossi estivesse sendo mantida em cativeiro aqui no porão. Esse prédio está abandonado e afastado e tem um porão – disse Kate. Agora, enquanto olhavam para toda a família Baker, parecia bobagem.

– É disso que vocês estavam falando quando passaram na loja? – perguntou Stephen.

– Sim. Eles vieram e falaram comigo também, me interrogaram no trabalho sobre essa jovem desaparecida – disse Dana, falando pela primeira vez. Ela estava atrás da tia. Usava um sobretudo azul e saltos altos vermelhos.

– Por que vocês estão todos aqui a essa hora da noite? – perguntou Kate.

– Não temos obrigação de nos explicar para invasores – disse Thomas. Ele olhou para Kate e Tristan como se fossem duas crianças levadas. – Estamos planejando transformar a Hedley House em apartamentos residenciais. Somos todos acionistas nesse projeto novo, tirando Henry aqui, mas, er, Arron é.

Arron Ko concordou com a cabeça.

– Não estou muito bem de saúde... Nada bem, na verdade; Henry é meu herdeiro – ele disse, dando um passo à frente. Kate notou que ele estava mancando bastante e caminhando com uma bengala.

– Arron, não, por favor. Não precisa dizer nada para eles... – disse Silvia, perdendo a voz. Ela parecia angustiada com o que ele estava dizendo. – Quem é essa tal de Magdalena? – perguntou Silvia. – Thomas?

– Sim, Thomas. Ainda não entendi como você chegou tão rapidamente no outro dia quando encontramos o corpo de Ted Clough – disse Kate. Ela sabia que estava fazendo uma suposição e uma acusação, mas não tinha nada a perder.

Thomas abriu a boca para reclamar, mas Henry interveio, colocando a mão no braço de Thomas.

– Já falei com a sra. Marshall e o sr. Harper sobre esse assunto – ele disse. – Falei que precisam desistir dessa teoria ridícula de que a família Baker e meu pai têm algo a ver com o desaparecimento de Magdalena Rossi.

Arron Ko pareceu sinceramente surpreso com a acusação.

– Como? Olha só para mim; estou longe de estar em condições de sequestrar alguém – ele disse, erguendo a bengala.

– Como você explica o que aconteceu com Kirstie Newett? – perguntou Kate.

Arron Ko fechou os olhos e se apoiou na bengala. Pelo rosto do restante da família, Kate pôde ver que todos sabiam sobre Kirstie.

– Que inferno. Aquela jovem não vai nos deixar em paz! – exclamou Arron. – É verdade, encontrei Kirstie à beira da estrada certa noite quando estava voltando do trabalho. Levei a menina para o hospital. Sabia quem ela era quando dei carona. Ela tinha sido trazida à delegacia alguma vezes por prostituição. Também tinha um problema com drogas e, por um tempo, andou com um grupo bem barra-pesada de traficantes.

– Você não acreditou nela quando contou que tinha sido sequestrada? – perguntou Tristan.

– Acreditei que alguém poderia tê-la sequestrado, sim – ele disse. – Mas vocês têm que entender que Kirstie já havia mentido para a polícia. Meu primeiro pensamento foi que ela precisava de ajuda. Estava em péssimo estado, espancada e encharcada. Eu a levei para o hospital e a transferi para os cuidados de um psiquiatra.

– Porque você é um acionista na corporação? – perguntou Tristan. – Não é um conflito de interesses?

– Arron, não responda! – cortou Silvia. – A impertinência desse rapaz. Isso é ridículo. Não temos que nos justificar para nenhum vagabundo que invade nossa propriedade. *Nós* é que deveríamos estar fazendo as perguntas aqui! – Arron estendeu o braço e tocou no ombro dela, acariciando o braço da mulher.

– Tudo bem – ele disse. – Silvia e eu temos uma história de muitos anos. Nós nos conhecemos desde a juventude, e ela fez a gentileza de me oferecer a oportunidade de investir na empresa, mesmo que de forma modesta – ele disse.

– Arron, chega – disse Silvia, seu rosto se suavizando um pouco.

– Ainda não acho certo, Thomas, que um oficial superior da polícia como Arron, e agora Henry, esteja envolvido de maneira tão íntima com a empresa da sua família – disse Kate.

– Como civil, Arron tem o direito de fazer negócios e ser um acionista – disse Thomas. – Mas lembre-se de que o terreno de Shadow Sands é muito grande, com uma comunidade de inquilinos, e a usina hidrelétrica é um projeto enorme de infraestrutura, da qual o governo é coproprietário. Eu ficaria preocupado se a polícia *não* estivesse envolvida em proteger a comunidade e a represa...

Kate conseguiu ver que uma veia estava saltando no pescoço dele. Ele não gostava de ser questionado.

– Soube que, quando você se aposentou, Arron, fez com que a inspetora-chefe Varia Campbell fosse promovida, sem que ela pedisse uma promoção, e Henry foi trazido para assumir o lugar dela como inspetor-chefe no burgo de Devon e Cornualha.

– Ah, como você é mesquinha – disse Silvia. – Sou muito amiga do reitor de Ashdean; vou trocar uma palavrinha com ele na próxima vez em que o vir.

– Temos uma testemunha, um caminhoneiro, que viu Magdalena no domingo, 14 de outubro, o dia em que ela desapareceu, conversando com um homem à beira da estrada – disse Kate, ignorando-a. – Ele diz que Magdalena estava ajudando um velho a trocar o pneu. Isso foi perto do lugar onde a *scooter* amarela dela foi recuperada na vala.

– Pedimos para o caminhoneiro ligar para a linha de assistência de vocês e comunicar isso oficialmente – disse Tristan.

– Sim. E acho que essa testemunha ocular deveria no mínimo justificar uma busca em algumas das propriedades maiores do terreno de Shadow Sands e uma busca na represa – disse Kate. – E eu vou gritar bem alto se isso não for feito.

Um olhar foi trocado entre Henry e Arron Ko.

– Você tem muita audácia, jovem! – exclamou Silvia. – Não tem o direito de ditar termos para a polícia.

– Já fui policial – disse Kate. – E sempre há buscas em qualquer corpo de água perto de onde uma pessoa desapareceu. E Kirstie Newett pode ser culpada de muitas coisas, mas a descrição que ela fez do homem que a sequestrou bate com a descrição que o caminhoneiro deu do homem que Magdalena parou para ajudar à beira da estrada. Também vou pedir para que Kirstie Newett faça um depoimento oficial, algo que você negou a ela. Por isso, vou dizer mais uma vez, é preciso fazer uma busca na represa, bem como em todos os estabelecimentos vazios e desabitados, e sabemos que muitos ficam no terreno de Shadow Sands.

Kate inspirou fundo.

– Você terá muito trabalho, Thomas – disse Stephen. – Ele é o cara para você. O lorde da mansão, e todos os estabelecimentos comerciais estão no nome dele. – Havia um traço de alguma coisa na voz de Stephen... seria triunfo ou inveja? Kate tinha a forte impressão de que havia um conflito entre os irmãos. Stephen continuou: – Agora, por mais que eu adore ficar aqui no frio, falando bobagem, tenho que voltar para os meus filhos em casa. Jassy está me esperando.

– Você vai cumprir seu trabalho como policial e fazer uma busca na represa e nos estabelecimentos ao redor? – Kate perguntou a Henry, sentindo-se uma maníaca mas sabendo no fundo que tinha que continuar insistindo nesse ponto, por mais estranho que fosse o público.

– Sim, Henry, é melhor realizar uma busca no terreno – disse Arron, apoiando-se na bengala. Ele parecia exausto. Silvia voltou a cabeça e trocou um olhar com Arron.

– A represa é complicada. É um projeto de infraestrutura que é em parte estatal; as regras são diferentes – disse Thomas.

– Sim, não podemos nem terraplanar o terreno do centro de visitantes no lado perto da usina – disse Dana, falando pela segunda vez.

– Bom. Vocês podem ficar à vontade para voltar e xeretar minha loja – disse Stephen, agora irritado e ansioso para ir embora. – Sou dono só da minha loja, nada mais. Não tenho nada a ver com o maldito terreno e esse circo todo. Agora, preciso mesmo ir.

– Sim. Isso já durou tempo demais – rosnou Dylan, que ainda estava abraçado à espingarda. – Henry, pode servir de escolta policial para tirar esses dois da propriedade?

CAPÍTULO 56

– Cadê seu carro? – perguntou Henry quando saíram para o estacionamento.

– Nosso carro saiu da estrada a um quilômetro e meio mais ou menos, logo antes da represa – disse Kate.

– Então onde quer que eu deixe vocês? – ele perguntou quando chegaram à viatura.

– De volta ao meu carro. Não posso deixá-lo lá. Vamos precisar pedir um guincho.

Logo depois, o restante da família saiu pela entrada principal.

Silvia, Dylan, Dana e Arron foram para a Land Rover. Dana teve que ajudar Arron a entrar no banco de trás. Thomas e Stephen pararam para trancar a porta e, então, se dirigiram ao outro carro. Silvia lançou um olhar desagradável para Kate e Tristan enquanto saíam e entravam na estrada.

***

Kate e Tristan seguiram no carro em silêncio com Henry, voltando ao ponto em que o veículo deles tinha saído da estrada. Quando pararam no acostamento, eles saíram, e Henry ligou para a seguradora.

– Posso esperar com vocês – ele disse. – Vão chegar aqui em vinte minutos.

– Não, tudo bem, obrigada – disse Kate. Henry voltou para o carro. – E você vai fazer uma busca nos edifícios do terreno? – ela acrescentou.

– Sim – ele disse. Não parecia tão seguro de si. Ele entrou no carro e foi embora.

Kate e Tristan ficaram em silêncio por um momento, observando os faróis se afastarem sobre a colina de volta a Ashdean.

– Acho que não vão fazer busca nenhuma naqueles edifícios, não é, Tris? – disse Kate. – Onde quer que Magdalena esteja, está morta.

Tristan tirou do bolso o papel em que estava trabalhando enquanto Kate estava fora com Jake em Great Barwell.

– Eu ia mostrar isso para você antes, mas nos distraímos com a ligação de Dennis. É a lista de todas as propriedades da família Baker no terreno – ele disse.

Kate pegou o papel e acionou a lanterna do celular. Havia uma lista de endereços e edifícios. A maioria eram casas residenciais, como a de Ted Clough. Uma coisa se destacou na lista que fez Kate parar. Ela encarou o sexto item: VELHA CENTRAL TELEFÔNICA DE FROME CRAWFORD.

Estava no meio de várias casas e algumas fazendas de propriedade da família. O edifício estava registrado no nome de Stephen Baker.

Kate se lembrou do que Stephen Baker tinha acabado de dizer para eles. "*Sou dono só da minha loja, nada mais. Não tenho nada a ver com o maldito terreno.*"

Mas, quando foram à loja alguns dias antes, estavam conversando com Stephen, e a mulher dele, Jassy, estava ao telefone no fundo... O que ela estava dizendo? Estava reclamando para o correio sobre as caixas do estoque terem sido entregues no lugar errado. Ela disse: "*Não, não a central telefônica; é Hubble na rua principal de Frome Crawford*".

– Tris, você tem sinal no celular? – ela perguntou.

– Um pouco – ele disse, erguendo o aparelho.

– Consegue pesquisar a velha central telefônica de Frome Crawford no Google Maps? – Tristan pesquisou; levou um momento para carregar, mas então apareceu no celular. – Pode dar *zoom*? – ela acrescentou, se aproximando da tela que brilhava na escuridão à beira da estrada.

– Fica em um parque industrial antigo, perto da vila – ele disse.

– Por que Stephen mentiria sobre ela? Quando falei sobre realizar buscas em edifícios, ele disse que não tinha propriedade nenhuma, além da loja – disse Kate. Ela olhou para Tristan. Os olhos dele se arregalaram.

– Kate, é Stephen Baker! – exclamou. – E ele está mantendo Magdalena nessa velha central telefônica.

Kate olhou de um lado para o outro da estrada, mas não havia nenhum tráfego vindo ao longe.

– Maldito carro idiota – ela gritou, chutando o para-choque traseiro. O veículo balançou um pouco na lama. – Consegue chamar um táxi?

– Você conhece Ashdean. Eles não vêm mais até tão longe – disse Tristan.

Kate estava andando de um lado para o outro.

– Precisamos chegar lá agora, Tris!

– E Myra?

– Ela não dirige. E Sarah?

Tristan fez uma careta.

– Tristan. Por favor. Sei que você e Sarah têm problemas, mas preciso que ligue para ela agora – disse Kate.

CAPÍTULO 57

Stephen Baker se sentiu enjoado no caminho de volta para casa com o irmão, Thomas. Estava quente dentro do carro. Thomas sempre tinha que deixar o aquecedor no máximo.

– Posso abrir uma janela? Estou morrendo de calor aqui dentro – disse Stephen, secando o suor da testa. Usando os controles principais no lado do motorista, Thomas abriu um centímetro da janela de passageiro. O vento silvou pela fresta minúscula, mas Stephen não conseguia sentir. Ele colocou a mão na boca, sentindo seu estômago girar. – Que coisa. Abre direito! – ele disse, apertando o botão. A janela se abriu, e o ar fresco gelado entrou no carro. Ele inspirou, sentindo o alívio.

Thomas ergueu a gola da camisa em volta do pescoço, os dedos compridos se mexendo com o ar pomposo.

Ele parece uma velha, sempre com medo de correntes de ar, pensou Stephen.

– Acho que já foi o suficiente – disse Thomas, apertando o botão no painel. A janela de Stephen se fechou.

A névoa tinha se dispersado, e a estrada à frente estava livre.

– Vai deixar a polícia fazer uma busca nos edifícios do terreno? – perguntou Stephen, olhando para o rosto sério do irmão.

– Sim – disse Thomas, olhando a estrada com o ar severo. – Já recebi ligações demais de inquilinos preocupados com a morte de Ted Clough.

O carro passou por uma lombada na pista, e Stephen sentiu o solavanco em seu estômago. Ele levou a mão à boca e mordeu o indicador.

– A polícia tem ideia de quem possa ser?

– Não. Achamos que deve ser um dos inquilinos. Já alugamos para muitos malandros – disse Thomas. – É o problema de contratos de locação passados adiante em família. E tem tantos daqueles anúncios de "Compro ouro" na TV hoje em dia. Alguém ficou sabendo dos vinte mil de Ted em moedas de ouro e aproveitou a chance para roubar o velho.

– E a represa? Acha que a polícia vai levar aquela mulher a sério? – perguntou Stephen, tentando manter a voz calma.

– Não sei. Por que está tão preocupado? Você deixou claro quando se casou com Jassy que não queria ter nada a ver com a propriedade.

– Sim. Você tem uma memória curta. Fui obrigado a escolher entre Jassy e minha parte do espólio, se lembra? – disse Stephen. Ele olhou fixo para o irmão, que retribuiu o olhar.

– Você fez uma escolha – disse Thomas. – Você está bem? Parece meio doente.

– Estou ótimo – ele disse rápido, sentindo o estômago se revirar de novo. – Se tem alguém com quem você deve se preocupar, é Arron. Ele parecia péssimo.

– O médico deu seis meses para ele.

– Credo. É o estresse que deixou o velho doente. O estresse de equilibrar uma mulher e uma amante. Tenho certeza de que ele estaria em ótima forma se tivesse tido coragem anos atrás de largar a mulher para ficar com a tia Silvia. Ela sempre foi o verdadeiro amor dele.

– Sei não. Todo mundo envolvido sempre fez vista-grossa. Minha preocupação é que, quando ele bater as botas, preciso que o 1% dele da corporação fique na família – disse Thomas.

Para o alívio de Stephen, haviam chegado à rua principal de Frome Crawford.

– Bom. Chegamos – disse Thomas enquanto parava em frente à loja. – Manda um beijo para Jassy e as crianças.

– Sim. Obrigado – disse Stephen. Ele saiu do carro e foi até a porta da frente. Ele se virou procurando as chaves no bolso e as colocou na porta enquanto Thomas saía com o carro.

Quando Thomas estava longe, ele tirou a chave. Seu celular tocou e ele o tirou do bolso. Era Jassy.

– Merda – ele murmurou baixo. Ele se escondeu embaixo da marquise da loja, fora do campo de visão da janela do andar de cima, e atendeu a ligação.

– Oi, amor – ele disse.

– Oi, você vai chegar logo? Queria saber se coloco as crianças na cama ou espero – disse Jassy, do outro lado da linha.

– Desculpa, amor, isso vai demorar um pouco mais. Vou levar mais uma hora ou mais – ele disse.

– Certo...

Stephen conseguiu ouvir a decepção na voz dela.

– Te amo, logo mais a gente se vê – disse. Ele terminou a ligação, desligou o celular. Espiando debaixo da marquise, deu a volta para a entrada de mercadorias nos fundos do edifício, onde o carro dele estava estacionado. Ele o destrancou e entrou, desativando o freio de mão. Empurrando com o pé na pista, tirou o carro da entrada de mercadorias para a rua.

Stephen se crispou com o esforço de empurrar o carro e sentiu uma dor ardente no peito. Quando chegou à rua, fechou a porta e ligou o motor. Ergueu o suéter e viu a linha tênue de sangue na camiseta e a ergueu com cuidado. Os pontos em seu peito tinham estourado.

– Merda! – ele gritou, batendo a mão no painel. Limpou os pontos com um lenço e pressionou onde o sangue estava vazando.

Stephen não conseguia entender como ela havia virado o jogo para cima dele. Não queria admitir, mas isso o assustava. Sempre tinha conseguido manter os outros sob controle na masmorra. Eles o temiam. Agora era *ele* quem sentia medo, e ela estava com a arma dele, e isso era imperdoável. Depois que levou os pontos no hospital, deveria ter simplesmente mostrado os ferimentos para Jassy e inventado alguma coisa, mas não.

– Caralho! – ele disse, batendo no painel de novo. Ele se lembrou de quando Kate Marshall havia saído do elevador com seu assistente bonitinho. Será que já desconfiavam dele?

Estão todos esperando por mim, mas não vão me pegar; prefiro morrer a deixar que me peguem!, pensou. Seus olhos ardiam. Suor escorria pelo seu rosto. Ele secou o suor com a manga, engatou o carro na primeira e saiu.

CAPÍTULO 58

Sarah estacionou o carro uns dez minutos depois que Tristan ligou.

– Você está bem? – ela perguntou, baixando o vidro. Ela olhou para trás de Kate e Tristan, na direção do carro de Kate chocado contra a árvore

– Estamos. Graças aos *airbags* – disse Tristan. Ele correu para a porta de passageiro e entrou.

– O que vão fazer com o carro? – perguntou Sarah.

– Liguei para o seguro – disse Kate, entrando no banco de trás e afivelando o cinto. Ela viu que Sarah estava com o cabelo molhado e usando uma camisola e pantufas de coelho.

– Tristan, tem certeza de que não está machucado? – perguntou Sarah, ignorando Kate.

– Estou bem – ele disse. – Por que está de pijama?

– Estava no banho quando você ligou.

Kate se inclinou para a frente entre os bancos.

– Sarah, precisamos que nos leve para o velho parque industrial perto de Frome Crawford, agora – ela disse.

Sarah olhou para Tristan.

– Como assim? Pensei que estava dando uma carona para casa!

– Acreditamos que Magdalena está sendo mantida em cativeiro lá – disse Tristan.

Sarah olhou para os dois.

– Vocês estão falando sério? – ela questionou. – Está tarde!

– Sarah, é sério. É um caso de vida ou morte. Precisamos ir agora! – exclamou Tristan.

– Agora, Sarah! – insistiu Kate.

A ficha pareceu cair, e Sarah assentiu.

– Tá, mas não vou ultrapassar o limite de velocidade. Esse é o carro do Gary, e ainda faltam três prestações do financiamento.

– Agora! – gritou Kate. A lentidão dela era exasperante.

Sarah colocou o carro na primeira marcha e fez uma manobra agonizantemente lenta, e então eles voltaram rumo a Ashdean.

***

As mãos de Magdalena estavam doloridas enquanto ela estendia os lençóis trançados no corredor. Matemática não era seu forte, mas ela tinha estimado que a distância entre o chão e o alçapão era de dois metros. Ela precisaria do dobro para ter um bom apoio para erguer o vaso sanitário do chão até o alçapão aberto. O problema era que o colchão era muito pequeno, pouco maior do que uma cama de casal. Ela havia começado a rasgar tiras do meio e acabou com tiras que se rasgaram e eram finas demais. Algumas vezes ela pensou ouvir o elevador ganhar vida e tinha parado para escutar, mas seus ouvidos estavam pregando peças nela. Todo seu corpo vibrava de exaustão e adrenalina, e estava com medo de que sua energia estivesse no fim e que logo cairia no sono de exaustão.

A corda media pouco mais de dois metros. Não era muito, mas teria que servir. Estava trançada com firmeza com seis tiras, e ela havia amarrado quatro pedaços um no outro. Ela sempre trançava o cabelo da irmã quando estava em casa e tentou não pensar nisso enquanto fazia o pedaço de corda. Pensar na família era doloroso demais.

Magdalena passou uma ponta da corda por um dos buracos na parte de trás do vaso e a amarrou com firmeza. Em seguida, enrolou a outra ponta no ombro. Confirmando que estava com os cacos afiados de porcelana no bolso, ela subiu no vaso sanitário e se apoiou para subir no alçapão.

A pequena plataforma quadrada dava para o lado de baixo do elevador em cima e para o poço do elevador embaixo, onde o elevador pararia antes de abrir a porta. Ela jogou a outra ponta da corda sobre a beirada e, com cuidado, desceu para o poço do elevador, de modo a ficar do outro lado das portas. Pegando a outra ponta dos lençóis amarrados, começou a puxar. Sentiu a corda resistir e, então, se inclinou para trás, usando o peso do corpo para içar o vaso pelo alçapão. A corda ficou tensa. Ela tinha achado que seria mais pesado de erguer. Puxou com força e se inclinou para trás com todo o peso do corpo e perdeu o equilíbrio quando o vaso sanitário subiu pelo alçapão e passou pela beira da plataforma. Ela teve que desviar do caminho quando a privada caiu atrás dela no poço do elevador.

– Merda – ela disse, olhando para os três pedaços quebrados de porcelana que estavam entre as hastes metálicas no fundo do poço do elevador.

***

Quando Stephen chegou ao edifício, o lugar estava coberto de sombras, no fim de uma longa rua deserta com depósitos antigos e algumas casas geminadas abandonadas. As luzes da cidade brilhavam da colina, mas a rua estava envolta pela escuridão. Ele estacionou na lateral do edifício e saiu do carro.

As manchas de sangue na parte da frente de sua camisa estavam ficando maiores, e ele xingou a garota.

Stephen foi até o porta-malas e o abriu. Afastou um lençol e algumas sacolas de compra reutilizáveis para levantar um pedaço do forro. No círculo redondo em que normalmente ficaria o estepe, estavam seus óculos de visão noturna, uma pistola e uma caixa de balas reservas.

Ele abriu o pente da arma para confirmar que estava carregado. Então o encaixou com um clique.

Entrou no prédio pela porta lateral, que era a entrada original, destrancando o cadeado.

Dentro havia um grande espaço cavernoso, em que caberiam facilmente seis carros grandes. Por um tempo, havia usado o lugar como depósito da loja de utensílios de cozinha, mas tinha se tornado arriscado, ainda mais quando as crianças ficaram mais velhas e Jassy tinha começado a se interessar por dirigir a empresa. Os depósitos ao redor eram usados durante o dia, mas, mesmo assim, o movimento era pouco. Esse lugar tinha sido seu parque de diversões pelos últimos vinte anos, entre idas e vindas, fora os anos em que morara nos Estados Unidos.

Ele não havia praticado seu passatempo quando estava nos Estados Unidos. Não tinha a confiança de sequestrar e matar em território estrangeiro, com a pena de morte e a aplicação rigorosa da lei. E, quando voltou com Jassy e tiveram filhos, parte dele pensou que poderia mudar, mas os impulsos voltaram e, com eles, a constatação de que tinha um feudo. Como membro da família Baker, tinha acesso a terra e dinheiro, bem como proteção. Ele continuou, porque podia continuar.

O depósito estava vazio. Ele o mantinha assim porque, se alguém invadisse, não teria nenhum incentivo para ficar. Também tinha as duas únicas chaves do elevador. Uma estava no seu bolso, e a outra estava no fundo de uma gaveta em casa.

Ela tem uma arma. As palavras haviam se repetido em sua cabeça. Tinha que estar preparado para atirar no segundo em que descesse lá e as portas se abrissem.

Verificou a arma de novo, colocou a chave na fechadura ao lado das portas do elevador e a virou para a esquerda. As portas se abriram devagar. Ele tirou a chave, entrou e então a colocou na fechadura interna e a virou para a direita. As portas se fecharam, e o elevador começou a descer lentamente.

Ele colocou os óculos de visão noturna e os acionou. Em seguida, preparou-se apontando a arma para as portas fechadas. Será que ela estaria à espera dele na frente da porta, ou estaria escondida em um cômodo?

O elevador estremeceu e parou com um rangido alto. Ele parou por um momento; isso nunca tinha acontecido antes.

Ele hesitou, respirou fundo e virou a chave para abrir as portas.

***

Kate, Tristan e Sarah pararam na frente da central telefônica abandonada.

– Não estou gostando nada disso – disse Sarah, espiando os edifícios obscuros.

– Fique no carro. Tranque as portas. E chame a polícia – disse Kate. Se estivesse sozinha, Kate teria esperado para entrar no edifício antes de chamar a polícia, mas os riscos eram mais altos agora que Sarah estava envolvida.

– Kate, pode me passar a trava de volante que está no banco de trás, por favor? – Sarah pediu educadamente.

Kate encontrou a trava perto dos pés.

– Você não vai colocar isso no volante, vai?

– Não sou tão idiota. Se ele sair e tentar alguma coisa, vou usar isso para bater na cabeça dele! – exclamou Sarah.

Kate assentiu. Era uma boa ideia. Ela não sabia se Sarah conseguiria chegar longe se tivesse que correr usando pantufas de coelho.

– Boa. Segure com as mãos afastadas e bata nele com a ponta mais leve – disse Kate. – Tem mais alguma coisa que possa usar como arma?

– Tem um pé de cabra no porta-malas – disse Sarah, segurando a trava de volante nas mãos finas e pálidas.

Eles saíram do carro. Tristan achou o pé de cabra no porta-malas, o tirou e fechou o porta-malas. Sarah trancou o carro, e eles a viram pegar o celular e ligar para a polícia. Kate confirmou se estava com a lata de *spray* de pimenta posicionada corretamente na mão. Ela olhou para Tristan. Ele assentiu e abriu um sorriso nervoso para ela.

– Certo. Vamos lá – ele disse. Foram até a porta na lateral do prédio.

Um cadeado aberto pendia nos ganchos da porta. Kate empurrou a porta, que se abriu.

– Não está fácil demais? – perguntou Tristan, com voz de medo.

– Sim – disse Kate, e eles entraram na escuridão.

***

Magdalena começou a tremer de maneira quase incontrolável quando ouviu o elevador se ativar em cima dela. Fazia muito tempo que estava esperando, sentada na pequena plataforma em cima do alçapão com a arma no colo.

O elevador fazia muito barulho no poço, e ela observou a caixa enorme descer na direção dela. No último minuto, pensou que seria esmagada, de tão perto que ele chegou, mas a máquina passou reto pela plataforma minúscula em que ela estava agachada, enclausurando-a no espaço e mergulhando-a de novo na escuridão.

Ela havia considerado deixar os pedaços do vaso sanitário quebrado no poço, para que o elevador não descesse direito, mas isso poderia significar que ela ficaria presa para sempre por um elevador quebrado. E, se ele não conseguisse entrar, ela não conseguiria sair. Magdalena não sabia quanto tempo tinha passado lá embaixo sem comida, e estava com medo de morrer de fome se ficasse mais.

O vaso tinha se partido em três pedaços quando caiu no poço do elevador, o que havia tornado um pouco mais fácil movê-los de volta para a plataforma.

O elevador chiou ao comprimir os pedaços menores de porcelana, e parou. Ela ficou de cócoras e estendeu a arma, apontando através do alçapão. Suas mãos ainda estavam tremendo pelo esforço físico e pela falta de comida. Ela pensou por um momento que as portas não conseguiriam se abrir, mas se abriram.

Ela estava pronta com a arma quando ele saiu do elevador. Ela viu o topo da cabeça dele usando os óculos de visão noturna e a arma na mão apontada na frente dele. Ela apontou para o topo da cabeça dele e puxou o gatilho.

O som do disparo foi ensurdecedor. Ela não soube se suas mãos estavam tremendo ou se foi o coice da arma, mas errou, e a bala acertou o chão ao lado dele. Na fração de segundo antes de ela atirar de novo, ele ergueu os olhos para ela através do alçapão. Essa foi a primeira vez que ela o via. Na cabeça dela, era um velho. Ele era mais jovem, mas ela reconheceu o nariz e os lábios fartos e os dentes do homem que a sequestrara à beira da estrada, o que parecia ter sido em outra vida.

Algo estourou dentro de Magdalena. As sensações de medo e fome sumiram, e ela sentiu uma onda enorme de ódio daquele homem que havia tirado tanto dela. Com seu resquício de energia, soltou um grito de guerra, se jogou pelo alçapão e pulou em cima dele. O pé dela resvalou na beira do alçapão, fechando a tampa com um baque. Quando os dois caíram no chão, o corredor foi mergulhado na escuridão. Ela queria matá-lo. Sentiu o corpo dele embaixo do dela e começou a bater nele com a arma e arranhar a cara dele. Ela conseguia sentir o hálito quente e os músculos se contraírem quando ele gritou e a tirou de cima dele. Ela caiu no chão de concreto com força, mas continuava segurando a arma. Houve um clarão e estrondos ensurdecedores quando os dois dispararam.

***

Kate e Tristan olharam ao redor do espaço vazio dentro da central telefônica. O salão estava coberto de sombras, e havia apenas uma janela pequena perto da entrada do edifício. Eles ativaram as lanternas de seus celulares. Cheirava a mofo e umidade, mas estava bem varrido. O piso de concreto limpo. Eles se aproximaram das portas do elevador no canto. Houve um estrondo abafado, e depois outro.

– O que foi isso? – disse Tristan.

– Tiros. Merda. Chegamos tarde demais. – Kate olhou para ver se havia um lance de escadas, mas havia apenas as portas do elevador. Kate correu até elas e apertou o botão para chamar o elevador, sem pensar em quem poderia estar com a arma. – É melhor você ficar aqui – ela disse quando ouviram o elevador subir devagar.

– De jeito nenhum. Vou com você – disse Tristan. O elevador chegou finalmente e eles entraram. Estava escuro, e havia um cheiro ruim, como carne podre. Havia uma chave no lado esquerdo. Tristan a virou para a direita e então para a esquerda. As portas se fecharam, e o elevador desceu com um solavanco estrondoso.

Enquanto se aproximavam, ouviram o som de um grito agudo e outro disparo, que fez os pelos da nuca de Kate se arrepiarem.

Tristan ergueu o pé de cabra, e Kate fez o mesmo com o *spray* de pimenta. Quando as portas se abriram, as lanternas de seus celulares iluminaram o corredor e dois vultos no chão.

Por um segundo, os vultos ergueram os olhos para a luz forte. Era Stephen Baker, com sangue escorrendo do nariz, e ele estava em cima de uma mulher suja e desnutrida com o cabelo escuro e engordurado. Ele a tinha imobilizado e a estava estrangulando.

– Magdalena? – disse Kate. Ela não teve tempo de processar o fato de que Magdalena estava viva e ali embaixo com Stephen Baker.

Um par de óculos de visão noturna estava caído ao lado da perna de Stephen e, a alguns metros de distância deles, havia uma pistola no piso de concreto.

A parte seguinte pareceu acontecer em câmera lenta. Kate correu para pegar a arma, pulando para o chão. Sua mão se fechou em volta dela, e as mãos de Stephen envolveram as dela. Ele puxou as mãos deles para cima na direção do queixo de Kate, batendo nela com força no maxilar. Ela se manteve firme, mas as mãos fortes dele estavam puxando os dedos dela.

Kate conseguia sentir o cheiro de suor, e ele apertou a mão dela e começou a dobrar os dedos dela para trás. Exatamente quando ela não conseguia mais segurar a arma, Stephen soltou e ficou inerte, caindo no chão. Kate ergueu os olhos e viu que Tristan havia acertado a cabeça dele com o pé de cabra.

Houve um momento de silêncio e, então, um grito de Magdalena. Ela pegou uma segunda pistola, que estava caída do outro lado do corredor e começou a atirar no corpo inconsciente de Stephen. Uma bala explodiu na parede espalhando gesso para todo lado, e outra acertou o ombro esquerdo dele. Ela se levantou cambaleante e mancou na direção de Stephen, erguendo a arma.

– Magdalena! Para! – gritou Kate. – Viemos aqui para buscar você. Você está a salvo. Por favor, para!

Magdalena gritou e chegou mais perto de Stephen, colocou a arma atrás da cabeça dele e puxou o gatilho. Fez um clique. A arma estava vazia.

– Está tudo bem, você está a salvo – disse Kate, conseguindo tirar a arma das mãos dela. Ela a passou para Tristan, junto com a segunda arma. Kate não tirou os olhos de Stephen Baker, que ainda estava deitado com o rosto no chão. Magdalena continuou a gritar histericamente. Era de partir o coração e Kate ficou completamente arrepiada enquanto tentava controlar a situação. – Esvazie a segunda arma, Tristan – disse Kate. Ele se atrapalhou com a pistola, mas conseguiu abrir o pente e virou as balas restantes no chão.

Kate agora estava com Magdalena nos braços, tentando acalmá-la.

– Você está a salvo. Vamos levar você para casa – Kate disse.

– Ele me pegou! Ele me deixou aqui – gritou Magdalena. – Ele me deixou aqui... no escuro e no frio. – Ela começou a falar rapidamente em italiano.

Tristan se ajoelhou perto de Stephen. Ele estava gemendo, e sangue estava escorrendo do ferimento no ombro.

– Precisa colocar pressão no ombro. Não quero que ele tenha uma hemorragia e acabe morrendo – disse Kate.

No caos, não tinham ouvido o elevador voltar a subir para o andar de cima. As portas se abriram.

Henry Ko saiu do elevador com Della Street, dois outros policiais e dois paramédicos. Eles pararam por um momento e olharam para os três perto de Stephen Baker.

– Vocês finalmente chegaram aqui – disse Kate. – Essa é Magdalena Rossi. Ela foi sequestrada e mantida em cativeiro aqui por Stephen Baker – ela disse, triunfante. – Magdalena atirou nele em legítima defesa. Ele está sangrando muito.

Henry Ko estava muito pálido. Seu queixo caiu. Os policiais e paramédicos avançaram à frente. Um pediu reforços, Della foi ajudar Magdalena, e os paramédicos substituíram Tristan e começaram a cuidar do ferimento de Stephen Baker.

Kate se levantou e se aproximou de Henry Ko.

– Agora você acredita em mim? – perguntou.

EPÍLOGO

DUAS SEMANAS DEPOIS

Era uma manhã ensolarada de começo de novembro quando Kate e Tristan chegaram ao necrotério de Exeter. Kate estacionou o carro e desligou o motor. Ela olhou para Tristan.

– Tem certeza de que quer fazer isso? – ela perguntou.

Ele hesitou, depois fez que sim.

– Sinto que preciso ver. Devo isso a elas... Não tomei café da manhã, por via das dúvidas – ele disse. Kate conseguia ver que o rosto dele já estava pálido. Ela assentiu e respirou fundo.

Eles se dirigiram à entrada principal, e a porta foi aberta. Alan Hexham os encontrou na pequena área de recepção enquanto assinavam.

– Bom dia – ele disse, um ar solene em seu rosto normalmente jovial. – Vocês precisam se equipar, avental e máscaras faciais, por favor.

Quando Kate e Tristan estavam prontos, passaram para o necrotério. Uma fileira de três corpos jazia sobre as mesas de autópsia de aço inoxidável. Pareciam quase mumificados. Não tinham cabelo e, em partes, a pele curtida e escura estava faltando. Um cheiro forte e desagradável de decomposição e água parada permeava o ambiente.

– Três pobrezinhas, todas mulheres, foram recuperadas na represa em uma profundidade de quarenta metros – disse Alan. – Tinham sido envoltas em tecido e amarradas a pesos. O frio e a falta de oxigênio dessa profundidade refrearam a decomposição, assim como as cobertas em que foram enroladas...

Kate se aproximou e olhou para o primeiro corpo. Sentiu tristeza e repulsa pela represa ter escondido esses corpos por tanto tempo. Ela olhou para Tristan. Ele estava pálido e com as costas contra a parede.

– Você ficou sabendo da última contagem de corpos? – perguntou Alan.

– Eram sete na última vez que ouvi – disse Kate.

– Ah. A equipe de mergulho já registrou doze corpos da represa, e sei que outra equipe vai mergulhar hoje à tarde. Já realizei nove autópsias. Essas três, todas mulheres, chegaram ontem no fim da noite.

Pelo seu tempo na polícia, Kate sabia que era complexo mergulhar em uma profundidade maior do que 25 metros. Em algumas partes da represa, a água chegava a quarenta ou cinquenta metros. Nessas profundidades, os mergulhadores da polícia tinham que usar misturas especiais de oxigênio e tinham um tempo limitado para passar embaixo da água.

Alan continuou:

– Os seis tipos diferentes de DNA que a polícia encontrou no porão da central telefônica em Frome Crawford correspondem a seis dos corpos encontrados até agora, incluindo Sally-Ann Cobbs e Ulrich Mazur.

Kate olhou para trás na direção de Tristan. O rosto dele estava da cor de giz.

– E os outros seis corpos? – ele perguntou com a voz trêmula.

– Conversei com Della – disse Kate. – Também encontraram resíduos de vários tipos de alvejante e soda cáustica lá embaixo, o que significa que Stephen Baker pode ter lavado o porão diversas vezes, destruindo DNA... Mas vão continuar procurando. E, claro, a polícia já testou o DNA encontrado no corpo de Ted Clough. Foi compatível com o de Stephen Baker.

Stephen Baker havia confessado uma história extraordinária enquanto estava em custódia. Contou à polícia que havia sequestrado e matado dezesseis pessoas, depois havia parado de contar. Também admitiu ter matado Ted Clough. Ele havia dito isso para tentar um acordo com a polícia para reduzir a sentença, mas, como Della disse a Kate, se alguém admite ter matado dezessete pessoas, não está muito em posição de fazer um acordo.

– Acho que já vimos o suficiente – disse Kate, dando uma última olhada nos corpos em cima das mesas de autópsia.

– Sim. Que tal uma xícara de chá? – perguntou Alan.

Quando estavam acomodados na sala dele com xícaras fumegantes de chá doce, retomaram a conversa.

– Não consigo entender por que Stephen Baker se sentiu tão seguro em despejar esses corpos na represa – disse Alan, recostando-se na cadeira. – Ao longo dos anos, dois deles flutuaram, Fiona Harvey e Becky Chard, e a causa da morte deles foi acobertada por Dylan Robertson.

Kate soprou o chá e deu um gole.

– Stephen Baker contou à polícia que Arron Ko e sua tia, Silvia Baker, estão envolvidos romanticamente há muitos anos – disse Kate. – Eles davam grandes festas quando a mulher de Arron viajava a negócios. Certa noite, quando Stephen era muito jovem, e depois de uma longa bebedeira, Arron estava levando Silvia para casa quando atropelou e matou um rapaz. Ele estava prestes a virar superintendente e, se isso viesse à tona, teria sido o fim da carreira dele. Então Silvia pediu para Dylan se livrar do corpo. Ele o encheu de pesos e o jogou na represa. Stephen ouviu Silvia e Arron falarem sobre isso tarde da noite, quando ainda era adolescente... Anos depois, quando Stephen começou a desenvolver sua obsessão por sequestrar moças, percebeu que enquanto sua tia Silvia e Arron Ko estivessem vivos, ninguém teria permissão de realizar uma busca na represa. Tinham lhe dado o lugar perfeito para atirar os corpos.

– Então eles não faziam ideia sobre Stephen e todos aqueles corpos na água? – disse Alan.

– Dylan foi preso há dois dias, mas a polícia ainda está tentando determinar se ele sabia alguma coisa sobre os corpos despejados por Stephen. Eles acreditam que não. Ele estava apenas tirando o dele da reta e protegendo Silvia e Arron quando havia evitado que realizassem uma busca na represa – disse Kate.

– Henry Ko foi suspenso, enquanto aguarda um inquérito – disse Tristan, tomando seu chá. Seu rosto havia recuperado uma corzinha.

– Ele afirma que não sabia de nada sobre os corpos na água de Shadow Sands. Disse que o pai sempre havia insistido que nunca realizassem uma busca na represa por causa do custo envolvido para a companhia – disse Kate.

– Você acha que ele é tonto o bastante para acreditar nisso? – perguntou Alan.

– Parece que ele era tonto o bastante para acreditar na palavra do pai – disse Kate. – O pai dele era o motivo pelo qual ele não parava de ser promovido. Arron Ko mexeu os pauzinhos e pediu que um médico-legista diferente conduzisse a autópsia de Simon Kendal?

Alan suspirou.

– Sim, foi ele. Não tinha permissão para contar a você antes, mas, em vista de tudo isso, sim... Acha que a mulher de Stephen desconfiava de alguma coisa? – ele perguntou.

– Ela já pediu o divórcio e levou os três filhos de volta para os Estados Unidos para ficar com a família – disse Kate. – A polícia não a impediu, então ela não é uma suspeita.

– Por que acha que Stephen fazia isso... sequestrava e mantinha as vítimas em cativeiro por tanto tempo antes de matá-las?

– Passei tantos anos tentando entender o que move os assassinos em série. Muitas vezes se resume à falta de empatia e ao desejo de poder e controle. Pelo que Magdalena contou para a polícia, Stephen sentia prazer em mantê-la no escuro e torturá-la. Se ele sobreviver à prisão, tenho certeza de que psicólogos vão fazer fila para estudar o caso.

– E quanto a Simon Kendal? – perguntou Alan.

– Ele estava no lugar errado na hora errada. Della me disse que acreditam que Simon se deparou com Stephen prestes a despejar um corpo. Acreditam que era uma jovem chamada Jennie Newlove, que despareceu no fim de julho. Pouco se sabia sobre as circunstâncias do desaparecimento dela, até agora.

Alan assentiu com o ar solene.

– Jennie Newlove foi um dos corpos que identificamos durante as autópsias – ele disse.

– Eles acham que Simon se levantou no meio da noite, foi dar uma volta, se deparou com Stephen despejando o corpo dela, e eles entraram em uma briga – disse Kate.

– E a estaca de barraca? – perguntou Alan. – Sinalizei que ele foi perfurado por uma estaca de barraca quando olhei o arquivo do caso.

– O amigo dele, Geraint, foi libertado da prisão e inocentado há alguns dias – disse Kate. – Geraint diz que estava faltando uma das estacas da barraca que a polícia apreendeu em seu apartamento. A polícia acredita que Simon estava carregando uma estaca para se defender. O *camping* ficava no meio do nada, e os banheiros costumavam ser usados por pessoas em situação de rua. Stephen pode ter apunhalado Simon com a estaca. Simon então foi encurralado, pulou na água e começou a nadar. Stephen o perseguiu no barco até o meio da represa. Simon perdeu uma quantidade enorme de sangue e se afogou e, depois, encontrei o corpo dele flutuando perto da torre da igreja.

***

Kate ficou contente que o sol estava a pino quando ela e Tristan saíram do necrotério. O frio lá dentro tinha se infiltrado em seus ossos, e ver aqueles cadáveres a tinha arrepiado ainda mais.

Eles pararam perto do carro por um momento, aproveitando o calor.

– Você está bem? – ela perguntou. Tristan estava recostado com os olhos fechados, sentindo o sol no rosto. Ele abriu os olhos.

– Sim. Acho que sim – ele disse.

– Recebi um convite para o casamento de Sarah e Gary – disse Kate, mudando de assunto.

– Ela disse que convidaria você – ele disse.

– O que a fez mudar de ideia?

– Acho que no fundo ela a admira, o fato de que você fez de tudo para encontrar Magdalena.

– *Nós* fizemos de tudo – corrigiu Kate.

– E, claro, Sarah agora pode contar a história, porque dirigiu o carro de fuga – disse Tristan com um sorriso astuto. – E, na versão de Sarah, só para você saber, ela nos levou em alta velocidade, e é graças a ela que chegamos lá a tempo e salvamos a vida de Magdalena. Ah, e ela não estava usando camisola e pantufas de coelho.

Kate riu.

– Tenho direito de levar um acompanhante, e estava pensando em levar Jake. Ele vai passar o fim de semana comigo.

– Vai ser legal. Ele está bem depois de tudo, de conhecer Peter?

Kate encolheu os ombros.

– Não sei. Ele pediu para escrever para Peter, o que não me deixa muito feliz, mas ele não parece ter ilusões sobre quem é o pai – ela disse. – O tempo vai dizer... E você e Sarah?

– Ela está aceitando o fato de que eu gosto de homens.

– E você? Está bem com isso?

– Estou feliz por ser honesto comigo mesmo. Fico mais nervoso ao pensar em namorar – ele disse com um sorriso.

– Ai, meu Deus, você não vai ter problema para encontrar um namorado – riu Kate.

Eles entraram no carro. Kate fez menção de ligar o motor, depois hesitou e se virou para Tristan. Ela sabia que havia mais uma coisa que tinha que dizer a ele.

– Escuta, andei pensando muito no futuro e vou dar meu aviso prévio à universidade – ela disse.

– Por quê?

– Meu trabalho dos sonhos era ser policial. Sabemos o que deu e, desde então, gostei de dar aulas, e essa foi uma coisa boa nos últimos oito anos, mas quero ser detetive particular. Em tempo integral. Fazer isso direito. Ainda não sei exatamente *como* vou fazer isso... E não se preocupe: vou ficar até o final do ano letivo, e sei de muitos outros professores que o aceitariam como assistente de pesquisa...

Kate suspirou, aliviada por ter dito isso, mas preocupada com Tristan.

– E se eu fosse com você e abríssemos o negócio juntos? Sei que eu precisaria fazer alguns cursos e talvez tenha que continuar em meio período em Ashdean até pegarmos no tranco.

– Que ótimo ouvir isso – ela disse. – Mas como funcionaria?

– Vamos tomar café e planejar – ele disse. – O meu é um *macchiato* de caramelo.

Kate fez que sim e sorriu, e eles atravessaram as ruas ensolaradas em busca de um café para planejar o futuro como detetives particulares.

NOTA DO AUTOR

Queridos leitores,

Obrigado a todos que entraram em contato comigo para dizer que gostaram de *O Canibal de Nine Elms*. Suas mensagens adoráveis e sua opinião são tudo para mim; é o que me motiva e me dá energia nos dias em que o processo de escrita é difícil, e é ótimo ouvir o *feedback* sobre Kate, Tristan e todos os personagens. No primeiro rascunho de *O nevoeiro de Shadow Sands*, Peter Conway estava ausente, mas recebi tantas mensagens dizendo como vocês adoraram odiar Peter, e tantas pessoas queriam saber o que aconteceu com ele depois, que decidi incluí-lo em *O nevoeirode Shadow Sands*, e acho que o livro ficou melhor com isso. Obrigado. Continuem mandando mensagens; adoro ouvir o que têm a dizer.

Como sempre, obrigado por escolherem ler um dos meus livros. Se vocês gostaram de *O nevoeiro de Shadow Sands*, eu ficaria grato se pudessem contar para os seus amigos e familiares. Escrevo isso no fim de todos os livros, mas as recomendações de boca a boca continuam sendo a forma mais poderosa para novos leitores descobrirem um dos meus livros. Seu apoio faz uma diferença enorme! Você também pode escrever uma resenha. Não precisa ser longa, bastam algumas palavras, pois também ajuda novos leitores a encontrarem um dos meus livros pela primeira vez.

Como escrevi antes, a cidadezinha de Ashdean no litoral do Reino Unido, sua universidade e seus habitantes são fictícios, assim como Thurlow Bay, onde Kate Marshall vive em cima de uma falésia. Se quiserem pesquisar a localização em um mapa do Reino Unido, gosto de imaginar Ashdean ocupando um lugar na costa sul da Inglaterra, perto de uma linda cidade chamada Budleigh Salterton.

Também devo acrescentar que o terreno, a represa e a usina hidrelétrica de Shadow Sands são igualmente fictícios, assim como o Hospital Psiquiátrico Great Barwell, onde visitamos Peter Conway pela segunda vez.

As outras localizações usadas no livro são reais, mas, assim como toda ficção, espero que me perdoem por usar certa licença poética.

Para saber mais sobre mim ou enviar uma mensagem, acessem meu site, www.robertbryndza.com

Kate e Tristan voltarão em breve para mais uma investigação emocionante de homicídio. Até lá!

Robert Bryndza

AGRADECIMENTOS

Obrigado à equipe brilhante da Thomas and Mercer: Liz Pearsons, Charlotte Herscher, Laura Barrett, Sarah Shaw, Oisin O'Malley, Dennelle Catlett, Haley Miller Swan e Kellie Osborne. Obrigado, como sempre, à Equipe Bryndza: Janko, Vierka, Riky e Lola. Amo muito vocês e obrigado por me motivarem com seu amor e seu apoio!

Meu muito obrigado a todos os blogueiros literários e leitores. Quando comecei, foram vocês que estavam lá, lendo e defendendo meus livros. O boca a boca é a forma mais poderosa de publicidade, e nunca vou esquecer que meus leitores e os muitos blogueiros literários maravilhosos são pessoas importantíssimas. Espero que tenham gostado de ler *O nevoeiro de Shadow Sands*. Há muitos outros livros a caminho, e espero que me acompanhem nessa trajetória!

Este livro foi composto com tipografia Electra Std e impresso em papel Off-White 70 g/m² na Formato Artes Gráficas.